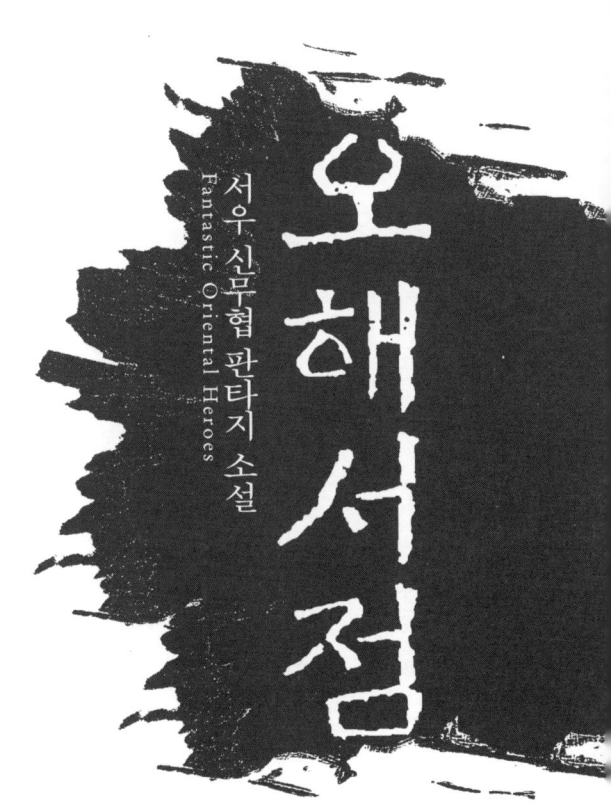

서우 신무협 판타지 소설
Fantastic Oriental Heroes

오해서점

오해서점 5

서우 新무협 판타지 소설

초판 1쇄 찍은 날 § 2006년 12월 29일
초판 1쇄 펴낸 날 § 2007년 1월 10일

지은이 § 서우
펴낸이 § 서경석

편집장 § 문혜영
편집책임 § 김규진
편집 § 장상수

펴낸곳 § 도서출판 청어람
등록번호 § 제1081-1-89호
등록일자 § 1999. 5. 31
어람번호 § 제2-1091호

주소 § 경기도 부천시 원미구 심곡1동 350-1 남성B/D 3F (우) 420-011
전화 § 032-656-4452 팩스 § 032-656-4453
http://www.chungeoram.com
E-mail § eoram99@chollian.net

ISBN 978-89-251-0479-9 04810
ISBN 89-251-0224-2 (세트)

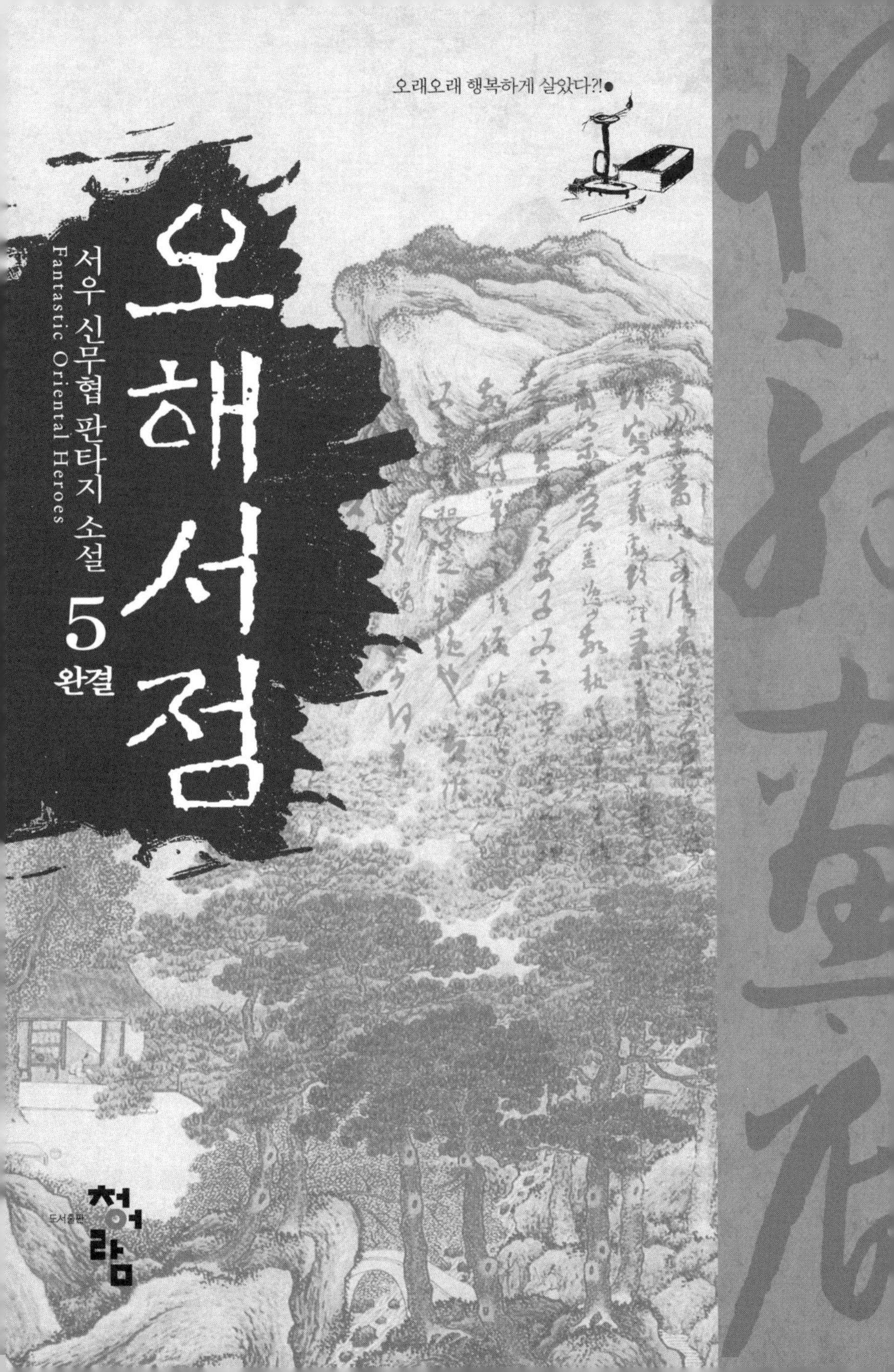

오래오래 행복하게 살았다?!●

오해서점

서우 신무협 판타지 소설

Fantastic Oriental Heroes

5

완결

도서출판 청어람

【목차】

제1장

오해문파 세우기 (2) ?!

"그럼 오해문파 개파를 위한 회의를 시작하겠습니다."

개파에 대한 회의를 시작하겠다는 말에 웅성거리던 사람들의 움직임이 멈추었다.

그런 그들을 물끄러미 바라보던 원망은 살며시 입을 열었다.

"여러분도 알다시피 오해문파는 현재 삼도천에 의해 세워진 천의문에 대항한 문파로서 무림의 번영과 평화에……."

"일절만 하거라! 뭔 말이 그리 많누!"

지겹다는 듯한 목소리에 고개를 돌리던 원망은 이내 눈살을 찌푸리고 말았다. 그도 그럴 것이 언제 왔는지 붉은 표지의 야설을 뒤적이며 웃고 있는 진로 대사의 모습이 들어왔기 때문이었다.

주위 사람들 역시 진로 대사의 말이 맞다는 표정을 보였다.

"대사님의 말씀이 맞습니다!"

"그냥 본론으로 넘어가는 것이 좋을 듯싶습니다."

"그게 좋겠습니다."

본론으로 넘어가라는 사람들의 말에 원망은 살며시 한숨을 내쉬며 알겠다는 듯 고개를 끄덕였다.

"일단 오해문파의 문주는 대인께서 맡아주실 것입니다. 이것은 이미 모든 이와 협의한 내용이니 별문제는 없을 것으로 생각합니다. 그 다음이 장로회인데 그것 역시 협의된 대로 사천의 삼대 문파와 소림, 그리고 이번 일에 참여 의사를 밝혀 온 개방에서 각각 한 명씩 장로직을 맡아주실 것입니다. 또한 과거 무림맹, 마교의 대표자였던 두 사람 역시 장로직을 맡을 것입니다."

원망의 말을 묵묵히 듣고 있던 당약약은 좀 기분 나쁘다는 듯이 말을 하였다.

"저희야 일찍부터 대인의 곁에 있었고 우문세가, 소림과 개방처럼 대문파가 장로 직을 맡는 것은 이해가 가지만 전직 마교 출신인 그가 장로 직을 맡는다는 것은 이해가 안 되네요."

염색채를 바라보며 말을 하는 그녀의 모습에 주위 사람들 역시 못마땅하다는 표정을 지었다.

그런 그들의 모습을 보던 원망은 조금 난감한 표정을 지었다.

물론 그의 무력으로 따지자면 원망 다음이라고 할 정도로 강하지만 구성원 대부분이 정파인 특성상 그동안 자신들을 괴롭혀 온 마교 출신이라는 것이 걸림돌이 되었던 것이다.

난처한 기색의 원망을 보던 진로 대사가 살며시 입을 열었다.

"거참! 시끄럽네. 삼도천을 상대한다는 놈들이 모여서 고작 한다는 짓이 정사마 타령이냐? 그거 생각할 시간에 고수 한 명이라도 더 모으겠다. 쯧쯧쯧! 생각하는 것 하고는……."

한심스럽다는 진로 대사의 말에 원망을 비롯한 주위 사람들의 고개가 숙여졌다. 그의 말대로 지금의 인원으로는 삼도천이 만든 천의문을 상대하기에는 턱없이 부족하기 때문이었다.

침묵으로 일관하는 사람들을 보던 진로 대사는 안 되겠다는 듯이 입을 열었다.

"염가야!"

"아… 네! 대사님!"

"너, 오해서점 직원 해라."

"예에?"

난데없이 오해서점의 직원을 하라는 말에 순간 염색채는

어이없다는 표정을 지었다. 멍하니 눈동자만 돌리는 사람들을 보던 진로 대사는 귀찮다는 표정을 지었다.

"어차피 오해서점 직원 중에 마교와 관련된 사람도 있으니 문제 될 것은 없을 것이다."

"그게 무슨 말입니까?"

오해서점 직원 중에 마교와 관련된 사람이 있다는 말에 원망은 이해가 안 갔다. 그린 그를 보넌 진로 대사는 지금껏 몰랐냐는 듯 물었다.

"조별이 마교 사람이라는 것을 모르느냐?"

조별이 마교 사람이라는 말에 순간 사람들의 눈동자가 크게 떠졌다.

백치 같은 그가 극악무도한 마교의 사람인 줄은 꿈에도 모르고 있었기 때문이다. 전혀 몰랐다는 듯한 그들의 표정에 진로 대사는 한심스럽다는 표정을 지었다.

"너희가 단소소를 알아보기에 난 그도 아는 줄 알았지."

"단소소와 그가 어떤 관계이기에 그렇습니까?"

"관계는 무슨, 그냥 서로 죽이려고 싸운 사이지."

서로 죽이려고 싸운 사이라는 말에 당약약의 얼굴이 순간 창백해졌다.

"서… 설마 조별님이 무림의 존폐를 놓고 단소소님과 싸웠던 그 마교 교주라는 말씀이신가요?"

"예에?"

"서… 설마!"

당약약의 말을 들은 사람들은 믿을 수 없다는 표정을 지었다.

원망 역시 주위 사람들과 마찬가지로 믿을 수 없다는 표정을 짓다 이내 진로 대사를 보았다.

모든 시선이 그를 향해 쏟아질 무렵 진로 대사의 고개가 끄덕였다.

"맞느니라."

그의 말을 들은 사람들은 어이없다는 표정을 지었다.

그것도 그럴 것이 단소소와 싸웠던 마교 교주라면 마교 역사상 제일 잔인하다고 알려진 혈마(血魔)이기 때문이었다. 단순히 문파 이름이 마음에 안 든다고 멸문을 시킬 정도로 그 악명이 높은 혈마가 천진난만하기만 한 조별이었다니 도저히 믿어지지가 않았다.

입을 쩍 벌린 채 멍하니 있던 염색채는 그제야 알았다는 표정을 지었다.

"그… 그럼 조… 별이란 자가 했던 놀이라는 것이 혈마의 독문무공인 유희마공(遊戲魔功)?"

마공 역사상 제일 기괴하고 파괴력이 강한 유희마공을 들먹이는 그의 말에 사람들은 자신도 모르게 고개를 돌려 진로 대사를 바라봤다.

자신만을 바라보는 그들을 보며 살며시 웃던 진로 대사는 너무도 당연하다는 표정을 지었다.

"당연하지 않느냐? 설마 그 큰 사내가 애들이나 하는 놀이를 정말로 좋아한다고 생각한 것은 아니겠지?"

그의 말을 들은 당약약의 머릿속에 동폐장과 조강장이 당했던 이구동성 놀이와 팔씨름 벌로 무당파 고수들이 조별에게 당했던 모습들이 눈가를 스쳐 가기 시작했다.

죽어달라고 호소하던 그들의 모습이 떠오르자 그녀는 자신도 모르게 몸을 부르르 떨었다. 이건 사천의 나머지 두 문파 역시 다르지 않았다.

이때까지 침묵하고 있던 우문열이 살며시 입을 열었다.

"그럼 조별이 지금껏 순진무구한 모습으로 마교의 교주라는 사실을 숨겨왔다는 것입니까?"

"그건 아닐 것이다. 내 듣기로 그는 과거의 일을 기억하지 못한다고 한다. 즉, 자신이 마교의 교주였던 혈마라는 사실을 전혀 모른다는 것이지. 만약 자신이 혈마라는 사실을 인지하고 있었다면 운소, 그놈에게 그리 구박을 받을 리가 없지."

그의 말을 듣던 사람들은 맞다는 듯이 고개를 끄덕였다.

만약 자신이 혈마라는 것을 인지하고 있다면 운소는 그 즉시 잘 다져진 고깃덩이로 변할 것이 분명하였다. 그나마 기억을 하지 못해 다행이라는 듯이 한숨을 내쉬던 사람들은 이내 뭔가 떠오른 듯 고개를 들었다.

그들의 생각을 읽고 있다는 듯 진로 대사는 살며시 웃으며 말했다.

"어떠냐? 직원이 될 생각이 있느냐? 만약 없다면 다른 녀석을 직원으로 추천해야 하니 어서 답하거라."

거절하면 다른 사람을 직원 삼게 하겠다는 그의 말에 순간 방 안의 공기가 팽팽해졌다. 갑작스런 분위기에 살며시 고개를 돌리던 염색채는 이내 자신도 모르게 침을 삼키고 말았다.

순간 자신을 향해 뜨겁게 기운이 불어닥쳤기 때문이다.

거절하지 않으면 죽이겠다는 듯 살기까지 담고 있어 염색채는 자신도 모르게 뒷걸음을 쳤다.

아무 말도 없는 그를 보던 진로 대사는 됐다는 표정을 지었다.

"답이 없는 걸 보니 네놈은 관심이 없나 보구나!"

아직 답도 하기 전에 거절의 의미로 받아들이는 진로 대사를 본 염색채는 고개를 내저었다.

"무슨 말을 그리 하시는 겁니까?"

"무슨 말을 하다니? 난 네놈에게 오해서점 직원 자리에 관심이 있냐고 물어봤지만 넌 아무 말도 하지 않았으니 그건 관심이 없다는 말밖에 더 되겠느냐?"

"언제 제가 관심이 없다고 했습니까?"

"그럼 관심이 있다는 말이냐?"

"그거야……."

뒷말을 흐리는 그를 본 진로 대사는 역시라는 표정이었다.

"그것 봐라! 관심이 없지 않느냐?"

"말이란 게 그 끝을 알아야 그 속에 담긴 뜻도 아는 것 아닙니까?"

"그래서 하겠다는 것이냐 말겠다는 것이냐?"

"생각할 시간을……."

"그래? 그럼 다른 놈에게 넘기지!"

"아… 알겠습니다! 관심있습니다. 이제 됐습니까?"

답을 재촉하는 그의 말에 염색채는 자신도 모르게 관심이 있다는 말을 하였다. 그러자 방 안의 공기가 가라앉는다 싶더니 살기 어린 시선들이 염색채를 향하였다.

그도 그럴 것이 오해서점의 직원이라면 방 안에 있는 사람들 누구나 원하고 있던 것이기 때문이었다.

최강의 비급들과 평생을 가도 한 번 만져 볼까 말까한 영약들, 그리고 엄청난 자금력을 가진 오해서점과 연을 맺는다면 향후 무림사에서 커다란 획을 그을 것이 분명하기 때문이었다.

상황이 이렇다 보니 염색채가 오해서점의 직원이 되는 것을 좋아하는 사람은 아무도 없었다.

하나 상대는 진로 대사가 아닌가?

섣불리 오해서점의 직원이 되겠다고 나섰다가는 그에게 핍박이나 받을 것이 분명하기에 사람들은 그저 속으로 삭이는 수밖에 없었다. 그런 그들을 말끄러미 바라보던 진로 대사는 일이 해결됐다는 듯이 말을 하였다.

"그럼 장로회 문제는 해결이 된 듯한데 다른 문제로 넘어가지 그러느냐?"

장로회 문제는 그만 하라는 그의 말에 사람들은 아무런 말도 하지 않았다. 오해서점을 포섭할 수 있는 기회를 놓치고도 기분이 좋을 사람은 아무도 없기 때문이었다.

침묵으로 일관하는 사람들을 바라보던 원망이 이내 긴 한숨을 쉬었다.

"그럼 장로회도 구성이 됐으니 이제 남은 것은 인재들을 끌어들이는 것인데… 대인께 부탁했던 부적은 가져왔는가?"

원망이 부적을 들먹이자 뒤에서 시립해 있던 원장이 옆에 있는 승려를 보고 고개를 끄덕였다. 그러자 뒤에 있던 일곱 명의 승려가 재빨리 앞으로 뛰어나와 일렬로 서기 시작했다.

"여기 대령하였습니다."

일렬로 선 승려들을 물끄러미 바라보던 사람들은 이내 어이없다는 표정을 짓기 시작했다. 그도 그럴 것이 그들의 몸 이곳저곳에 노란 부적 종이가 하나둘씩 붙어 있기 때문이었다.

노란 종이에 붉은색 문양이 들어 있는 그 부적은 겉모습으로만 판단을 한다면 영락없는 귀신퇴치용 부적이었다. 한데 이 부적으로 무공을 펼칠 수 있다니 도무지 믿겨지지 않았다.

난감해하는 그들을 보던 원망은 살며시 자리에서 일어났다.

"그럼 부적도 만들어졌으니 이것이 얼마나 효과가 있는지 확인하도록 하겠습니다. 그럼 요 앞 삼불천(三佛天: 삼도천을 지킨다는 수호불)에서 그 시범을 보이도록 하겠습니다."

부적에 대한 시범을 보이겠다는 그의 말에 하나둘씩 사람들이 자리에서 일어나기 시작했다. 그것을 보고 있던 원망은 살며시 고개를 들어 원장을 보았다.

"부적 마공에 대한 수련은 확실히 끝마친 것인가?"

"확실히 마쳤습니다."

"그럼 됐네."

확실하게 수련을 했다는 그의 말에 원망은 다행이라는 표정을 지으며 사람들을 따라 삼불천으로 나아갔다. 삼도천을 상징하는 자그마한 호수 위를 건너 널찍한 공터로 온 그들은 중앙을 비워둔 채 가장자리에 가서 섰다.

아마도 부적 마공의 시범을 보일 승려들을 위한 배려인 듯싶었다.

잠시 후 중앙에 선 승려들 중 한 사람이 부적에 핏물을 묻히고는 살며시 입을 열었다.

"발동!"

말이 끝나기가 무섭게 그의 몸이 허공으로 솟구친다 싶더니 요란한 소리와 함께 바닥으로 내려섰다.

쿵!

지축을 울리는 듯한 소리와 함께 그 승려는 빠르게 바닥을 쓸어갔다.

허공을 가득 메운 흙먼지가 가라앉기도 전에 그 승려의 몸이 올라간다 싶더니 이내 벽퇴(劈腿)를 하면서 세 차례에 걸쳐 장과 권을 번갈아 펼쳐냈다.

부부붕!

세찬 바람 소리와 함께 날아가는 주먹을 지켜보던 우문열은 살며시 고개를 숙이다 이내 두 눈을 부릅뜨고 말았다. 바닥에 새겨진 천(天) 자를 보던 그는 이내 매우 놀랍다는 표정으로 입을 열었다.

"공동의 통천권(通天拳)?"

통천권을 들먹이는 우문열의 모습을 보던 사람들의 눈이 커진다 싶더니 이내 바닥에 새겨진 천 자를 보았다.

"서… 설마?"

말도 안 된다는 표정을 짓던 사람들은 이내 입을 굳게 다물었다.

외타내상(外打內傷)!

바깥을 때려 속을 상하게 한다는 이 말은 내가 고수라면 누구나 한 번쯤 들어본 말이기도 하다. 기본 중에 기본이라고 할 수 있는 말이지만 공동파에서는 이 말이 시사하는 바가 크다.

이유인즉, 외타내상을 극대화시킨 문파가 바로 공동파였기 때문이다.

보통 내가권은 바깥을 때림과 동시에 내기를 몸속으로 집어넣는 것이 기본이다. 더 쉽게 말하자면 내기를 이용해 상대방의 내장을 친다고 보는 것이 알맞을 것이다.

그러나 공동파에서의 내기운용은 조금 남달랐다.

다른 문파의 내기가 그저 타격을 입히는 정도라면 공동파는 내기를 물결처럼 보내 해를 입혔다. 흔히 호수에 돌을 던지면 파문이 일 듯이 내기를 이용해 상대방의 내장 자체를 뒤흔들어 버리는 것이다.

그중에서 칠상권은 상대방의 내장은 물론 뼈, 근육, 뇌까지 흔들리게 만들어 버려 상대를 완전히 폐인으로 만드는 무공으로 유명하다. 그러나 그 유명한 칠상권도 단점이 있었으니 그건 수련에 비해 성취 속도가 너무 느리다는 것이다.

그로 인해 공동파는 속성 수련을 통해 칠상권을 깨우치려 했으나 권법을 사용할 때마다 자기 자신까지 해를 입는 경우가 발생하고 말았다. 이에 공동파에서는 칠상권의 효과를 가지면서도 성취 속도가 빠른 무공을 만들게 되니 이것이 바로 지금 눈앞에 있는 통천권이었다.

내가권을 수련한 자라면 누구나 배우고 싶은 통천권이건만 그 위험성으로 인해 지금은 봉인된 무공이었다.

과거 통천권의 효능을 안 황실에서 이 무공을 군부에서 사용하였고 이로 인해 수많은 사람들이 목숨을 잃었기 때문이다. 내공이 낮은 자라도 통천권을 수련한다면 최절정의 고수를 충분히 죽일 수 있기 때문이었다.

이 같은 상황에 당황한 공동파는 군부에 있는 통천권을 없애려 하였고 이로 인해 공동파는 한때 멸문의 위기까지 갔었다.

수많은 이들의 희생으로 통천권을 군부에서 빼올 수 있었지만 이로 인해 봉문을 하였고 이 일로 공동파는 구파일방에서 내려서야만 하였다.

이렇듯 무서운 통천권을 단지 부적의 힘으로 펼칠 수 있다는 사실이 삼불천에 있는 사람들에게는 그저 무섭기만 하였다. 지금의 상황으로 미루어 본다면 다른 문파의 무공 역시 펼칠 수 있다고 봐도 되기 때문이었다.

지금껏 무림의 문파들은 고유의 내공운용 방식 때문에 타 문파의 무공을 익히기 어려웠다.

그러나 눈앞에 보이는 상황은 그 모든 것을 깨부수고 있었다.

마치 만류귀종의 의미를 알려주는 듯한 모습에 사람들은 그저 아연실색할 뿐이었다.

잠시 후 통천권의 모든 시연을 끝마친 승려는 살며시 손을 들어 예를 표하고는 뒤로 물러섰다. 그 모습을 멍하니 바라보던 사람들은 살며시 고개를 들어 원망을 바라보았다.

설명을 해달라는 듯한 그들의 모습에 원망은 살며시 입을 열었다.

"지금 보신 부적마공은 내공운용에 상관없이 타 문파의 무공을 펼칠 수 있습니다. 부적으로 인해 자신의 몸속에 있는 내기가 각 초식에 맞게 자동적으로 운용되기 때문입니다."

"하지만 자칫 잘못했다가는 역행하거나 뒤엉킬 수도 있지 않습니까?"

왠지 불안하다는 우문열의 말에 원망은 아니라는 표정을 지었다.

"부적을 발동시키는 순간 그때부터 의식을 제외한 신체의 모든 부분이 부적에 맞춰집니다. 한마디로 부적에게 자신의 몸을 뺏긴다고 보면 되는 것입니다. 시각, 후각, 촉감 등을 모두 뺏긴 상태라는 것입니다. 한마디로 부적이 운용하기 쉬운 백지상태라고 보시면 됩니다."

"배… 백지상태?"

"그렇습니다."

원망의 말을 듣고 있던 사람들은 믿을 수 없다는 표정을 지었다.

그것도 그럴 것이 한낱 부적 따위가 의식을 제외한 신체의 모든 것을 지배한다는 것도 믿겨지지 않았고 그동안 익혀왔던 내공이나 무공이 부적을 붙임으로써 백지상태로 돌아간다는 것도 믿겨지지 않았다.

어느새 삼불천에는 짙은 정적만이 자리하기 시작했다.

침묵만이 주위를 삼키고 있을 때 사람들의 마음속에는 탐욕의 자그마한 불씨가 피어오르기 시작했다.

'부적마공이라면 천하제일문파로 올라설 수 있다!'

'부적마공을 가진다면 온 무림을 자파의 발아래 놓을 수 있다!'

'부적마공만 가진다면 황제도 꿈꿀 수 있다!'

'부적마공이라면……'

'부적마공만 가지면……'

이렇게 속으로 외치던 사람들은 살며시 고개를 돌려 부적을 붙이고 있는 승려들을 보았다. 자신도 모르게 침을 꿀꺽 삼킨 그들은 살며시 고개를 들어 원망을 보았다.

"구… 궁금해서 그런데 지금 부적을 만들고 있는 사람은 누… 누구입니까?"

떨리는 목소리로 부적을 만드는 사람이 누구냐고 묻는 그들의 말에 원망은 살며시 눈살을 찌푸렸다. 그것도 그럴 것이 이번 일을 추진하면서 제일 염려했던 상황이 지금 일어나고 있기 때문이었다.

한숨을 길게 내쉬던 원망은 고개를 들고는 자신을 바라보는 사람들을 향해 입을 열었다.

"부적에 대한 모든 것은 대인과 오해서점 직원만이 관여를 할 것입니다. 소림은 물론 그 누구도 관여할 수 없음을 여기 이 자리에서 밝혀두는 바입니다."

속내를 훤히 들여다보고 있다는 듯이 말을 하는 그의 모습에 순간 사람들의 눈살이 찌푸려졌다. 불만 어린 표정으로 원망을 바라보던 사람들의 눈이 조금씩 커진다 싶더니 일제히 고개를 돌려 염색채를 보았다.

그런 그들의 시선을 받은 염색채 역시 조금은 어안이 벙벙한 표정을 지었다.

그도 그럴 것이 원망의 말에 의하면 이곳에서 유일하게 부적마공에 손댈 수 있는 사람이 염색채, 바로 자신이기 때문이었다.

오해서점의 직원이 되는 영광은 물론이고, 천하를 움켜쥘 수 있는 부적마공을 다룰 수 있는 사람까지 되다니 이건 행운이기보다는 천운이라고 할 수 있었다.

입을 쩍 벌린 염색채를 보던 사람들은 이내 눈살을 찌푸리며 속으로 분해하였다.

그러면서도 마음 한켠에서는 염색채가 부러워 미칠 지경이었다.

희비가 교차하는 그들을 물끄러미 바라보던 진로 대사의 입꼬리가 살며시 올라갔다.

"물론 염가, 네놈은 정식 직원이 아니니 부적마공에 대한 기대는 하지 않는 것이 좋을 것이다."

"예에? 그… 그게 무슨 말입니까?"

"무슨 말이긴, 네놈 갈 곳이 없기에 그곳에서 직원이나 하라고 한 것이지 다른 말은 없느니라. 굳이 따지자면 견습 직원 정도 되겠구나."

견습 직원이라는 말에 순간 염색채의 얼굴이 딱딱하게 굳어졌다.

이와는 반대로 주위에 있던 사람들의 얼굴에 미소가 피어나기 시작했다. 만감이 교차하는 그들을 바라보던 진로 대사는 살며시 고개를 돌려 원망을 보았다.

자신을 바라보는 진로 대사를 보던 원망은 살며시 고개를 숙였다.

자신이 우려했던 상황을 직접 나서서 정리를 해준 그가 너무나 고마웠기 때문이다. 거기다 염색채가 오해서점 직원이 되면서 쌓일 불만도 해소되어 더 이상 큰 문제는 없을 듯싶었다.

이렇듯 오해문파는 시간이 지나갈수록 윤곽을 나타내고 있었다.

"크크크! 오해서점이 문파로 바뀌었다더군!"

연신 웃으며 손에 든 종이를 건네주는 작은 체구의 노인을 보던 커다란 덩치의 노인은 살며시 눈살을 찌푸렸다.

"그래도 머리가 없는 녀석들은 아니군. 일단 사람들의 힘을 모으는 데 집중하는 것을 보면 말이야."

그나마 다행이라는 듯이 말을 하는 커다란 덩치의 노인을 보던 작은 체구의 노인은 살며시 입꼬리를 말아 올렸다.

"설마 너보다 머리가 없겠나?"

"무슨 말을 하는 거지?"

"한심스럽게 유도 심문에 당하는 너보다는 운소 그놈이 더 낫다는 것이지."

연신 웃고 있는 작은 체구의 노인을 죽일 듯이 노려보던 커다란 덩치 노인은 이내 마음에 안 든다는 듯 신경질적인 목소리로 말을 하였다.

"훙! 어차피 네놈도 당하지 않았던가? 거기다 중상까지 입었던 주제에 나에게 그리 밀 할 저지가 못 될 텐데……."

비아냥거림에 작은 체구의 노인 곁으로 작은 침 같은 것이 떠올랐다.

"크크크! 네놈이 죽고 싶은 게로구나!"

"날 죽일 배포나 있는 놈이면 좋겠구나!"

"뭐… 뭣이? 네 이놈을!"

살기를 있는 대로 뿜어내며 자리에서 일어나던 두 노인의 앞에 작은 불덩이 같은 것이 날아왔다.

파파파팍!

화르르륵!

순간 네 개의 작은 불덩이가 탁자에 꽂힘과 함께 불꽃을 날름거리며 주위로 퍼져 나가기 시작했다. 어느새 탁자 하나를 통째로 집어삼킨 화마(火魔)를 보던 두 노인은 살며시 눈살을 찌푸리며 입을 열었다.

"음양전(陰陽錢)?"

"벽력홍인가?"

음양전과 벽력홍을 들먹이던 두 노인은 살며시 고개를 들었다.

그러자 사신마냥 묵빛의 옷을 입은 한 노인이 다가오는 것이 보였다.

"천운성! 홍강! 자네들은 내가 없다고 또 싸우는 겐가?"

질책 어린 벽력홍의 말에도 불구하고 천운성과 홍강은 아무런 말도 하지 않았다.

오히려 고개를 숙이며 자신의 상관을 대하는 듯한 모습을 보였다.

그런 그들을 바라보며 입가에 미소를 그리던 벽력홍은 앉으라는 듯 손을 끄덕였다.

"앉게!"

앉으라는 그의 손짓에도 불구하고 두 사람은 벽력홍이 앉을 때까지 기다렸다가 앉았다.

그런 그들을 바라보던 벽력홍은 살며시 입을 열었다.

"그건 그렇고 이번에 홍강, 자네 애 좀 먹었다고 들었네."

"애먹을 것이 뭐가 있나? 그저 자네가 시키는 대로 할 뿐이지."

시큰둥하게 말을 하는 그의 모습에 벽력홍은 애를 달래듯 말을 하였다.

"너무 그러지 말게. 머지않아 모든 일이 끝날 테니까 말이야."

여전히 고개를 돌리고 있는 홍강의 모습에 천운성은 입가에 미소를 그리며 말을 하였다.

"벽력홍, 그만 하게! 그 애지중지하던 지혼시 두 개 모두 운소에게 당했으니 기분이 좋을 리 있겠나? 자네가 이해하고 넘어가게."

"천운성! 네놈이!"

"틀린 말을 한 것 같지는 않은데?"

비아냥거리는 천운성과 눈살을 있는 대로 찌푸리며 노려보는 홍강을 보던 벽력홍은 이내 긴 한숨을 내쉬며 말을 하였다.

"그만들 좀 하게! 어린애도 아니고 둘 다 왜 그러는가?"

입술을 삐죽이며 입을 닫아버린 두 사람을 보던 벽력홍은 또다시 긴 한숨을 내쉬었다.

"그건 그렇고 천운성, 자네는 내가 알아보라는 것은 알아봤나?"

알아봤냐는 벽력홍의 물음에 천운성은 입을 삐죽이다 이내 열었다.

"오해서점 말인가?"

"그래, 그것 말일세!"

"여기 있는 종이를 보면 알 수 있을 걸세. 일단 그들이 힘을 모아 오해문파라는 것을 만들었나 보더군. 아무래도 분산된 힘을 하나로 모으자는 술수겠지."

예상했던 일이 아니냐는 듯한 홍강의 말에 벽력홍은 살며시 눈살을 찌푸렸다.

"단순히 힘을 모으자는 의미는 아닐 걸세."

단순하게 그 뜻만 있는 것은 아닌 듯싶다는 그의 말에 홍강은 자신도 모르게 눈살을 찌푸렸다.

"그건 또 무슨 말인가?"

"아마도 운소가 쓰는 부적마공, 그걸 이용하려는 것일 게야."

"부적마공이라? 혹시 일반 사람들에게 부적마공을 사용하도록 할 것이라는 말인가?"

"그럴 걸세. 특별한 것도 없을 것이네. 부적은 운소, 그가 만들고 사용법만 익히면 되니 말이야."

"어이가 없군! 이래선 군이 우리가 세 곳을 차지한 보람이 없지 않은가?"

황당해 하는 홍강을 보던 벽력홍은 살며시 입가에 미소를 그렸다.

"그렇게 말하기에는 무리가 있네."

의미심장한 그의 미소를 보던 나머지 두 사람은 설명을 해달라는 듯 재촉하기 시작했다.

"무리가 있다니 그게 무슨 말인가?"

"거참! 이해 좀 가게 설명을 해주게."

그들의 닦달에 벽력홍은 못 이기는 척 살며시 입을 열었다.

"어차피 그들은 무림과는 전혀 상관없는 일반인일세. 그런 그들이 무림의 피비린내를 감당할 수 있을 것 같은가?"

살며시 입꼬리를 올리며 하는 그의 말에 두 사람은 이내 알 겠다는 표정을 지었다. 사실 무림인이라고 해서 누군가를 죽이는 것에 익숙한 것은 아니다.

가끔은 피비린내로 인해 검 한 번 휘두르지 못한 채 구토만 하는 무림인도 있었다. 이것을 볼 때 일반인들로 구성된 오해 문파는 자칫 잘못했다간 싸움도 하기 전에 망할 것이 분명하였다.

이 사실을 떠올린 천운성은 재미있다는 듯이 입을 열었다.

"크크크! 그 말은 우리가 조금만 겁을 줘도 그들이 물러설 거라는 것인데 그렇게 되면 너무 싱겁지 않을까?"

싸움할 맛이 나겠냐는 그의 말에 벽력홍은 살며시 수염을 만졌다.

"물론 그렇게 된다면 우리는 그다지 걱정하지 않아도 되겠지. 하지만 만약 그들이 오해문파로 끼게 된다면 약간 이야기가 달라지지."

"그들이라니, 그건 또 무슨 말인가?"

궁금하다는 듯 묻는 홍강을 보며 벽력홍은 살며시 고개를 들었다.

"바로 흑도(黑道)가 문제라네."

흑도를 들먹이는 벽력홍의 말에 두 사람은 입을 굳게 닫았다.

무림의 그 어떤 세력도 그들과 연관되기를 꺼려할 만큼 흑도는 무림과는 조금 다른 세상이라고 할 수 있었다. 녹림이 부패한 관리나 현 황제에 불만을 갖는 무리가 주축을 이루는 반면 흑도는 철저하게 이익을 우선으로 하는 집단이었다.

그러다 보니 황족은 물론이고 조정관료, 상단, 무림 할 것 없이 수많은 관계를 맺고 있었다. 상황이 이렇다 보니 무림과 흑도 사이에는 은연중에 불가침 조약을 맺게 되었다. 그런 그들이 만약 오해문파를 통해 무림으로 나서게 된다면 일은 걷잡을 수 없이 커질 것이 분명하였다.

거기다 흑도라면 사도련, 녹림, 마교도 혀를 내두르는 그런 곳이 아니던가?

이 같은 사실을 떠올리던 홍강과 천운성은 난감한 표정을 지었다.

그런 그들의 모습을 묵묵히 바라보던 벽력홍은 괜찮다는 듯이 입가에 미소를 지었다.

"너무 신경 쓰지 말게. 어차피 우리의 임무는 천의문을 만들고 운소와 싸우는 것뿐, 그 이상도 그 이하도 아니니 말일세."

임무를 들먹이며 말을 하는 그의 모습에 두 사람은 화들짝 놀라며 입을 열었다.

"대인께서 그리하라고 이르던가?"

"그렇다네. 이미 대인께서는 이 모든 것을 다 알고 있는 듯

하네. 그러니 어쩌겠나? 우리는 그저 그분의 명을 충실하게 이행할 수밖에 더 있겠나?"

의미심장한 미소로 바라보는 벽력홍의 모습에 두 사람은 살며시 입가에 미소를 그리기 시작했다.

어느새 이들 사이에는 알 수 없는 미소만이 가득했다.

제2장

흑도를 접수하라?!

"**자**네 들었나?"

"뭘 말인가?"

죽엽청 한잔하고 이제 막 닭고기 한 점 물어뜯던 점보 사내
는 무슨 일인데 호들갑이냐는 듯 물었다.

그런 그의 표정을 본 사마귀 코의 사내는 살며시 목소리를
낮췄다.

"오해서점이 오해문파로 바뀐다고 하네."

오해서점이 오해문파로 바뀐다는 그의 말에 점보 사내는
그 이야기냐는 표정을 지었다.

"그럼 자네는 몰랐나?"

이제야 알았냐는 그의 말에 사마귀 코 사내는 어이없다는 표정을 지었다.

"자넨 언제 알았는데?"

"벌써 삼 일이나 됐다네."

그 말에 사마귀 코 사내는 살며시 고개를 숙이며 말을 하였다.

"난 어제 알았는데……."

점보 사내는 먹고 있던 닭고기를 내려놓았다.

"그러니까 자네가 늦다는 거야! 요즘 같은 세상에 그리 소문에 어두우면 어떻게 사나?"

"그건 또 무슨 말인가?"

"이미 많은 사람들이 오해문파로 몰리기 시작했다네. 신분 지위 고하를 막론하고 말일세. 그것뿐이라면 말도 안 하네. 무공의 무 자도 모르는 무지렁이들마저 가고 있지."

무공을 전혀 모르는 사람들마저 오해문파로 몰리고 있다는 말에 사마귀 코 사내는 어이없다는 표정을 지었다.

"그런 사람들이 가서 뭘 하나? 이제 무공을 배워야 천의문의 상대도 되지 않을 텐데 말이야."

그런 그를 보던 점보 사내는 뭘 모른다는 듯이 혀를 찼다.

"그러니까 자네는 아직 멀었다는 것일세. 그들은 무공을 배우러 가는 것이 아니라 붙이러 가는 것일세."

"무공을 붙이다니 도대체 그건 무슨 말인가?"

전혀 이해가 안 된다는 그의 말에 점보 사내는 어찌 그리도 모르냐는 표정을 지었다.

"차라리 말도 못하는 벽하고 이야기하는 것이 좋을 듯싶네. 어찌 이리도 모르나? 두 번 말하기 싫으니 잘 듣게. 일단 오해문파가 천의문보다 사람들이 몰리는 이유가 뭐라 생각하나?"

"그거야… 그곳에는 대인이라는 사람이 있지 않은가? 최절정고수에다 영약도 주는 그런 대인 말이야."

"자네 말대로 분명 오해서점에는 대인이 있지. 하지만 그것이 중요한 것이 아니네. 사람들이 오해문파로 몰리는 이유는 단 한 가지! 누구나 무림 고수가 될 수 있다는 것일세."

누구나 무림 고수가 될 수 있다는 그의 말에 사마귀 코 사내는 말도 되지 않는 소리를 한다며 고개를 내저었다.

"말도 안 되는 소리는 집어치우게. 내 듣기에 무공을 익히려면 품성과 자질이 매우 좋아야 한다고 들었네. 거기다 십오 년 이상은 배워야 겨우 제대로 된 무공을 펼칠 수 있을까 말까 한다는데… 우리 같은 것들이 어찌 무공을 배우겠는가?"

도저히 이해가 되지 않는다면서 고개를 돌리는 그를 보던 점보 사내의 입가에 살며시 미소가 그려졌다.

"만약 그 모든 것이 필요없다면 어떻게 하겠나?"

"필요없어?"

"그렇다네. 품성이나 자질이 떨어져도 상관없고 십오 년 이상 무공을 배우지 않아도 상관없다면 자네 같으면 어떻게 하겠나?"

"그렇다면야… 당연 무림 고수가 되고 싶지."

당연한 것 아니냐는 그의 말에 점보 사내는 그럴 줄 알았다는 듯이 고개를 끄덕였다.

"지금 자네가 대답한 대로일세."

"대답한 대로라니?"

무슨 말을 하는지 도무지 이해가 되지 않는다는 그의 모습에 점보 사내는 옆에 있던 닭다리를 잡고 입에 넣었다.

우적우적!

한참을 씹는 그의 모습에 살며시 눈살을 찌푸리던 사마귀코 사내는 이내 연신 움직이던 점보 사내의 목울대가 멈추자 황급히 입을 열었다.

"말을 했으면 끝을 맺어야지! 내 대답이라니? 그게 도대체 무슨 말인가?"

"아까 말한 대로라네. 품성, 자질, 십오 년 이상의 수련! 이 모든 것이 오해문파에서는 필요없다는 것이네."

"필요없다니 그게 무슨 말인가?"

"한 말을 또 하게 만드나? 아까 말하지 않았는가? 무공을 배우지 않고 붙인다고 말일세. 무공을 하게끔 만드는 부적을 사용해서 무림 고수가 된다는 말일세."

부적을 통해 무림 고수가 된다는 말에 순간 사마귀 코 사내의 얼굴이 멍해졌다.

"부… 적으로 무공을 펼친다는 말인가?"

"그렇다네. 한마디로 돈으로 무림 고수가 되는 것이지."

돈으로 무림 고수가 된다는 그의 말에 순간 한쪽 끝에 있던 사내가 살며시 고개를 들었다. 평범한 죽립을 쓴 그는 날카로운 눈빛을 보이며 묵묵히 이들의 대화를 듣고 있었다.

그런 그의 모습에도 불구하고 점보 사내는 계속해서 자신의 말을 이어갔다.

"내가 듣기에 기초 무공은 은자 삼십 냥이고 그 위의 단계인 초급 무공은 은자 오십 냥이라고 하네. 물론 중급과 고급 무공도 있지. 한데 그 비용이 엄청나다네. 일단 기본 무공은 경공이라고 하는 것과 권법으로 구성되어 있어 검이나 도를 사용하고 싶으면 초급 이상의 무공을 사야 한다네."

"에이! 그래도 그렇지. 단순히 부적을 사서 붙인다고 무공을 펼칠 수가 있겠나?"

"자네가 그리 말할 줄 알았네. 한데 그것은 이미 다 확인된 사실이네."

부적을 붙이면 무공을 펼칠 수 있다는 것이 사실로 확인된 것이라는 그의 말에 사마귀 코 사내는 믿겨지지 않는다는 듯이 말을 하였다.

"그럼 정말 부적 하나면 공중도 날고 그런가?"

"공중을 나는 것은 본 사람이 없다고 하지만 요 앞에 두꺼비 바위를 주먹 하나로 부쉈다는 소리를 들었네. 거기다 옆 마을까지 왕복하는 데 일 다경이 안 걸렸네."

"두꺼비 바위를 한 주먹에 부숴? 거기다 옆 마을까지 왕복하는 데 일 다경이 안 걸린다는 말인가?"

"그렇다네."

그렇다는 그의 말에 사마귀 코 사내의 눈이 휘둥그레졌다.

한참을 밀없이 있던 그는 점보 사내를 향해 살며시 입을 열었다.

"그… 그럼 혹시 말일세. 돈만 있으면 나 같은 사람도 무공을 배울 수 있는가?"

"이를 말인가? 충분히 배울 수 있네."

배울 수 있다는 점보 사내의 말에 그의 입가에 미소가 그려졌다.

"그럼 이렇게 있을 시간이 없겠군."

"그렇지. 지금도 시간이 많이 지났으니 말일세."

오해문파에 가기 위해 일어나는 두 사내를 보던 죽립 사내 역시 자리에서 일어나 객잔을 나섰다.

한참을 걸어가던 그는 길가에서 새에게 먹이를 주는 거지 곁을 스쳐 지나갔다.

"오해서점이 문파로 바뀜! 부적마공으로 사람들을 무림 고수로 바꾸는 중임."

그의 말을 다 들은 거지는 손에 든 나무에 칼을 연신 찍는다 싶더니 새의 다리에 그것을 매달아 날려 보냈다.

그리고는 아무렇지도 않다는 듯 다시 새에게 먹이를 주기 시작했다.

"자! 자! 줄을 서시오!"

인산인해라는 말이 무슨 말인지 알려주는 듯 한없이 줄지어 서 있는 사람들을 보던 조별은 빙그레 웃더니 다시 한 번 줄을 서라고 외쳤다.

그런 그를 본 단소소가 살며시 입가에 미소를 지었다.

"이번엔 무슨 놀이인가요?"

무슨 놀이냐는 그녀의 말에 보결은 살며시 입을 열었다.

"줄 세우기 놀이 중이랍니다."

"줄 세우기 놀이?"

"그렇습니다."

단소소는 살며시 입가에 미소를 머금었다.

"재미있나 보네요."

재미있어 다행이라는 표정을 짓던 단소소는 긴 줄 앞에서 바쁘게 붓을 놀리는 미소년을 보았다.

"음! 기본 무공이요? 경공과 권술, 모두 해서 은자 육십 냥이에요. 예! 확인됐고요. 이 종이 가져가셔서 저기 구과로 가세요."

그가 붓을 멈출 때마다 접수대 옆에는 은자 꾸러미가 가득

채워졌다.

은자를 세고 담을 사람을 따로 둘 만큼 쌓이는 은자에 보는 사람이 다 놀랄 정도였다. 벌써 세 관이나 되는 양에 단소소도 적잖이 놀란 모습이었다.

"생각보다 잘 팔리나 봐요?"

어이없어하는 그녀의 모습에 보결은 살며시 입을 열었다.

"그렇습니다."

단소소는 접수대에 쌓인 은자 꾸러미를 다시 한 번 쳐다보다 이내 몸을 돌렸다. 접수대를 지나 왼쪽에 보이는 커다란 공터를 향해 걸어갔다.

한참을 걸어가고 있는 그들의 머리 위로 약 십여 명의 사람이 날 듯이 지나갔고 그 뒤를 또 다른 십여 명의 사람들이 쫓듯이 뛰어가고 있었다.

다 큰 어른들이 술래잡기하는 것도 이상하지만 더 이상한 것은 그들의 몸에 붙은 노란 종이였다.

마치 부적 같아 보이는 그 종이는 하나같이 다리에 붙어 있었다.

묘한 모습의 그들이 벽에 닿으려는 그 순간 커다란 목소리가 주위로 울려 퍼졌다.

"왼쪽으로 가라!"

귀가 멍해질 정도로 큰 목소리에도 불구하고 날 듯이 달려가던 사내들 모두 왼쪽으로 몸을 돌렸다. 일사불란하게 움직이던 그 사내들을 보며 미소를 짓던 단소소는 순간 어이없다는 표정을 지었다.

요란한 소리와 함께 앞에 있던 사내들 모두 바닥에 나뒹굴었기 때문이다.

쿵! 쿠쿠쿵!

"어이쿠!"

"크윽! 내 코! 내 코!"

"아이고! 내 다리야!"

엎어져 있는 모습으로 보아 아무래도 맞은편에서 달려오는 사람들과 부딪친 듯 보였다. 그물에 걸린 물고기마냥 꼬여 있는 그들을 보던 단소소는 한심스럽다는 듯이 고개를 내저었다.

그리고는 살며시 고개를 돌려 커다란 돌 위에 있는 사내를 보았다.

마치 조별을 보는 듯한 커다란 덩치의 그는 연신 뒷머리를 긁으며 고개를 숙였다. 이렇듯 미안해하는 이 사내가 바로 진로 대사의 부탁으로 일을 하게 된 오해서점의 보조 직원인 염색채였다.

그런 그가 맨 처음 맡은 일이 바로 이번에 새로 개파한 오해문파의 문도들 가운데 천지인화수(天地人火水)의 다섯 등급 중 제일 밑인 수(水) 단계인 일명 기초반 문도들에게 부적 사용법을 가르치는 일이었다.

전 마교 교주인 그가 하기에는 너무나 보잘것없는 일이었지만 주어진 일이기에 열심히 하였으나 늘 결과는 지금처럼 엉망이었다.

난감한 표정을 짓던 단소소는 살며시 고개를 숙였다.

"이번이 몇 번째인가요?"

"어제까지만 삼백쉰다섯 번째였습니다. 지금은 확실히 모르겠습니다."

세는 것조차 포기했다는 보결의 태도에 단소소는 이내 긴 한숨을 내쉬었다. 수 단계의 사람들은 부적마공을 처음 접하는 사람들이라 부적에 대한 겁도 많고 다루는 것 또한 힘들어 하였다.

그런 탓에 혹시나 있을지 모르는 안전사고에 대비해 다른 곳보다 기초반 교육장이 더욱 컸지만 일 다경이 멀다 하고 아까와 같은 일이 터지니 크다고 다 좋은 것은 아닌 듯싶었다.

난처한 표정의 단소소를 데리고 보결은 그곳을 지나 오른쪽으로 돌아갔다. 몰락한 무림문파의 장원을 사용하는 터라 이곳저곳에 공터나 커다란 전각이 있었다.

그중 수많은 숫자를 헤아리는 곳이라는 뜻의 만수상전(萬數商殿)이 쓰인 현판을 뒤로한 채 안으로 들어선 두 사람은 앞을 향해 빠르게 걸어갔다.

붉은색의 문을 열자 방 안에 있던 사람들의 고개가 홱 돌아갔다.

"오… 오셨습니까?"

"무슨 일이 있나요?"

난처한 듯한 사람들의 표정을 본 단소소는 이렇게 물었다.

그녀의 질문을 기다리기라도 했다는 듯 한 사내가 앞으로 나섰다.

"그게… 사실은 대인께서 저곳에서 주무시고 계십니다."

산처럼 쌓인 은자를 가리키자 단소소는 설마하며 그쪽으로 다가갔다. 그곳으로 다가가자 은자를 베개 삼아, 아니 이불 삼아 누워 있는 운소의 모습이 들어왔다.

'내 새끼들……'이라고 잠꼬대까지 하는 그의 모습에 단소소는 어이없다는 표정을 지었다. 사실 그녀가 접수대나 수련관을 들른 것은 조금 있으면 열릴 장로회의에 운소를 데려가기 위함이었다. 그런데 이렇게 태평하게 잠들어 있는 그의 모습을 보자니 왠지 말이 나오지 않았다.

그의 곁에 앉아 운소의 머리를 쓸어 넘기던 단소소는 살며시 입가에 미소를 그렸다.

그런 그녀의 모습을 보던 보결은 살며시 눈살을 찌푸렸다.

"주모님!"

자신을 부르는 목소리에 단소소는 씁쓸한 표정을 지었다.

"알았어요."

의미 모를 그녀의 말에 보결은 살며시 한숨을 내쉬었다.

순간 부스럭거리는 소리와 함께 운소가 눈을 떴다.

"소소야?"

"예! 깨어나셨어요."

"웅! 근데 무슨 일이야?"

기지개를 한껏 펴던 그는 살며시 고개를 돌려 단소소를 보았다.

자신이 보는데도 입을 있는 대로 벌려 하품을 하는 그를 바라보던 단소소는 입가에 미소를 그렸다.

"장로회의에 참석하래요."

"장로회의?"

장로회의란 말에 운소는 귀찮다는 듯이 입을 삐죽거렸다.

짜증스럽다는 그의 표정을 본 단소소는 그러면 안 된다는 듯이 말을 하였다.

"가가! 그분들이 없었더라면 오해문파라는 것은 없었을뿐더러 지금처럼 많은 돈을 벌기는 어려웠을 거예요."

그녀의 말에도 운소는 여전히 귀찮다는 표정이었다.

"노인네들이 모여서 골치 아픈 이야기만 하는데 그곳에 낄 생각은 전혀 없어."

원망, 우문열, 사천의 세 문파의 수장들을 보고 노인네라고 말을 하는 운소의 모습에 단소소와 보결은 어이없다는 표정을 지었다. 아마도 무림에서 그들을 가지고 노인장, 노인네라는 칭호를 쓰는 사람은 운소뿐이 없을 듯싶었다.

"가가! 지금껏 여섯 번의 장로회의가 있었지만 가가께선

한 번도 모습을 드러내지 않았잖아요. 이렇게 되면 오해문파 문도들의 사기가 떨어질 거예요. 그러니 이번은 꼭 참가하세요."

"그래도 골치 아픈데……."

"그래도 이번만은 꼭 참가하셔야 해요."

거듭 강조하는 그녀의 모습에 운소는 알겠다는 듯 고개를 끄덕였다.

"그럼 한번 가보기로 하지 뭐!"

선심 썼다는 듯한 그의 표정에도 불구하고 단소소는 입가에 미소를 그렸다.

"잘 생각하셨어요."

얼굴 가득 웃는 그녀를 보던 운소는 마치 못 잔 잠을 보충이라도 한다는 듯이 바닥에 몸을 돌려 누웠다.

그런 그를 보던 단소소는 어이없다는 표정을 지었다.

"가가! 뭐 하시는 거예요?"

"뭐 하긴 자는 거지!"

새삼스레 뭘 묻느냐는 그의 모습에 단소소는 이내 긴 한숨을 내쉬었다.

"장로회의는 이제 곧 열릴 건데 지금 누우시면 어쩌겠다는 거예요?"

장로회의가 열린다는 단소소의 말에 운소는 살며시 눈살을 찌푸렸다.

"내일 열린다는 것 아니었어?"

"제가 언제 내일 열린다고 했어요. 조금 있으면 장로회의 열리니깐 어서 일어나요!"

자신의 어깨를 붙들고 뒤흔드는 그녀의 모습에 운소는 알았다는 표정을 지었다.

"아… 아! 알았다고! 지금 일어나면 될 것 아니야?"

짜증 어린 표정으로 몸을 일으키는 그를 보던 단소소는 안 되겠다는 듯이 그를 붙들고는 밖으로 나가기 시작했다. 마치 바람을 피우다 걸린 것마냥 풀이 푹 죽어 나가는 운소의 모습에 보결은 살며시 고개를 내저었다.

오해문파의 장로회의가 열리고 있는 정천전(天正殿)은 그 어느 때보다도 엄숙하고 진지하였다. 무겁게 깔린 공기만큼이나 수심 가득한 사람들의 모습이 다른 때와는 사뭇 달라 보이기까지 하였다.

입을 굳게 다문 채 긴 한숨을 내쉬던 원망은 살며시 고개를 들었다.

"현재 천(天) 등급의 상태는 어떻습니까?"

천지인화수(天地人火水)의 다섯 등급 중에서 제일 맏이인 천 등급을 묻는 그의 말에 우문열이 살며시 고개를 숙이며 입을 열었다.

"천 등급인 아미, 당문, 청성, 소림, 개방 문도들의 부적 적응은 매우 순조롭게 진행되고 있습니다. 하나 지(地) 등급부터는 부적 적응이 쉽지 않은 듯 보입니다. 그러나 이것은 시간문제일 뿐 다른 문제는 없습니다."

별다른 문제 없다는 그의 말에 원망은 살며시 눈살을 찌푸렸다.

"그렇다면 남은 것은 인력인가?"

인력을 들먹이는 그의 말에 주위에 있던 모든 사람들이 난감한 표정을 지었다. 또다시 침묵 속에 빠져 있는 사람들을 바라보던 우문열은 조심스레 입을 열었다.

"인력도 부족하지만 제일 큰 문제는 지 등급 이하의 문도들이 천의문과의 싸움에서 버텨낼 수 있을까 하는 것입니다."

"그건 또 무슨 말인가?"

천의문과의 싸움에서 문도들이 버텨낼지 의문이라는 우문열의 말에 원망은 이해가 안 가는 표정을 지었다.

그런 그의 모습을 묵묵히 보던 우문열은 설명을 하듯 말을 하였다.

"알고 있다시피 모든 문파의 제자들은 죽음을 체험시키기 위해 산짐승을 사냥시키곤 합니다. 이것은 자신의 무공에 의해 사람이 죽었을 당시 겪을 정신적 고통을 무마시키기 위해서입니다. 그런 그들과는 달리 일반인들에게 있어 죽음이란 사뭇 다릅니다. 병역을 했던 사람이라면 몰라도 그런 적이 없는 이들에게는 매우 힘들 것이라 생각합니다."

죽음의 공포를 들먹이는 그의 말에 원망은 무슨 말인지 알겠다는 표정을 지었다.

"자네가 뭘 말하려는지 잘 알고 있다네. 하지만 그것을 염두하면서 사람들을 받아들이기엔 우리 측 인원이 너무 없네. 그럴 상황이 못 된다는 것이네."

"저도 그 점에 대해서는 공감을 합니다. 하지만 막상 천의문파의 싸움에서 자리를 이탈할 문도가 지금으로서는 수두룩합니다. 이건 모두 오해문파의 구성상 어쩔 수 없는 일입니다."

오해문파의 구성, 즉 돈으로 맺어진 관계는 언제든 무너질 수 있다는 것을 언급하는 그의 얼굴에서는 다른 때와 달리 사뭇 긴장감마저 들었다.

그도 그럴 것이 한 번 문도들이 이탈하기 시작하다면 그땐 걷잡을 수 없는 상황이 벌어질 것이 분명하기 때문이었다.

과거 벌였던 수많은 전쟁에서 지휘관들이 경계했던 부분이기에 그의 말은 더욱 심각하게 받아들여지고 있었다. 긴 한숨을 내쉬며 침묵으로 일관하는 그들의 귓속에 경쾌한 목소리가 들려왔다.

"그럼 제대로 싸울 놈을 데려오면 되지 않느냐?"

순간 사람들의 고개가 휙 돌아갔다.

언제 나타났는지 진로 대사가 새끼손가락으로 연신 코를

파며 야설을 읽고 있었다. 한참을 코를 파다 엄지에 침을 묻힌다 싶더니 책장을 넘기기 시작했다. 그런 그를 보던 사람들은 순간 울컥 치미는 뭔가에 혀를 입 밖으로 내밀었다.

울렁이는 속을 손을 들어 토닥이던 우문열은 살며시 입을 열었다.

"제대로 싸울 사람이라니? 그게 무슨 말입니까?"

엄지에 침을 묻혀 책장을 넘기던 진로 대사는 책을 눕히고 고개를 들었다.

"네놈이 그러지 않았느냐? 제대로 싸울 사람이 없다고 말이다. 그래서 제대로 싸울 사람을 알려주려는 것이 아니더냐?"

"정말이십니까?"

"그럼 이 나이에 네놈 붙들고 장난이나 치고 있을 것 같으냐?"

뭔 말을 그리 하냐는 듯 눈을 부라리는 진로 대사를 본 우문열은 자신도 모르게 고개를 숙였다. 그러나 그가 말한 제대로 싸울 사람이 누구인지 궁금하였다.

"흑도를 꼬시거라!"

난데없이 흑도를 꼬시라는 그의 말에 순간 모든 사람들의 행동이 멈칫하였다. 그런 그들을 보던 진로 대사는 살며시 눈살을 찌푸리며 버럭 소리를 지르기 시작했다.

"왜 그리 얼굴을 구기는 것이냐?"

화가 난 듯한 그의 모습에 원망은 아니라는 듯이 입을 열었다.

"아닙니다. 그것보다 흑도를 꼬시라니 무슨 말씀이십니까?"

진로 대사는 못마땅하다는 듯이 눈살을 찌푸렸다.

"왜 흑도와 손을 잡으라는 것이 마음에 걸리느냐?"

"그게 그렇지 않습니까? 흑도라면 마도들도 싫어하는 인물들이 아닙니까? 거기다가 백성의 고혈이나 쥐어짜는 존재가 아닙니까?"

거부감을 보이는 원망의 모습에 진로 대사는 어이없다는 표정을 지었다.

"흑도가 그리 우습게 보였더냐?"

흑도가 우습게 보이냐는 진로 대사의 말에 원망은 순간 고개를 들었다.

왠지 그의 말이 아까와는 사뭇 다른 분위기를 연출하고 있기 때문이었다.

"그게 무슨 말씀이십니까?"

"네놈의 눈엔 흑도가 그리 쉽게 보였나 싶어서 그러느니라."

"쉽게 보이다니? 그럼 흑도를 무서워해야 할 이유라도 있습니까?"

흑도와 자신들을 비교하는 것 자체가 싫다는 듯한 우문열의 표정에 진로 대사는 책을 덮고 살며시 입꼬리를 올렸다.

"네놈들의 모습을 보니 흑도에 대해서 커다란 착각을 하고 있나 보구나!"

"착각?"

"그래, 착각! 흑도가 얼마나 무서운 존재인지 모른단 말이다."

흑도가 무서운 존재라는 말에 순간 방 안에 있던 모든 사람들의 고개가 갸웃거려졌다. 그런 그들을 한심스럽게 바라보던 진로 대사는 살며시 입을 열었다.

"쯧쯧쯧! 흑도의 시작이 무엇이라고 생각하는 것이더냐? 흑도의 시작은 인간의 오욕칠정(五慾七情)에서 비롯됐느니라. 즉, 인간의 오욕인 재물(財物), 명예(名譽), 색(色), 식(食), 수면(睡眠)과 칠정인 희(喜), 노(怒), 애(哀), 락(樂), 애(愛), 오(惡), 욕(慾)을 충족시키는 일을 하는 존재가 바로 흑도라고 보면 될 것이니라."

"오욕칠정을 충족시키는 일을 하는 자들이 흑도라는 말입니까?"

"내 말을 뻘로 듣는 것이냐?"

버럭 소리를 지르는 그의 모습에도 불구하고 그 어떤 이도 답하는 자가 없었다. 멍해 보이는 그들을 물끄러미 바라보던 진로 대사는 됐다는 듯 입을 열었다.

"오욕칠정을 충족시키는 것을 주목적으로 하는 흑도가 제일 먼저 한 것은 하오문과 같은 일이었다. 즉, 홍등가를 만들어 색을 충족시키거나, 도박장을 만들어 재물을 탐하게 만들거나, 객잔이나 주루를 만들어 식을 충족시켰던 것이지. 하지만 그들은 얼마 지나지 않아 커다란 목표를 세우게 되었느니라. 그것은 바로 영웅호걸들을 충족시키는 일, 즉 명예를 충족시키기로 한 것이니라."

"영웅호걸의 명예를 충족시키다니 그건 또 무슨 말입니까?"

"흔히 황제라 함은 천인(天人)의 아들이라고 하지 않느냐? 그러나 그 어떤 황제도 천인의 자손이라 칭하는 자는 아무도 없었느니라. 물론 전설이나 설화에서는 그런 것이 있으나 우리가 아는 역사 속에는 그 어떤 자도 천인과는 관계가 없느니라. 만약 이 같은 사실을 영웅호걸들에게 알려준다면 어떻게 될 것이라 생각하느냐?"

진로 대사의 말을 듣고 있던 우문열은 어이없다는 표정을 지었다.

"그… 그들은 필시 황제가 되고 싶어할 것입니다."

황제가 되고 싶어할 것이라는 그의 말에 진로 대사는 살며시 입가에 미소를 지었다.

"바로 그것이지. 흑도들이 영웅호걸들에게 던진 것은 바로 황제라는 명예였던 것이다. 그렇다면 황제가 되기 위해서는 뭐가 필요하겠느냐?"

우문열을 손가락으로 지칭하며 말을 하는 진로 대사의 모습에 모든 사람들의 시선이 그를 향해 돌아갔다. 자신에게 쏠리는 시선을 느낀 우문열은 순간 긴장감으로 자신도 모르게 말을 더듬었다.

"일단 천지인(天地人)이 필요합니다. 천은 하늘의 의지, 즉 명분이고 지는 땅, 자신의 영토를 말하며 인은 자신을 보필해 주는 사람들을 말합니다. 거기다 시(時)까지 갖춘다면 금상첨화(錦上添花)라 할 수 있을 겁니다."

황도의 기본을 말하는 그의 모습에 진로 대사는 잘했다는 듯이 입가에 미소를 머금었다.

"네 말대로 한 인간이 황제로 가기 위해서는 천지인시가 필요하지. 하지만 그 모든 것이 인간의 오욕칠정에서 벗어나는 것이 없느니라. 명분이라는 것은 그저 명예의 다른 이름이고, 영토라는 자신의 재물을 뜻하며 인이라는 것은 자신의 욕망을 충족시켜 줄 사람들이니라. 이렇게 흑도는 소위 영웅호걸들의 욕망을 충족시키면서 자라나 지금은 온 대륙의 모든 사람들의 오욕칠정을 충족시키는 역할을 하고 있느니라."

기나긴 진로 대사의 말을 듣고 있던 사람들은 놀랐다는 듯이 침음성을 흘렸다. 그도 그럴 것이 그저 삼류 하류배들을 위해 존재하는 것이 흑도라고 생각했건만 실제로는 전혀 그렇지 않았기 때문이었다.

자신도 모르게 침을 꿀꺽 삼키는 그들을 보던 진로 대사는 살며시 입을 열었다.

"그러나 모름지기 인간의 욕심이란 그 끝을 모르는 법. 황제를 넘어 신선까지 되려는 인간의 욕심을 본 흑도는 한 가지 결심을 하였지. 그것은 바로 조종이라는 것이었느니라. 즉, 오욕칠정을 충족시키는 것을 지나 조종하자는 생각을 가지게 된 것이니라. 그 결과 진나라가 약 사십 년 만에 멸망하였으며 수나라 역시 미찬가지 이유로 멸망하게 되었느니라."

"이해가 안 됩니다. 나라가 어지러울수록 흑도에게 좋을 텐데 어찌 그런 일을 했다는 말입니까?"

진로 대사는 한심스럽다는 듯 쳐다보았다.

"그들이라고 그런 생각을 해보지 않았겠느냐? 하지만 대지가 있어야 씨를 뿌리고 수확을 할 수 있는 것! 황제의 폭정으로 인해 고달픈 백성들이 자신들의 오욕칠정을 충족하려 들지 않는 법이니라. 결국 흑도는 그것을 막기 위해 황제를 암살하였던 것이고 그 후로도 계속되어 왔느니라."

"하지만 황제의 죽음 어디에도 흑도가 손을 썼다는 증거는 없지 않습니까?"

정곡을 찌르는 우문열의 질문에 진로 대사는 제법이라는 표정을 지었다.

"물론 흑도가 나서지는 않았느니라. 사람의 오욕칠정을 이용하는 그들이라면 굳이 손을 쓸 필요가 없기 때문이지."

진로 대사의 답을 듣고 있던 원망은 어이없다는 표정을 지었다.

"그… 그렇다면 차도살인(借刀殺人) 계를 사용했다는 겁니까?"

차도살인계를 들먹이는 원망의 말에 순간 주위에 있던 모든 사람들의 얼굴이 차갑게 굳어지고 말았다. 그런 그들을 물끄러미 바라보던 진로 대사는 맞다는 듯 고개를 끄덕였다.

"그렇지! 황제의 주변에 있는 사람들 역시 인간이니까 말이다."

황제 주변에 있는 사람들 역시 인간이라는 그의 말에 주위에 있던 사람들은 자신들의 생각이 맞다는 표정을 지었다. 이들이 생각한 차도살인계란 바로 황제 주변의 인물 중에 명예욕이 강한 이를 부추겨 결국 황제를 암살하도록 만들었다는 것이다. 인간의 오욕칠정을 이용해 세상을 생각대로 움직인다니 새삼 흑도가 무섭게 느껴지는 순간이었다.

침묵으로 가득한 방 안을 물끄러미 바라보던 진로 대사는 살며시 입을 열었다.

"그런 흑도들이라면 분명 오해문파에도 도움을 줄 것이니라."

그들이라면 오해문파에 도움을 줄 것이 분명하였으나 과연 그들이 나설까 하는 의문이 들었다. 이때까지 가만히 있던 당약약이 살며시 입을 열어 이 의문에 대해 답을 청하였다.

"그런 그들이 과연 도움을 줄까요?"

"쯧쯧쯧! 한심스럽구나! 네놈들 문파가 어떻게 세력을 갖추었고 무림맹, 사도련, 마교가 어떻게 형성이 되었는지 까맣게 잊었느냐?"

그의 말을 들은 사람들은 순간 침음성을 흘리고 말았다.

그것도 그럴 것이 세력을 넓히기 위해 그들이 접촉하는 것은 다름 아닌 상단이었다. 상단의 지원에 의해 세력을 넓히고 영향력을 행사하는 것이 기본 수순이었다.

이것은 무림맹이나 사도련, 마교 모두 다를 바 없었다.

만약 그런 자신들의 욕심을 알고 흑도에서 도와준 것이라면 이건 커다란 문제가 될 것이다. 그도 그럴 것이 과거 그랬던 것처럼 욕심이 과해지면 흑도에 의해 멸문당할 수도 있다는 말이 되기 때문이었다.

무섭다는 표정을 짓는 사람들을 보던 진로 대사는 됐다는 듯 말했다.

"뭘 그리 겁을 먹느냐? 뭐든지 과하지만 않으면 되는 법. 오해문파가 무림을 떠나 황제가 되겠다는 허황된 생각만 없다면 흑도라고 해서 싫어할 이유는 없으니 그리 겁먹지 말거라."

괜찮을 것이라는 그의 말에 사람들의 찡그려졌던 얼굴이 조금 펴졌다.

"그럼 흑도와는 어떻게 접촉할 생각이십니까?"

"그건 간단하니 걱정 말거라. 흑도의 지배자라는 청홍방

(靑紅房)의 삼 대인 중에 한 명을 내가 알고 있으니 그와 만나면 모든 것이 해결될 것이니라.”

“그렇다면 그곳엔 누가 가는 것입니까?”

우문열의 말에 순간 방 안에 있던 모든 이들의 고개가 숙여졌다. 그런 그들을 물끄러미 바라보던 진로 대사의 눈에 누군가 방문을 열고 안으로 들어오는 것이 보였다.

끼이익!

“아직도 회의 중이야?”

짜증 어린 시선으로 주위를 둘러보는 운소를 보던 진로 대사는 적임자를 찾았다는 듯이 입꼬리를 살며시 올렸다.

“저놈이 갈 것이다!”

그의 말이 끝나기가 무섭게 방 안에 있던 모든 사람들의 시선이 운소에게 쏟아졌다. 자신에게 쏟아지는 시선에 당황한 운소는 손을 들어 자신의 얼굴을 가렸다.

“내가 뭐?”

뭐냐는 듯한 그의 표정과는 달리 방 안에 있던 모든 사람들의 고개가 끄덕여졌다. 이렇게 운소는 흑도 청홍방의 삼 대인과 운명의 대면식을 갖게 되었다.

제3장

도박의 신 운소?!

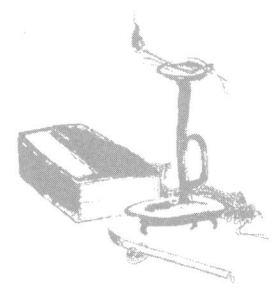

또로로록!

탁자 위를 사정없이 구르던 것이 이내 비틀거리며 춤을 추기 시작했다.

전신을 떠는 듯한 소리와 함께 탁자 위에 멈춰 서자 순간 주위에서 커다란 탄성 소리가 울려 퍼졌다.

"삼, 오, 일! 도합 구로 소(小) 승!"

"젠장! 또냐?"

"어째 숫자 하나씩 모자라는 거야?"

미치겠다는 듯이 말을 하던 사람들은 이내 고개를 절레 흔들었다.

세 개의 투자(骰子:주사위)에 이렇듯 화를 내는 것은 이곳이 바로 도박장이기 때문이었다. 한 판에 많게는 은자 서른 냥까지 오고 가는 곳이라 이들의 신경은 있는 대로 예민해져 있었다. 그러나 그것도 잠시, 품에서 은자를 꺼냄과 동시에 모든 시선이 흔들린 커다란 대나무 통으로 집중되었다.

　"대(大)! 대! 대!"

　"소(小)! 소! 소!"

　탁!

　미친 듯이 대소를 연호하던 그들은 멈춰 선 통을 보았다.

　그와 동시에 한 사내가 작은 투자를 들어 탁자 위에 뿌렸다.

　또로로록!

　묘한 소리와 함께 투자가 움직이더니 붉은 점 두 개를 보이며 섰다.

　순간 찌푸려지는 사람들의 눈살과 함께 대나무 통이 위로 들려지고 있었다.

　"이, 육, 사! 도합 십이로 대(大) 승!"

　대가 승리했다는 말에 순간 사람들의 얼굴에 희비가 교차하였다.

　그도 그럴 것이 여섯 차례나 소가 나왔던 터라 모든 사람들이 소에 걸었기 때문이다. 결국 끝까지 대에 걸었던 세 사람만이 돈을 땄고 나머지는 빈털터리가 되고 말았다. 자신의 손에 들린 은자를 바라보며 미소를 짓던 노인은 순간 들려온 말에 눈살을 찌푸렸다.

"당신이 견귀(犬鬼)유?"

귀찮다는 표정의 사내를 보던 노인은 순간 어이없었다. 그것도 그럴 것이 기껏해야 스물두 살이나 돼 보일 만한 어린것이 반말을 해대니 기분이 좋을 리 없었다.

이렇듯 처음 보는 그에게 반말을 하는 사내는 바로 운소였다.

운소는 진로 대사의 명에 의해 청홍방의 삼 대인 중 견귀이운랑을 만나러 온 것이었다.

순간 치밀어 오르는 노기를 참던 이운랑은 살며시 한숨을 내쉬었다.

"네놈은 예의라는 것도 없냐?"

"같이 늙어가는 처지에 너무 그러지 맙시다!"

한술 더 뜨는 그의 행동에 순간 이운랑은 고개를 들어 삼삼호흡이라는 것을 하였다. 노기를 다스리는 데에는 탁월한 효능을 가지고 있다는 그 호흡법을 연신 해대던 이운랑은 살며시 고개를 돌렸다.

"네놈이 죽고 싶어서 안달이 났나 보구나!"

버럭 소리를 지르는 이운랑의 모습에도 불구하고 운소는 새끼손가락으로 귓속을 파는 것으로 대신하였다. 자신의 말은 안중에도 없다는 듯한 그의 모습에 이운랑은 점점 얼굴이 붉어지며 바드득 이를 갈았다.

"네놈을 뼈째 갈아 마셔 버리겠다!"

저주 섞인 그의 말에도 불구하고 여전히 귀만 파던 운소는 살며시 입을 열었다.

"당신이 청홍방 삼 대인이유?"

청홍방을 들먹이는 운소의 말에 붉어졌던 그의 얼굴이 삽시간에 창백하게 변하였다.

주위를 연신 살피던 그는 자그마한 목소리로 말을 하였다.

"어… 어디서 그런 말을 들었느냐?"

"소림의 노망난 땡중이 그러던데……."

"노망난 땡중?"

소림의 승려를 노망난 땡중이라고 표현하자 이운랑은 순간 어이없다는 표정을 지었다.

"소림에 진로인가? 뭔가 하는 땡중 있잖아!"

진로 대사를 말하는 것을 안 이운랑은 살며시 눈살을 찌푸렸다.

그리고는 운소의 손을 붙들고 어디론가 가기 시작했다. 어디 간다는 말도 없이 무작정 끌고 가자 운소는 짜증이 치밀었다.

"뭐야?"

"시끄럽다! 삼 대인을 찾아온 거라면 그저 조용히 따라오거라!"

살기 어린 그의 말에 운소는 재빨리 입을 닫았다. 왠지 계속 떠들었다가는 그의 말대로 뼈도 못 추릴 것 같았기 때문이다.

도박장을 나와 한참을 걸어가던 두 사람은 마을에서 조금 떨어진 커다란 폐장원으로 들어갔다. 다 쓰러져 가는 폐장원을 보며 눈살을 찌푸리던 운소는 이내 들어오는 광경에 두 눈을 크게 떴다.

폐장원은 보통 장원과는 달리 이중 장원으로 되어 있었다.

다 쓰러져 가는 장원을 한참 들어가면 장원의 뒷문이 나오는데 그것이 진짜 정문이었다. 즉, 앞쪽에 있는 폐장원은 가짜였고 뒷문으로 들어가야 진짜 장원이 나오는 것이었다.

그곳에서는 수많은 사람들이 바삐 움직이고 있었는데 그 모양새가 흡사 상단을 보는 듯하였다. 수많은 물건들과 사람들을 보던 운소는 자신의 곁을 지나는 사람들이 이운랑에게 공손히 인사하는 것을 보았다.

아무래도 이운랑은 이곳에서는 매우 중요한 위치에 있는 듯싶었다.

한참을 걸어간 두 사람은 무안각(無眼閣)이라 쓰인 곳으로 들어갔다.

그곳으로 들어간 이운랑은 운소를 탁자에 앉히고는 안으로 들어가 버렸다. 혼자 남겨진 운소는 짜증 어린 표정으로 눈살을 찌푸리더니 이내 모르겠다는 듯이 의자에 기대 눈을 감았다.

하늘하늘 불어오는 바람에 자신도 모르게 잠에 빠져든 운소는 고개를 연신 끄덕였다. 아까와는 다른 복장으로 나온 이운랑은 입가에 침까지 흘리며 자고 있는 그의 모습에 어이없다는 표정을 지었다.

자칫 잘못하면 자신의 목숨이 날아갈 수도 있는 곳에서 태평스럽게 자고 있는 모습이 너무나도 황당했기 때문이다.

그런 그를 보고 있던 이운랑의 입가에 미소가 그려졌다.

"고놈! 배포 한번 크구나!"

재미있다는 듯 웃는 그의 곁으로 넓적한 얼굴의 사내가 차를 가지고 다가왔다.

"대인, 천의문에서 사람이 왔습니다."

"천의문에서 말인가?"

"그렇습니다."

천의문에서 사람이 왔다는 말에 살며시 눈살을 찌푸리던 이운랑은 입꼬리를 말아 올렸다.

"이곳으로 데려오거라!"

그의 말에 넓적한 얼굴의 사내는 조금은 의외라는 표정을 짓다가 고개를 돌려 태평스럽게 자고 있는 운소를 보았다.

아무래도 이 사내 때문인 듯싶다는 생각에 넓적한 얼굴의 사내는 알겠다는 듯이 고개를 끄덕였다.

"그리하도록 하겠습니다."

손에 든 차를 내려놓은 그 사내는 살며시 고개를 숙이더니 이내 몸을 돌려 나갔다. 그런 그는 보지도 않은 채 이운랑은 살며시 의자에 앉아 운소가 깨어나기를 기다렸다.

그 순간 고개가 밑으로 뚝 떨어지면서 바닥으로 떨어진 운소는 오만 가지 인상을 쓰며 자리에서 일어났다.

그런 그를 보던 이운랑은 살며시 입을 열었다.

"이제 일어났느냐?"

"언제 왔어?"

있는 대로 입을 벌리며 하품을 하는 그의 모습에 이운랑은 황당하면서도 웃음이 나왔다. 지금껏 이렇게 태평스러운 사람은 처음 본 것 같다는 생각이 들었다.

"금방 왔느니라. 한데 네놈은 뭔 배짱이 그리도 두둑한 것이더냐?"

"뭐가?"

"내가 만약 네 목숨을 탐하는 자라면 어쩌려고 그랬느냐?"

"그럼 죽는 거지, 뭐!"

별거있겠냐는 그의 태도에 질문을 했던 이운랑이 도리어 당황스러웠다.

"무슨 대답이 그러느냐?"

"소림의 노망난 땡중이 당신 찾아가면 도움을 줄 거라고 했어. 그건 당신이 날 죽일 필요가 없다는 것과 같잖아. 그리고 아까 자는 중에 내 목숨을 취했다면 난 고통도 없이 가는 것 아니야. 그럼 됐지, 뭐!"

고통없이 죽는 것으로 만족한다는 그의 말에 이운랑은 순간 어이없다는 표정을 지었다. 그것도 그럴 것이 그 누가 죽음에 대해 이리도 쉽게 말할 수 있겠는가?

운소가 아니라면 도저히 생각해 낼 수 없는 생각이었다.

뜨거운 찻잔을 들어 후후 불어대며 마시는 운소를 보던 이운랑은 이내 큰 소리로 웃었다.

"클클클! 내놈이 혹시 운소라는 놈이더냐?"

자신의 이름을 말하는 그의 모습에 운소는 살며시 고개를 들었다.

"어라? 내가 이름을 말한 적이 있던가?"

"말한 적은 없느니라. 다만 너에 대해 들은 것이 있어서 알았느니라."

자신에 대해 들은 것이 있다는 그의 말에 운소는 입을 삐쭉였다.

"혹시 소림의 노망난 땡중이 말한 것 아니야?"

"노망난 땡중이라? 그래! 그 노망난 땡중이 말해주었느니라. 클클클!"

연신 재미있다는 듯이 웃던 이운랑의 눈에 안으로 들어선 검은색 도관의 노인이 들어왔다. 손에 두 개의 엽전을 들고 있는 것으로 보아 아무래도 삼도천의 벽력홍인 듯싶자 이운랑의 얼굴이 딱딱하게 굳어졌다.

벽력홍이라면 운소와는 맞수가 아니던가?

자칫 잘못하다간 큰일이 일어날 듯싶은 생각에 이운랑은 재빨리 몸을 일으켰다. 하지만 그의 속내를 다 읽고 있다는 듯 벽력홍의 말이 그의 행동을 가로막았다.

"그대로 있게!"

말이 끝나기가 무섭게 무형의 기가 이운랑의 어깨를 내리눌렀다.

아무래도 자리에서 일어서는 자신을 막기 위해 벽력홍이 먼저 수를 쓴 듯 보였다. 벽력홍을 보며 눈살을 찌푸리던 이운랑은 살며시 무릎을 굽혀 자리에 앉아갔다.

그 모습을 본 벽력홍은 그의 몸을 옥죄던 기세를 거두었다.

몸이 가벼워짐을 느낀 이운랑은 고개를 들어 벽력홍을 보며 거칠게 항의하였다.

"나와 맞서겠다는 것이냐?"

살기 어린 그의 눈빛을 보던 벽력홍은 됐다는 듯이 손을 들어 내저었다.

"무슨 말을 하는 것인가? 난 자네와 싸울 생각은 눈곱만치도 없다네. 다만 자네가 일어서면 저놈과 말을 섞을 기회를 잃어버릴 듯싶어서 그런 것이니 너무 화내지 말게."

운소를 가리키는 그의 모습에 이운랑은 됐다는 표정을 지었다.

그런 그를 본 벽력홍은 다가와 의자에 몸을 얹으며 입을 열었다.

"그건 그렇고 자네가 운소인가?"

낯선 사람이 또다시 자신의 이름을 들먹이자 운소는 기분이 나빴다.

"내 이름이 사고팔리는 물건도 아닌데 쉽게 말하네?"

못마땅하다는 그의 표정에 벽력홍은 살며시 입가에 미소를 그렸다.

"그런가? 그것보다 천운성과 홍강의 일은 생각 외였네. 그들이 당할 줄은 생각도 못했거든……."

"그게 누구야?"

진지하게 말을 하는 벽력홍의 모습에 긴장을 하던 이운랑은 그게 누구냐는 말에 순간 몸을 비틀거렸다. 당황스러워하는 벽력홍과 이운랑을 보고도 운소는 무슨 말인지 모르겠다는 표정을 지었다.

몸을 바로 하던 벽력홍은 아까와는 달리 살기 어린 눈빛으로 바라보았다.

"네놈의 유도 심문이 뛰어나다는 것을 깜박했군!"

유도 심문을 들먹이는 벽력홍의 모습에 이운랑은 설마 하는 표정을 지었다. 한없이 진지한 벽력홍의 모습에도 불구하고 운소는 귀찮다는 듯이 고개를 돌려 이운랑을 바라보았다.

이른바 '무시하기!' 를 구사하는 운소의 모습을 본 벽력홍은 순간 치미는 노기를 참기 위해 이를 악물었고 이운랑은 터져 나오는 웃음을 참느라 이를 악물었다.

이유야 어쨌든 이운랑을 바라보며 운소는 살며시 입을 열었다.

"도와줄 거야?"

단도직입적으로 말을 하는 그의 모습에 이운랑은 더 이상 웃지 못하였다.

묵묵히 운소를 바라보던 이운랑은 고개를 돌려 벽력홍을 보았다. 자신을 바라보는 이운랑을 보던 벽력홍은 살며시 눈살을 찌푸리는가 싶더니 입을 열었다.

"그쪽보다는 나를 도와주는 것이 좋을 듯싶은데 내 말이 틀렸나?"

운소보다는 자신을 도와달라는 그의 말에 이운랑의 얼굴이 조금씩 굳어지기 시작했다.

물론 그도 이 같은 상황이 될 것이라 생각하고 있었지만 그렇다고 이렇게 두 사람을 마주한 채 결정을 내려야 할 줄은 생각도 못하고 있었다. 난감해하는 이운랑을 보던 운소는 살며시 눈살을 찌푸리며 고개를 돌렸다.

"왜 남의 일에 끼어드는 거야?"

"그거야 내가 바라는 것이 그러니까……."

살며시 웃는 벽력홍을 보던 운소는 살며시 눈을 좁히더니 입을 열었다.

"좁쌀 영감탱이 같으니라고… 그렇게 속이 좁아서 어디에 써!"

"조… 조… 좁쌀 영감탱이? 속이 좁아?"

좁쌀 영감탱이라는 운소의 말에 순간 분위기가 엉망이 되고 말았다.

그도 그럴 것이 난감한 표정을 짓던 이운랑이 어이없다는 듯 바라보다가 이내 박장대소를 터뜨리고 말았기 때문이다.

"사… 삼도천의 벽력홍을 보고 좁쌀 영감탱이라? 거! 말 되는구나! 클클클!"

배를 움켜쥐고 몸을 떠는 이운랑의 모습에 벽력홍은 죽일 듯한 눈빛으로 바라보았다.

"시끄러!"

"클클클! 미… 미안하네. 하지만 웃긴 걸 어떡하나? 속이 좁아? 클클클!"

한 번 터진 웃음을 막기 힘들어하는 그의 모습에 벽력홍의 얼굴이 잘 익은 홍시가 되었다. 그런 그들의 모습에도 불구하고 운소는 여전히 눈을 좁힌 채 바라보고 있었다.

"좁쌀 영감탱이! 가진 것도 많을 텐데 하나쯤은 포기하는 게 어때?"

가진 것이 많으니 하나쯤은 포기하라는 그의 말에 순간 웃던 이운랑도 벽력홍도 고개를 돌려 운소를 보았다. 무림맹, 사도련, 마교를 들먹이는 듯한 그의 모습에 벽력홍은 놀랍다는 표정을 지었다.

'역시! 만만한 놈이 아니야!'

허점투성이였던 그의 모습이 지금은 전혀 그렇게 보이지 않고 있었다.

새삼 경계를 하는 그의 모습과는 달리 운소는 여전히 못마땅하다는 표정을 짓고 있었다.

'돈도 많은 것 같은데… 하나쯤 포기하면 안 되나?'

이렇게 속엣말을 하던 운소는 이운랑을 만나기 전에 진로 대사가 해주었던 말이 떠올랐다.

"아까 말한 곳에 가면 견귀라는 놈이 있는데 기가 막힌 야설이 있다고 하더구나! 이미 사람을 보내 접촉했으니 너는 가서 그저 도와줄 것이냐고만 묻거라! 만약 그가 도와주지 않는다면 넌 좋은 야설 하나를 잃어버리게 되니 이 점 잘 염두에 두고 담판을 지어라! 그리고 그 야설에 관심있는 놈이 있으니 뺏기지 않도록 조심하고!"

진로 대사의 말을 되새김하던 운소는 못마땅하다는 표정을 지었다.

'노망난 늙은 땡중! 귀찮은 일이나 시키고. 돌아가면 보자고……'

이렇게 속엣말을 하던 운소는 귀찮다는 듯이 발을 들어 바닥을 찼다.

탁!

순간 바닥에 있던 돌이 무서운 속도로 벽력홍의 미간을 향해 날아갔다.

자신의 미간을 향해 정확히 날아오는 돌을 본 벽력홍은 화들짝 놀라며 재빨리 고개를 움직여 돌을 피하였다.

"크윽!"

자신도 모르게 신음성을 내뱉던 벽력홍은 자신의 왼쪽 귀가 화끈해지는 것이 느껴졌다. 화끈거림에 놀란 벽력홍이 자신도 모르게 손을 들어 귀를 만지자 붉은 선혈이 묻어 나왔다.

운소 역시 그것을 봤는지 미안하다는 듯 손을 들어 보였다.

"미안!"

짜증 어린 그의 표정을 본 벽력홍은 눈살을 있는 대로 찌푸렸다.

'실수를 가장해 나의 심기를 건드리자는 고도의 심리 전술이군! 이 정도일 줄이야!'

놀랍다는 듯 속엣말을 하는 벽력홍과는 달리 운소는 여전히 짜증 어린 표정을 지었다.

'젠장! 괜히 돌을 찼네! 저렇게 다쳤으니 쉽게 물러서지 않을 듯싶은데 어쩐다?'

이렇게 두 사람은 완벽하게 동상이몽을 꾸며 서로를 경계하고 있었다.

그리고 흑도와 손을 잡기 위한 두 사람의 싸움은 시작되고 있었다.

"사숙! 사실대로 말하는 것이 좋지 않았겠습니까?"

걱정 어린 표정으로 말을 하는 원망을 보던 진로 대사는 됐다는 듯 그저 손에 쥔 야설을 읽었다.

"그놈에게 사실대로 말했다면 죽어도 견귀 이운랑을 보러 가지 않을 것이니라. 거기다 야설을 들먹인 이상 그놈 성격상 절대 포기하지는 않을 것이니라."

"그렇다 한들 상대는 삼도천입니다. 그들도 만반의 준비를 하고 올 것이 분명합니다. 혹시 압니까? 천의문의 그 유명한 천혈대(天血隊)를 데리고 올지?"

마교, 무림맹, 사도련의 정예를 모아 만들었다는 천혈대를 들먹이는 원망의 말에도 불구하고 진로 대사는 괜찮다는 표정을 지었다.

"뭘 그리 걱정하는 것이냐? 흑도가 그리 만만한 곳인 줄 아느냐? 만약 천혈대가 움직인다면 흑도는 그들을 적으로 간주하고 무력을 행사할 것이 분명하느니라. 그렇다면 아무리 삼도천이라고 해도 무사하지는 못하겠지. 그걸 잘 아는 그들이 섣불리 천혈대 같은 것을 움직이지는 않았을 것이니라. 잘하면 삼도천의 벽력홍이 직접 움직이는 것 정도가 되겠지."

"벽력홍? 음양술사(陰陽術士) 벽력홍을 말씀하시는 겁니까?"

"아마 그렇게 불릴걸?"

음양술사 벽력홍이 맞다는 그의 말에 원망은 어이없다는 표정을 지었다. 인간사의 모든 음양조화를 꿰뚫어 보며 신의 조화까지 점친다는 신해(神解) 벽력홍을 운소가 상대한다니 도저히 믿을 수 없었다.

물론 저번에 홍강과 대적했던 것을 떠올리면 괜찮을 듯싶었지만 상대가 삼도천의 수장인 벽력홍이라는 것을 생각하면 괜찮을 것 같지도 않았다.

안절부절못하는 원망을 보던 진로 대사는 살며시 눈살을 찌푸렸다.

"가만히 있거라! 정신 사나워 책을 못 읽지 않느냐?"

"어찌 가만히 있겠습니까? 상대가 벽력홍입니다. 신해라고도 불리는 벽력홍 말입니다."

"그게 어쨌단 말이더냐?"

"어찌 그리 태평하시단 말입니까?"

너무도 태평하다며 질책하는 그의 모습에 진로 대사는 보던 야설을 덮고는 고개를 들었다.

"어차피 신통하다는 그놈의 점술도 필요없을 것이니 걱정 말거라."

"신도 꿰뚫어 본다는 능력도 필요없다니 무슨 말입니까?"

이해가 되지 않는다는 듯 쳐다보는 그의 모습에 진로 대사는 살며시 입가에 미소를 머금었다.

"너는 괜히 이운랑이 견귀라고 불리는 줄 아느냐?"

이운랑의 별호를 들먹이는 진로 대사의 모습에 원망은 고개를 갸웃거렸다.

그런 그를 보며 입꼬리를 말아 올리던 진로 대사는 살며시 입을 열었다.

"견귀란 말이다! 과거 도박장에서 돈이라면 무슨 일이든 다 하는 사람을 말하는 것이니라. 도박할 돈을 위해서라면 사람도 서슴지 않고 죽이는 도박광을 지칭하는 말이란 말이다. 그런 그가 우리와 같은 생각을 할 줄 아느냐?"

"그… 그럼 도박으로 모든 것을 해결하려 든다는 것입니까?"

"그럼 뭘로 해결할 줄 알았느냐?"

도박으로 모든 것을 해결할 것이라는 그의 말에 원망은 어이없다는 표정을 지었다.

하지만 그것도 잠시 원망은 더욱 걱정이라는 듯 말을 하였다.

"신도 꿰뚫어 보는 능력이라면 도박도 쉽게 이길 것이 아닙니까?"

"훗! 도박이라는 것이 그리 쉬운 건 줄 아느냐? 물론 신도 꿰뚫어 보는 능력이 있으면 도움은 되겠지. 하지만 도박에서 제일 중요한 것은 그런 것이 아니니라."

도박에서 중요한 것은 그런 것이 아니라는 그의 말에 원망은 이해가 안 되는 표정을 지었다. 신도 꿰뚫어 보는 그런 능력을 가지고도 도박에서는 이길 수 없다니, 그럼 어떤 능력을 가지고 있어야 하는 것인가?

도저히 이해가 가지 않는 표정을 짓는 원망을 보던 진로 대사는 살며시 웃었다.

　"도박에서 제일 중요한 것은 바로 운이니라."

　"운?"

　"그렇지! 그것도 지독하리만치 강한 운! 그런 운이 있는 운소에게는 이번 일은 그리 어려울 리 없을 것이니라."

　운소에게 지독하리만치 강한 운이 있다는 진로 대사의 말에 원망은 도저히 이해가 가지 않았다. 전혀 모르겠다는 듯한 그의 모습을 보던 진로 대사는 됐다는 표정을 지었다.

　"어차피 네놈이 알 리 없으니 넘어가거라! 운소에게는 지독하리만치 강한 운이 있다고 말이다!"

　"지독하리만치 강한 운이 있다라……."

　"그렇지! 지독하리만치 강한 운! 목숨까지도 위태롭게 할 수 있는 지독하리만치 강한 운이 말이다."

　의미심장한 말을 하던 진로 대사는 고개를 숙여 다시 야설을 보기 시작했다.

　입을 닫아버린 그의 모습에 원망은 더 이상 말을 걸지 못하였다.

　다만 그가 말한 운소의 지독하리만치 강한 운에 모든 것을 맡길 뿐이었다.

　"도박으로 결판을 내자는 말인가?"

"그렇다네. 내가 달리 견귀겠는가?"

얼굴 가득 웃던 이운랑은 탁자 위에 판을 깔아놓고 검은 말과 흰 말 모두 해서 서른두 개를 꺼내놓았다. 그리고는 투자를 꺼내 가운데 놓고 운소와 벽력홍을 보았다.

이들이 지금 하려는 것은 쌍륙(雙六)이라는 전통 투자놀이 중에 하나로 장기와 투자놀이를 합친 것이라고 생각하면 될 것이다.

방법은 편을 갈라서 쌍륙판을 가운데 놓고 검은 말과 흰 말을 각각 열여섯 개씩 쥔 다음 말들을 배치하여 전진과 후퇴를 하면서 겨룬다. 말들은 자기 앞 오른쪽의 일 자를 쓴 금 안에 두 개, 오 자 금 안에는 세 개, 육에는 여섯 개로 전부 열한 개를 세운다.

이렇게 배치된 말들은 양편이 번갈아 던지는 투자의 숫자에 따라서 움직이게 된다. 상대편이 숫자를 쓰지 않은 넓은 공간에 투자를 던지는데 말의 진행은 전적으로 투자 던지기에 의해 결정되므로 머리로 싸우는 장기와는 조금 다르다고 할 수 있었다.

흰 말을 쌍륙판에 배치한 벽력홍은 살며시 입가에 미소를 지었다.

"재미있군! 무림의 존망을 한낱 도박놀이에 맡기다니… 거기다 날 상대로 말이야!"

자신의 승리는 이미 결정지어진 것이라는 듯 말을 하는 벽력홍의 모습에 이운랑은 입가에 미소를 그렸다.

"너무 자신하지는 말게! 내가 세상을 살다 보니 말일세. 그 운이라는 것도 무시하지 못하겠더군. 그 운이라는 것 하나 때문에 천지개벽(天地開闢)도 하니 말일세."

"운이라? 신도 꿰뚫어 보는 내가 고작 운이라는 것에 진다는 말인가?"

"보통 운이라면 그렇지는 않겠지. 하지만 지독하게 강한 운이라면 말이 달라질 걸세."

신을 꿰뚫어 본들 지독한 강운에는 어쩔 수 없다는 이운랑의 말에 벽력홍은 자신도 모르게 눈살을 찌푸렸다. 한 치도 물러서지 않고 서로를 바라보는 두 사람의 귀에 짜증난 목소리가 들려왔다.

"거! 하자는 거요? 말자는 거요?"

하려면 어서 시작하라는 그의 말에 두 사람은 어이없다는 표정을 지었다. 그것도 그럴 것이 만약 이 도박에서 져서 흑도가 삼도천의 손을 들어준다면 분명 무림은 멸망할 것이었다. 어찌 보면 무림의 존망을 결정짓는 이 자리에서 운소가 취하는 태도는 너무나 태평스럽기만 하였다. 아니, 태평스럽다 못해 짜증까지 부리고 있었으니 할 말 다 한 것이었다.

한참을 멍하니 있던 두 사람은 긴 한숨을 내쉬었다.

"검은 말을 쥔 사람이 운소, 자네이니 먼저 투자를 굴리게."

먼저 시작하라는 이운랑의 말에 운소는 생각할 필요 없다는 듯이 투자를 들어 탁자 위에 굴렸다.

또로로록!

묘한 소리와 함께 탁자 위를 힘차게 구르던 투자의 몸에 붉은 점 다섯 개가 모습을 드러냈다.

"오 점일세! 다섯 칸만큼 말을 이동하게."

말을 움직이라는 이운랑의 말에 운소는 말 하나를 덥석 집어 가운데 말 옆에 두었다. 이렇게 운소의 말이 움직임과 동시에 쌍륙은 매우 빠르게 진행되고 있었다.

벽력홍의 말이 앞으로 조금씩 전진하면서 압박을 가하는 대신 운소의 말은 그저 가운데로 움직일 뿐이었다.

촘촘하게 모인 운소의 말을 보고 있던 이운랑은 살며시 눈살을 찌푸렸다.

'쌍륙에서 말을 가운데로 모는 경우는 거의 없다. 이유인즉, 투자에 의해 말이 움직이는 만큼 자칫 잘못했다가는 가운데 모인 말들이 몰살당하기 쉽기 때문이다. 그런데도 불구하고 가운데로 모는 이유는 무엇일까?

이렇게 속엣말을 하던 이운랑은 살며시 고개를 들어 운소를 보았다.

가운데로 말을 모는 이유를 궁금해하는 이운랑의 모습과는 달리 운소의 표정은 심드렁한 것이 자신이 쌍륙을 하고 있다는 자체가 마음에 들지 않는 듯싶었다.

걱정하는 이운랑의 모습을 본 벽력홍은 살며시 콧방귀를 뀌었다.

'흥! 견귀 이운랑, 네놈이 아무리 운소를 도와주고 싶어도 이미 늦었느니라. 감히 벽력홍에게 쌍륙을 청하다니? 미치지 않고서는 절대 그럴 수 없느니라. 이건 다 네놈의 도박병에 의해서 생긴 것이니 너무 원망하지 말거라!'

속엣말을 하던 벽력홍은 자신도 모르게 살며시 미소를 지었다.

이렇듯 벽력홍이 쌍륙에 강한 자신감을 보이는 이유는 그가 병법(兵法)을 배운 적이 있기 때문이다. 그의 사부는 벽력홍의 병법 수련에 도움을 주고자 한 가지 놀이를 시킨 적이 있는데 그것이 바로 쌍륙이었다.

이유인즉, 쌍륙은 군사들을 움직여서 싸우는 전법(戰法)을 배울 수 있는 놀이이기 때문이다.

한때 전장에 나가는 장수라면 쌍륙을 안 하는 사람이 없을 정도로 쌍륙은 전법과 병법을 배울 수 있는 매우 좋은 도구였다. 그런 쌍륙을 가지고 승패를 겨루자니 이건 처음부터 벽력홍에게 너무나 유리한 도박이었던 것이다.

가운데 모여 있는 말을 본 벽력홍은 그 말 주위로 넓게 자신의 말을 포진시켰다. 이렇게 말을 움직인 이유는 투자의 눈금이 몇이 나오든지 상대방 말을 공격하기 쉽게 하기 위해서였다.

잠시 후, 여전히 가운데에 말을 모아놓은 운소는 자신의 말을 들어 벽력홍의 진으로 과감하게 쳐들어가기 시작했다.

적진 한가운데로 들어온 운소의 말을 본 벽력홍은 여전히 별 감흥이 없다는 듯 손에 든 투자를 들어 굴렸다. 그리고는 나온 숫자만큼 말을 움직여 운소의 말을 따냈다.

운소가 공격하면 벽력홍이 그 공격한 말을 따내기를 수차례.

그런데 이상하게도 시간이 지나갈수록 벽력홍의 얼굴이 점점 굳어지기 시작했다. 그것은 이운랑도 마찬가지였는데 두 눈이 점점 커지는 것이 매우 놀란 듯싶었다.

어느새 쌍륙판에는 말이 총 여섯 개밖에 남지 않았다.

투자를 들고 굴리려던 벽력홍은 순간 뭔가가 떠올랐다는 듯이 탄성을 흘렸다.

"아!"

자신도 모르게 큰 소리로 탄성을 지르던 벽력홍은 고개를 돌려 운소를 보았다. 난데없는 상황에 이운랑 역시 운소를 보았는데 느긋한 운소와는 반대로 벽력홍의 얼굴은 있는 대로 구겨지고 있었다.

'이… 이런 일이! 이놈은 처음부터 이 같은 상황을 염두에 두고 있었단 말이더냐?'

어이없다는 표정을 짓던 벽력홍은 이를 부드득 갈았다.

그런 그의 모습을 보던 이운랑은 그제야 쌍륙판에서 벌어지고 있는 일을 알아챘다. 운소가 말을 모두 가운데로 모은 것은 자신의 주위로 벽력홍의 말을 이동시키기 위한 것이었다.

투자를 통해 이동할 수 있는 칸은 정해져 있기 때문이다.

거기다 벽력홍보다 운소가 먼저 공격한 것은 순서에 의한 이점을 활용하기 위한 것이었다. 즉, 열여섯 개의 말을 이용해 순서대로 따긴다면 제일 먼저 공격한 운소의 승이 되기 때문이다.

거기다 이미 그는 운소의 사정거리 안에 있는 형편이라 도망간다 하더라도 무사할 리 없었다. 이 모든 것이 운소의 계산에 의해 벌어진 것이란 생각이 들자 이운랑의 등줄기가 축축해져 왔다.

분노 어린 시선으로 바라보는 벽력홍을 보던 운소는 뭐 하냐는 표정을 지었다.

"안 할 거야? 안 하면 내 승리로 한다?"

항복하기 싫으면 어서 하라는 그의 말에 벽력홍의 얼굴이 있는 대로 구겨지기 시작했다.

"네 이놈!"

살기 어린 시선으로 바라보며 외치는 그의 모습에도 불구하고 운소는 귀찮다는 듯이 귀를 파기 시작했다.

"쌍륙 두던 사람 어디 갔나?"

이젠 놀리기까지 하는 그의 모습에 벽력홍은 투자를 든 손을 힘껏 쥐었다.

으드드득!

묘한 소리와 함께 가루가 그의 손에서 흘러내렸다.

아무래도 손에 든 투자를 내공을 이용해 가루로 만든 듯한 모습에 순간 이운랑과 운소의 얼굴에 긴장감이 돌았다. 설마하니 쌍륙에서 진 것을 가지고 이 정도로 화를 낼 줄은 꿈에도 몰랐던 것이다.

있는 대로 살기를 뿜어내던 벽력홍은 자리를 박차고 일어섰다.

쿵!

순간 그가 앉았던 의자가 뒤로 넘어지며 바닥에 널브러졌다.

죽일 듯이 운소를 바라보던 벽력홍은 고개를 돌려 이운랑을 보았다.

"네놈의 간교한 꾀에 넘어갈 줄은 몰랐다! 어디 두고 보자!"

모든 책임을 자신에게 떠넘기는 벽력홍의 모습에 이운랑은 황당하다는 표정을 지었다.

멍한 표정의 이운랑을 보던 벽력홍은 그대로 몸을 돌려 밖으로 나갔다.

그런 그를 보던 운소는 눈살을 찌푸리며 입을 열었다.

"좁쌀 영감탱이! 그리 속이 좁아 터져 어떻게 살아!"

좁쌀 영감탱이라는 말을 들은 벽력홍은 순간 몸을 부르르 떨었지만 그대로 가만히 있었다.

그도 그럴 것이 어찌 패자에게 항변이 있겠는가?

자신을 조롱하는 운소의 말을 들으면서도 벽력홍은 그저 밖으로 나갈 뿐이었다. 신을 꿰뚫어 본다는 벽력홍을 이기고도 담담한 표정의 운소를 보던 이운랑은 순간 들려온 말에 그만 허탈한 표정을 지었다.

"야설 줘!"

"야… 설?"

"응! 소림의 노망난 땡중이 당신에게 기가 막힌 야설이 있다고 했거든."

"그럼 야설 때문에 왔더란 말이더냐?"

"당연한 거 아니야?"

흑도와 손을 잡으러 온 것이 아니라 야설 때문에 왔다는 운소의 말에 이운랑은 고개를 돌려 벽력홍이 나간 곳을 보았다. 만약 무림의 존망이 아닌 야설을 가지기 위해 온 운소에게 졌다는 것을 알게 되면 벽력홍이 얼마나 날뛸지 눈에 선하였기 때문이다.

그저 멍하니 벽력홍이 나간 곳을 바라보던 이운랑은 이내 입가에 미소를 그렸다.

"좋다! 야설을 주마!"

"두말하기 없기야!"

확실하게 하고 싶다는 듯 다짐을 바라는 그의 모습에 이운 랑은 알았다는 표정을 지었다.

"날 뭘로 보고 그러느냐? 야설뿐만 아니라 흑도의 힘도 빌려주마!"

"흑도의 힘?"

"그런 것이 있느니라. 어째 무림이 너 때문에 재미있어질 듯싶구나! 클클클!"

이운랑은 이 말을 끝으로 고개를 뒤로 젖히며 사정없이 웃기 시작했다.

물론 그가 왜 이렇게 웃는지 운소는 알 리 없었다.

하여튼 무림존망, 아니, 야설(?)을 건 벽력홍과의 대결은 운소의 승리로 넘어가고 있었다.

제4장

천혈대의 암습!

쾅!

요란한 소리와 함께 탁자가 그대로 박살이 나버렸다.

사방으로 나뭇조각이 날아갔지만 주위에 있는 두 노인에게선 아무런 움직임도 보이지 않았다. 그런 두 사람 앞으로 묵빛의 도관을 한 노인이 얼굴을 있는 대로 찡그린 채 모습을 드러냈다.

"감히! 벽력홍을 놀린단 말인가?"

있는 대로 성을 내는 그의 모습에 옆에 있던 두 노인, 천운성과 홍강이 살며시 입을 열었다.

"그만 하게! 수장인 자네가 그러면 어쩌겠다는 건가?"

"무슨 말인가? 흑도와 손을 잡았다면 그대로 두고 볼 수만은 없네. 벽력홍! 우리 이러지 말고 오해문파를 치세! 그럼 될 것이 아닌가?"

"무조건 치면 되는 건 줄 아는가? 일단 냉정하게 주위 정세를 파악한 후 대처해도 늦지 않아."

상반된 의견을 말하는 그들의 모습을 물끄러미 바라보던 벽력홍은 이내 두 눈을 감더니 호흡을 가다듬었다.

차츰 안정되어 가는 자신의 호흡을 느낀 그는 살며시 눈을 떴다.

"천혈대를 출전시키게!"

난데없이 천혈대를 출전시키라는 벽력홍의 말에 홍강은 황당하다는 표정을 지었다.

"어찌 그리 성급하게 일을 처리하는가? 나와 같은 실수를 하고 싶은 겐가?"

과거 소림에서 있었던 일을 들먹이는 홍강의 모습에 벽력홍은 아니라는 듯 고개를 내저었다.

"되풀이하고 싶은 생각은 전혀 없네."

"그렇다면 왜 이리 급히 일을 진행시키는 것인가?"

"급하게 일을 진행시키는 것은 아니네. 깊이 생각하고 내린 결정이네. 그리고……."

깊이 생각한 결과라고 말을 하던 벽력홍이 갑자기 끝말을 흐렸다.

갑작스런 그의 행동에 홍강과 천운성은 서로를 바라보다 이내 고개를 돌려 벽력홍을 보았다.

자신을 바라보는 그 둘을 보던 벽력홍은 살며시 얼굴을 굳혔다.

"그분의 명이 내려왔네."

그분의 명이 내려왔다는 벽력홍의 말에 천운성과 홍강의 얼굴에 놀라운 빛이 떠올랐다. 설마 하는 표정으로 바라보던 홍강은 믿기지 않는다는 듯 말을 하였다.

"원래 계획은 이리도 빠르지는 않았지 않은가?"

"그렇지! 원래 계획대로라면 오해문파가 천의문과 같은 수준의 세력을 형성할 때까지 기다리는 것이었지만 그분께서는 그 모든 것을 백지화시키라고 하였네."

"백지화라면… 전면전을 펼치라는 것인가?"

전면전을 들먹이는 그의 말에 벽력홍은 그렇다는 듯이 고개를 끄덕였다.

벽력홍의 모습을 본 천운성은 자신도 모르게 긴 한숨을 내쉬었다.

"그 말은 그때가 다가오고 있다는 말이 되는군."

"그렇겠지. 천지가 개벽하는 그때가 말일세."

지금까지와는 달리 착잡한 표정을 짓던 세 사람은 자신도 모르게 긴 한숨을 내쉬었다.

무겁게 가라앉은 분위기를 느낀 벽력홍은 됐다는 듯이 입을 열었다.

"우선 천운성, 자네가 천혈대를 이용해 오해문파를 공격하게! 그것이 마지막 결전으로 가는 분수령이 될 것이네."

천운성에게 직접 천혈대를 지휘하라는 벽력홍의 말에 홍강은 살며시 한숨을 내쉬었다. 지금 그가 한 말이 무엇을 의미하는지 잘 알고 있기 때문이다.

천운성 역시 잘 알고 있는지 다른 때와는 달리 진지한 표정을 지었다.

그런 그를 보던 벽력홍은 살며시 입을 열었다.

"죽을지도 모르네."

"크크! 어떤가? 어차피 오래전에 죽었을 목숨이 아니었던가? 그런 나에게 무슨 미련이 있겠나? 내 저 세상에서 자리 잡고 있을 터이니 천천히 오게나! 길 잃어버리지 말고 말일세."

호탕하게 웃는 그의 모습을 보던 벽력홍은 눈가를 촉촉히 적시면서도 입가에는 미소를 머금었다.

"무슨 말을 하는가? 내가 찾아가거든 모르는 척이나 하지 말게!"

이렇게 말을 하는 벽력홍을 보던 천운성은 얼굴 가득 미소를 짓더니 이내 호탕한 웃음을 터트리며 밖으로 나갔다.

"크크크크! 내 먼저 감세!"

천운성에 의해 열린 방문 사이로 한기 어린 달빛이 들어오기 시작했다.

"내가 흑도의 삼 대인 중에 하나인 견귀 이운랑일세!"

도박에서나 쓰는 죽통을 옆구리에 맨 한 노인이 입가에 미소를 머금은 채 인사를 하였다. 그런 그를 보던 원망은 어이없다는 표정을 지었다.

멍한 표정의 원망을 보던 진로 대사는 역시나라는 표정을 지었다.

"내가 뭐랬느냐? 운소가 이길 것이라고 하지 않았느냐?"

당연하다는 듯한 진로 대사의 말에도 불구하고 원망의 표정에는 전혀 변화가 없었다. 마치 돌부처가 된 듯 그대로 굳어 있던 원망은 믿겨지지 않는다는 표정을 지었다.

"지… 지… 진짜이십니까?"

진짜냐고 묻는 원망의 모습에 이운랑은 뭐냐는 표정을 지었다.

"이놈 왜 이러나?"

"운소가 벽력홍과의 싸움에서 질 줄 알았거든……."

"아! 그건 나도 그랬지만 벽력홍도 운소에게는 어쩔 수 없더군. 아마도 강운의 소유자인 것 같아. 운소라는 놈은 말이야!"

천하의 벽력홍도 운소에게는 어쩔 수 없었다는 그의 말에 주위에 있던 모든 사람들의 시선이 집중되었다.

"그게 무슨 말씀이십니까?"

이해가 안 된다는 듯한 그의 모습에 이운랑은 입가에 미소를 짓더니 벽력홍과 벌였던 쌍륙 대결에 대해 찬찬히 설명을 해주기 시작했다. 그의 말이 진행될수록 사람들의 얼굴이 굳어진다 싶더니 이내 탄성을 지르며 좋아하였다.

"그런 묘수가 있었다니……."

"과연 대인입니다. 어찌 그런 묘수를……."

"그것도 신도 꿰뚫어 본다는 벽력홍과의 대결에서 그런 묘수를 생각해 낼 수 있었단 말입니까?"

감탄 어린 표정으로 말을 하던 사람들은 그제야 진로 대사가 말을 했던 강운이라는 것이 무엇인지 알 것 같았다.

사실 운소가 쓴 계략은 양날의 검과 같은 것이었다.

가운데로 모이기도 전에 벽력홍이 공격을 시작했더라면 운소의 계획은 모두 물거품이 될 것이 분명했기 때문이다.

이것은 다 운소를 깔본 벽력홍의 자만심이 불러들인 패배였다.

운소의 승리에 더불어 흑도의 힘까지 빌려 쓰게 되었으니 오해문파 사람들은 그야말로 기세등등하였다.

하지만 그것도 잠시, 뒤이어 들려온 소리에 싹 사라지고 말았다.

"뭘 그리 기뻐하는 것이냐? 일이 이쯤 되면 그들이 가만히 있을 것이라 생각하는 것이냐?"

가만히 있지 않을 것이라는 진로 대사의 말에 방 안에 있던 모든 사람들의 얼굴에 그림자가 지기 시작했다.

"그 말씀은 천의문이 공격해 올 것이라는 말입니까?"

"그럼! 흑도도 뺏긴 마당에 가만히 있을 것이라 생각했던 것이냐? 도대체 생각이 있는 놈들인지……."

한심스럽다는 듯이 혀를 차던 진로 대사는 야설을 덮고는 몸을 일으켰다.

"지금껏 침묵하고 있던 흑도의 힘을 얻은 이상 그들도 그리 속 편하지는 않을 것이니라. 적어도 그냥 시간이나 죽이고 있지는 않을 것이 분명하느니라. 요즘 들어 이름을 날리는 천혈대라는 것이 올지 모르니 모두 만반의 준비를 하고 있거라!"

천혈대가 올지도 모른다는 그의 말에 주위에 있던 모든 사람들의 눈이 휘둥그레졌다.

"천혈대가 올지 모른단 말이십니까?"

"그럼 천의문이 직접 쳐들어올 것이라 생각했느냐? 나 원! 천의문이 직접 쳐들어오지 못하는 것은 우리를 칠 명분이 없기 때문이니라. 하늘의 뜻을 이어받는다고 큰 소리를 쳤으니 그럴싸한 명분이 없지 않고서는 쳐들어오기가 힘들 것이니라. 그렇다면 일단 명분을 만들 필요가 있다는 것인데… 아마도 그것을 위해 천혈대를 보낼 것이 분명하느니라."

"명분을 만들기 위해서 천혈대를 보낸다니 무슨 말씀이십니까?"

알아듣기 쉽게 설명을 해달라는 듯한 그들의 모습에 참다 못한 이운랑이 입을 열었다.

"거참! 말귀가 어둡네그려! 천혈대를 이곳으로 보내는 이유는 천혈대의 전멸을 바란다는 말일세."

"천혈대의 전멸?"

"천혈대라면 천의문의 얼굴이라고 해도 과언이 아닌데 전멸을 당하길 원한다니 말이 좀 안 됩니다."

"그렇습니다."

도저히 말이 안 된다는 그들의 모습에 말을 했던 이운랑이나 이걸 지켜보는 진로 대사나 둘 다 어이없어하였다.

"바로 그 천의문의 얼굴이라는 것을 이용하고자 한단 말이니라. 무슨 말인지 알겠느냐?"

천의문의 얼굴이라는 것을 이용한다는 말에 순간 당약약의 얼굴이 창백해졌다.

"그… 그 말은 천혈대가 전멸을 당함과 동시에 우리는 악도(惡徒)로 규정지어질 것이라는 말씀이십니까?"

"그렇지!"

이제 알아듣겠냐는 듯한 진로 대사의 말에 순간 주위에 있던 모든 사람들이 어이없어하였다. 천의문의 얼굴이자 선행(善行)을 행하는 그들을 오해문파가 전멸시키는 순간 자신들은 악도가 될 것이 분명하였다.

물론 천혈대가 먼저 공격을 해올 것이 분명하지만 그것은 중요하지 않았다. 이유인즉, 그만한 이유가 있어서 공격을 했을 것이라 생각할 것이 분명하기 때문이다.

결국 천혈대 하나를 잃음으로써 천의문은 자신들을 칠 명분이 생기는 것이다.

"그것뿐인 줄 아느냐? 그들은 우리가 흑도와 손을 잡은 것을 천혈대를 보낸 이유로 들 것이다. 그렇게 되면 우리는 결국 흑도와 손잡은 악도가 될 것이고 자칫 잘못했다간 황군(皇軍)이 개입하는 이유가 될 것이니라."

"화… 황군까지?"

황군까지 들먹이는 진로 대사의 말에 사람들은 순간 꿀 먹은 벙어리가 되었다. 그도 그럴 것이 흑도와 손을 잡은 사실을 황궁에서 안다면 흑도를 죽어라 미워하는 그들이 가만히 있지 않을 것이 분명하기 때문이다.

점점 새하얗게 변하는 사람들의 안색을 본 이운랑은 이제 됐지 않느냐는 듯이 입을 열었다.

"그만 하게! 어차피 일은 벌어졌지 않은가? 미리부터 겁을 주면 어찌하는가?"

"이놈들이 이번 일에 대한 중대성을 자각을 못하기에 그랬네."

"내가 봐도 좀 그렇긴 하네. 분명 천의문에게 있어 천혈대는 그저 선행이나 하는 보잘것없는 것일 텐데 말일세."

"천혈대가 선행이나 하는 보잘것없는 것이라니… 그게 무슨 말입니까?"

무슨 말이냐는 우문열의 말에 이운랑은 몰랐냐는 표정을 지었다.

"그럼 천의문의 최정예 집단이 천혈대라 생각했던 것인가?"

"아닙니까?"

아니냐는 우문열의 물음에 이운랑은 어이없다는 표정을 보였다.

"그 어떤 세력이 최정예라고 부르는 집단을 그리 쉽게 사람들에게 보이겠는가? 최대한 감추었다가 중요한 순간에 내보이는 것이 바로 최정예 집단이라고 부르는 것이 아닌가? 그런 것을 생각해 볼 때 천혈대는 절대 그렇지 않을 걸세. 많이 쳐봐야 최정예가 아닌 일류 정도나 되겠지. 그래도 무림맹, 사도련, 마교에서 모은 자들 중에 꽤 괜찮은 사람들이 있을 것이니 말일세."

대수롭지 않게 말을 하는 그의 모습과는 달리 듣는 사람들에게는 너무나도 충격적인 이야기였다. 이제야 사람들은 천혈대를 보내는 진정한 이유를 알 것 같았다.

일단, 천혈대를 통해 오해문파를 칠 명분을 만듦과 동시에 한 수 아래의 실력을 가진 자들을 보냄으로써 천의문이 가진 진정한 힘을 감추려는 의도도 깔려 있었던 것이다.

이렇게까지 고도의 계략이 깔려 있을 줄은 전혀 생각도 못했던 사람들은 어찌해야 할지 난감해하였다.

그런 그들을 보던 진로 대사는 생각할 필요가 있냐는 듯 입을 열었다.

"이미 모든 것은 시작되었지 않느냐? 이제 와서 후회한들 뭐가 되겠느냐? 우리가 할 수 있는 것은 단 하나뿐이 더 있겠느냐? 천혈대가 오든 뭐가 오든 그들의 공세를 이겨낸 다음 곧바로 천의문을 향해 쳐들어가는 것뿐이 더 있겠느냐? 천의문과의 한판 대결은 시작되었으니 모두들 마음 단단히 먹거라!"

"알겠습니다."

진로 대사의 말을 들은 사람들은 큰 소리로 대답을 하였다.

이렇게 천의문과 오해서점의 대결은 시작되고 있었다.

이운랑이 온 지 삼 일째 되는 날 저녁, 이경이 지난 야심한 시각인데도 불구하고 약 십여 명의 사내가 어둠을 힘차게 가로지르고 있었다.

달무리가 생겨 어두운 가운데서도 그들은 아무렇지도 않다는 듯 움직이고 있었다. 이리저리 움직이던 그들은 하나의 커다란 문 앞에 자리한 채 주위를 살폈다.

한참을 살피던 그들 중 한 사내가 두 손을 들어 자기들만의 수신호를 보내기 시작했다.

'준비는 되었느냐?'

'그렇습니다!'

뒷사람과 수신호를 주고받던 그들은 눈앞에 보이는 문으로 달려가더니 뭔가를 꺼내 들었다. 그리고는 품에 있던 화섭자를 꺼내 불을 붙이는가 싶더니 재빨리 돌아왔다.

묘한 냄새와 함께 타 들어가던 불꽃은 이내 사라졌다.

하지만 그것도 잠시, 커다란 굉음과 함께 문과 벽이 그대로 무너져 내렸다.

콰과광!

이 소리를 시작으로 사십여 명이 문 쪽을 향해 내달렸다.

"와아아아! 물리쳐라!"

"흑도와 손잡은 악도들을 벌하라!"

"악도를 벌하라!"

요란한 소리와 함께 달려가는 그들이 문에 닿기도 전에 안쪽에서 커다란 고함 소리가 들려왔다.

"오해문파를 해하려는 적들을 섬멸하라!"

"모두 죽여라!"

악의 가득한 소리와 함께 수십여 명이 안에서 쏟아져 나왔다.

순식간에 쇳소리와 함께 이곳저곳에서 비명 소리가 울려 퍼졌다.

"크아아악!"

"내 팔! 내 팔이⋯⋯."

"죽어!"

"으아아악!"

핏빛 선혈이 허공을 날기 시작하고 비린내가 진동하였지만 그 누구도 뒤로 물러서려 하지 않았다. 이미 혈향에 물들어 자신들도 모르는 사이에 광기 어린 모습을 보이고 있기 때문이다.

참혹한 이 모습을 묵묵히 바라보는 사람들이 있었다.

"대주님! 혈사방(血死房)이 생각보다 분전을 하는 듯싶습니다."

눈앞에서 싸우고 있는 이들을 보며 말을 하는 사내의 모습에 대주라 불린 노인은 살며시 고개를 들었다.

순간 살기 어린 눈빛이 주위로 뻗어나가기 시작했다.

"크크크! 혈사방은 그저 미끼에 불과한 것이니라. 너무 신경 쓰지 말거라. 그건 그렇고 안쪽으로 들어간 우리 측 문도들은 어떻게 됐느냐?"

"대주님! 별일없는 듯합니다. 아무래도 오해문파에서도 눈치를 채지 못한 듯싶습니다."

눈치 채지 못한 것 같다는 사내의 말에 노인은 입꼬리를 말아 올리는가 싶더니 바늘 하나가 옆으로 떠올랐다.

"아무래도 우리의 승리로 끝날 것 같구나! 안으로 숨어든 우리 측 문도들에게 알려라! 오해문파 내부를 뒤흔들라고 말이다."

"알겠습니다."

"지금부터 우리는 예정된 곳을 통해 침투하도록 한다!"

"알겠습니다."

알겠다는 말을 들은 노인은 살기 어린 눈빛으로 앞을 쏘아보았다.

"나, 천운성! 이곳을 핏빛으로 물들이리라!"

"방장님! 방상님!"

숨을 헐떡이며 달려오던 승려는 눈앞에 보이는 방문을 거칠게 잡아당겼다. 문이 열림과 동시에 방 안의 정경이 승려의 눈에 들어오기 시작했는데 그곳에는 이미 사람들이 모여 회의를 하고 있었다.

그중 맨 중앙에 앉아 있는 원망을 본 승려는 살며시 고개를 숙였다.

"방장님! 천의문에서 공격을 해왔습니다."

"어디로 공격을 해왔느냐?"

어디로 공격을 해왔냐는 말에 승려는 가쁜 숨을 몰아쉬며 힘들게 입을 열었다.

"정문입니다!"

정문이라는 말에 우문열은 난감하다는 듯이 눈살을 찌푸렸다.

"정공법을 가장한 공격이라……."

"만약 정공법을 가장한 것이라면 다음 공격은 분명 측면이 될 것이에요."

"그렇겠지. 뒤쪽은 평지라 감시의 눈길을 피하기 힘들 테니 말이야."

이렇게 말을 하던 우문열은 가쁜 숨을 몰아쉬는 승려를 보며 됐다는 듯이 손을 내저었다.

"그만 가보게!"

"알겠습니다."

고개를 숙인 승려가 밖으로 나가자 원망이 살며시 입을 열었다.

"그것보다도, 전에 말한 대로 했습니까?"

"방장님의 말대로 혹시라도 숨어든 간자를 구분하기 위해 전 문도들에게 팔에 천을 두르라고 하였습니다."

"다행이네. 안으로 숨어든 간자들의 예상 경로는 어떻게 되는가?"

예상 경로가 어떻게 되냐는 원망의 말에 당약약이 고개를 숙이는가 싶더니 입을 열었다.

"현재 예상 경로는 다섯 개로 파악이 되고 있습니다. 우선 부적을 만드는 서심전(書心殿)과 부적을 쌓아둔 만총전(萬總殿), 그리고 오해문파의 중심부이자 모든 길이 통하는 오관로(五關路)가 예상됩니다. 또한 대인이 머무는 천무전(天武殿)과 오해문파의 모든 자금이 있는 만수상전이 그들의 목표가 될 것으로 생각이 됩니다."

그녀의 말을 들은 원망은 잘 알겠다는 듯이 고개를 끄덕였다.

"그곳에 대한 경비는 어떻게 하였는가?"

"일단 서심전과 만총전에 있는 부적은 이미 빼돌린 지 오래입니다. 또한 오관로는 사람들의 출입을 통제하고 있는 상태입니다. 그곳을 빼앗긴다면 우리로서는 막대한 손실을 입을 것이 분명하기 때문입니다. 그리고 천무전과 만수상전의 경계는 다른 곳보다 두 배 내지 세 배는 강화하였습니다. 만약 그들의 목표가 실패할 경우 대인 암살로 그 목적을 바꿀지 모르기 때문입니다."

일목요연하게 설명을 하는 그녀의 모습에 원망은 탄성을 금치 못하였다.

그렇다고 그녀의 말에 느긋하게 감탄이나 하고 있을 수는 없었다.

이미 천의문의 공격은 시작되었고 그들을 막아내는 것이 그들의 목표이기 때문이다.

순간 풀어졌던 마음을 죄인 원망은 주위를 살폈다.

"그럼 계획대로 당문이 정문을, 청성파는 오른쪽을, 개방은 왼쪽을, 중앙은 우문세가 가주께서 맡아주시게. 소림은 뒤쪽과 함께 우문세가를 돕도록 하겠네. 이번 일전으로 인해 우리가 천의문과의 결전을 할 수 있는지 없는지가 결정이 되니 모두 조심에 조심을 하게! 알겠는가?"

"알겠습니다."

힘찬 그들의 대답을 들은 원망은 됐다는 듯이 몸을 일으켰고 그를 따라 다른 사람들도 몸을 일으켰다.

순간 방 안에는 희미한 촛불만이 비추고 있었다.

"조장, 오해문파의 흔적이 보이지 않습니다."

끊어질 듯 끊어질 듯하면서도 들려오는 전음 소리에 흙 속에 숨어 있던 한 사내가 눈을 떴다. 조심스럽게 주위를 둘러보던 그는 다시 눈을 감으며 전음을 보내기 시작했다.

"목표 지점의 상황은 어떤가?"

"아무래도 우리의 존재를 파악한 것 같습니다. 오관로는 접근 자체가 불가능하며 서심전과 만총전은 사람이 있었던 흔적조차 없을 정도로 깨끗합니다. 또한 천무전과 만수상전은 오관로와 마찬가지로 경계가 심합니다."

자신들이 올 것을 미리 예견한 듯한 모습에 조장 가경은 난감하다는 표정을 지었다. 아무리 그렇다고 하더라도 이 정도까지 대비할 줄은 꿈에도 몰랐기 때문이다.

순간 오해문파의 한 문도가 가경의 머리 위로 걸어오기 시작했다.

이것을 보고 있던 가경은 결심했다는 듯이 전음을 흘렸다.

"지금부터 계획을 차선책으로 바꾼다. 이호에서 칠호는 오해문파 장로 암살에 주력하도록 하고 나머지는 오해문파의 시야를 어지럽힌다."

"충!"

순간 바닥에서 뭔가가 솟아오르며 오해문파 문도의 국부를 향해 날아갔다.

푸푹!

뭔가를 찢는 듯한 소리와 함께 문도의 눈동자가 심하게 떨린다 싶더니 이내 앞으로 푹 쓰러졌다.

후두두두둑!

흙 속에서 몸을 일으킨 가경은 바닥에 쓰러진 문도를 차가운 시선으로 바라보다 검을 뽑아냈다. 순간 시뻘건 핏물이 튀었지만 문도의 윗도리로 막은 채 뽑아내 핏물은 하나도 묻히지 않았다.

보통 같으면 이 문도의 시체를 숨겨야 하나 지금 같은 경우에는 그럴 필요가 없었다.

오히려 그냥 두는 편이 오해문파에 혼란을 줄 수 있기 때문이다.

무표정한 얼굴로 주위를 살피던 그는 재빨리 뛰어 어둠 속으로 몸을 날렸다.

"오관로를 통제한다는 말이더냐?"

"아무래도 숨어든 문도들을 파악한 듯싶습니다!"

들통난 듯하다는 사내의 말에 천운성은 재미있다는 듯이

입가에 미소를 그렸다.

"크크크! 재미있군! 그래서 어떻게 하기로 했는가?"

"차선책을 선택해 일단 오해문파 장로들의 암살에 주력하기로 했습니다. 또한 스스로 모습을 드러내 오해문파의 시야를 어지럽힐 예정이라고 합니다."

"들통난 이상 숨어 있는 것보다는 모습을 드러내는 것이 좋을 것 같다는 생각을 한 모양이군. 누가 책임자인가?"

"무림맹 수색조 조장인 가경이 책임자라고 합니다."

"가경이라? 이 일에서 살아남게 되면 큰 상을 내리도록 하지!"

마음에 든다는 듯 말을 하는 그의 모습에도 불구하고 사내는 아무렇지도 않다는 표정을 지었다.

"그것보다 앞으로 어쩌실 생각입니까?"

"뭘 어쩌다니? 우리의 목표는 하나이지 않느냐?"

"오해문파의 수장인 운소 말이십니까?"

"그렇지!"

맞다는 듯 웃는 그의 모습을 보던 사내는 알겠다는 듯이 고개를 숙였다.

"그렇다면 진로 대사를 맡기로 했던 인원을 빼 천무전으로 보내겠습니다."

"그렇다면 난 만무상전으로 가지! 내 생각에 그놈은 그곳 외에는 없을 듯싶거든……."

"저는 나머지 인원을 데리고 오관로로 가겠습니다. 그곳만 뚫을 수 있다면 나머지 인원을 데리고 만무상전으로 갈 수 있을 겁니다."

순식간에 계획을 수정한 두 사람은 각자 맡은 곳을 향해 달려갔다. 주위를 어둡게 만들던 달무리도 이제는 사라져 조금씩 밝아지기 시작했다.

콰콰쾅!

요란한 굉음과 함께 흙먼지가 주위로 날아다녔다.

그것을 재미있다는 듯이 바라보던 설부용의 눈이 찌푸려지는가 싶더니 그대로 몸을 허공으로 날렸다.

순간 한줄기 빛이 설부용이 있던 곳에 정확하게 꽂혔다.

퍼퍼퍼퍼펑!

자그마한 폭발이 일어나더니 어른 주먹만한 크기로 바닥이 파헤쳐졌다.

다섯 개의 작은 구멍을 보던 설부용은 눈살을 있는 대로 구기더니 고개를 들어 바라보았다.

"뇌폭설가?"

자신의 가문에서나 볼 수 있는 암기를 눈앞에서 보자 설부용은 어이없다는 표정을 지었다. 그것도 그럴 것이 흑상인 뇌폭설가가 지금껏 한 번도 무림의 분쟁에 끼어든 적이 없었기 때문이다.

그러나 그녀의 생각도 여기서 멈추어야만 했다.

자신의 전신 요혈을 향해 암기가 날아오고 있기 때문이다.

갑작스런 상황에 놀란 설부용은 그대로 옆에 있는 벽을 차고 튀어 올라 나무 위로 올라갔다.

퍼펑!

두 번의 작은 폭발음과 동시에 나무 위로 올라서는 그녀의 등 뒤로 또다시 한줄기 빛이 날아왔다.

'젠장!'

이렇게 속으로 외친 설부용은 발에 걸린 나뭇가지를 차고 그대로 몸을 틀었다. 허공에 뜬 설부용은 품속에 있는 만폭뢰(萬爆雷)를 들어 그대로 던져 버렸다.

쾅!

커다란 굉음과 함께 자그마한 쇠구슬이 빠르게 나무를 향해 날아갔다.

타타타타탁!

묘한 소리와 함께 나무가 찢겨 나가듯 조각조각이 나서 허공을 날아올랐다. 이 소리와 함께 검은색 인영이 나무에서 튀어나온다 싶더니 옆에 있는 커다란 돌 위에 물구나무를 선 채 설부용을 노려보고 있었다.

"설적! 감히 네놈이 날 죽이려고 해?"

살기 가득한 설부용의 말에 설적은 살며시 입꼬리를 말아 올렸다.

"세가를 배신한 것은 누님이 아니오. 누님도 잘 아실 텐데. 우리 뇌폭설가의 가르침을 말이오."

"친구가 아니면 죽음! 이것 말이냐?"

"잘 기억하고 있으면서 어찌 그리 날 탓한단 말이오."

자신을 탓하지 말라는 그의 말에 설부용은 어이없다는 표정을 지었다.

"누가 널 탓한다고 했느냐? 내 말은 무림의 일에 관여하지 않는 세가가 어째서 이곳에 모습을 드러냈느냐는 것이다."

무림의 일에 왜 관여하냐는 그녀의 말에 설적은 살며시 입가에 미소를 그렸다.

"그건 누님과 같은 이유요."

"같은 이유라면… 설마?"

"그렇소! 그가 세가에 흥정을 해왔소."

"그것을 받아들이면 어떻게 되는 것인지 나를 통해 잘 알면서 어찌하여……."

왜 받아들였냐는 설부용의 모습에 설적은 조금 전과는 달리 슬픈 미소를 그렸다.

"누님도 알고 있잖소. 그렇게 하기에는 그 흥정의 유혹이 너무 크다는 것을 말이오."

그의 대답을 들은 설부용은 자신도 모르게 애달픈 표정을 지었다.

자신이 이렇게 세가를 나온 것은 다 그 사람의 흥정 때문인

것을 모를 설적이 아니기에 그녀의 슬픔은 더하였다.

슬픈 그녀의 눈을 보던 설적은 애써 입가에 미소를 그렸다.

"누님! 난 이미 육혈신(六血神)의 한 사람이 되었소. 되돌리기에는 너무 늦었단 말이오. 그러니 그런 표정 짓지 마시오. 알았소?"

이렇게 말을 한 설적은 몸을 그대로 회전시켰다.

허공으로 날아오름과 동시에 설적의 품속에서 뭔가가 빠르게 설부용을 향해 날아왔다.

"연쇄폭(連鎖爆)!"

작은 구슬 같은 것이 새까맣게 날아오는 것을 보던 설부용은 자신의 옆구리에 있는 천 같은 것을 빼내 들었다.

차차차착!

마치 작은 나무가 연결 되는 듯이 붙던 그 천은 기다란 하나의 봉을 만들어냈다.

이것을 본 설적은 놀랍다는 표정을 지었다.

"폭충곤(爆衝棍)!"

곤봉이면서도 폭탄을 쏘아낼 수 있는 폭충곤은 일명 뇌자총이라 불리며 뇌폭설가의 보물 중에 하나이다. 그 보물을 설부용이 지니고 있을 줄은 꿈에도 몰랐던 설적은 입술을 깨물다 이내 손을 들어 마주쳤다.

"연쇄!"

그의 말이 끝나기가 무섭게 손에서 작은 불꽃이 일어난다 싶더니 빠르게 공중에 떠 있는 검은 구슬을 향해 쏟아졌다.

그와 동시에 작은 폭발이 연속적으로 터져 나왔다.

퍼퍼퍼퍼퍼펑!

귀가 멍해질 정도로 계속해서 터지는 폭발에도 불구하고 설부용은 손에 든 폭충곤을 움직여 허공에 뜬 검은 구슬을 다른 곳을 날려 보냈다.

그 순간 화끈한 열기가 설부영의 얼굴을 스쳐 왼쪽으로 뻗어갔다.

퍼퍼펑!

옆으로 날아간 검은 구슬들이 폭발하며 순간 설부용의 숨을 턱 막히게 하였다. 계속된 폭발로 인해 주위에 있던 공기들이 모두 소모되었기 때문이다. 기침을 해대던 설부용은 자신을 향해 날아오는 설적을 보고는 재빨리 뒤로 물러섰다.

펑!

요란한 소리와 함께 설부용은 어깨가 화끈해짐을 느꼈다.

뜨거운 뭔가가 가슴을 타고 흐르고 있었지만 설부용은 신경 쓸 겨를이 없었다.

재빨리 폭충곤을 들어 설적을 향해 날릴 뿐이었다.

퍼엉!

아까 들린 소리보다는 작은 소리이지만 효과는 매우 컸다.

설적의 뒤쪽에는 있던 어른만한 돌이 그대로 무너져 내렸기 때문이다.

어느새 사 장여 뒤로 물러선 설부용은 화끈거림과 함께 엄청난 고통이 온몸을 휘몰아치는 것을 느꼈다.

살며시 고개를 돌려 어깨를 본 설부용은 자신도 모르게 입술을 깨물었다.

찢겨 나간 듯 어깨에서는 붉은 선혈이 끊이지 않고 계속해서 흘러내리고 있었기 때문이다.

희미해지는 기억의 끈을 붙잡고 있던 설부용은 설적의 손에 들린 것을 보고는 어이없다는 표정을 지었다.

"쌍폭절(雙爆節)!"

자신의 손에 든 것을 보고 놀라는 그녀를 보던 설적은 살며시 입가에 미소를 지었다. 쌍폭절은 쌍절곤을 폭충곤처럼 개조한 것으로 한 번에 두 개의 폭탄을 쏘아 보낼 수 있는 것이었다. 폭충곤의 적수라고 하는 쌍폭절을 본 설부용은 자신도 모르게 이를 악물었다.

"아버지도 개입되었나?"

"개입된 것이 아니라 아버님이 주도하셨소."

아버님이 주도했다는 말에 설부용은 더 이상 참을 수 없다는 듯 바닥을 박차고 날아올랐다.

"죽이리라!"

악의에 찬 설부용의 한마디와 함께 천혈대와의 일전은 시작되고 있었다.

제5장

육혈신(六血神)과의 혈투!

설부용이 설적과 생사결을 논하고 있는 시각, 보결 역시 상황은 마찬가지였다. 천무전 앞에서 싸우고 있는데 얼마나 치열했는지 몸 이곳저곳에 붉은 빛이 감돌고 있었다.

자신의 몸에 난 상처를 이리저리 살피던 보결은 눈살을 찌푸렸다.

"생각보다 피해가 크군!"

"감히 육혈신(六血神)의 북혈과 맞서면서 무사하길 바란단 말이더냐?"

어이없다는 표정의 그를 보던 보결은 당연하다는 듯 고개를 끄덕였다.

"당연한 것 아닌가?"

단초자(쌍절곤과 비슷하기는 하나 한쪽 봉이 두 배는 긴 형태의 무기)와 비슷한 형태의 무기를 손에 든 북혈은 황당하다는 표정을 지었다.

하지만 그것도 잠시, 어차피 허세라고 생각을 한 북혈은 손에 든 독문무기인 혈초자(血梢子:단초자와 비슷하나 짧은 봉에 두 개의 칼날이 달려 있음)를 들어 혀에 갖다 대었다.

"그렇게 허세를 부려봤자 어차피 네놈은 내 혈초자의 먹이가 될 것이다."

"재미있군!"

"재미있다? 그럼 이것도 재미있나 보거라!"

순간 북혈의 머리를 지난 검날 달린 작은 봉이 무서운 속도로 보결을 향해 날아갔다. 그런 그의 모습을 보던 보결은 코웃음을 치는가 싶더니 손에 든 궁을 들어 시위를 당겼다 놨다.

퉁!

묘한 소리와 함께 튕겨 나오던 짧은 봉을 북혈은 미세한 손놀림으로 다시 허공을 날아 보결의 목을 향해 날아갔다.

이것을 본 보결은 재빨리 몸을 회전시키면서 궁의 끝을 잡고 마주쳐 갔다.

카카카캉!

거친 쇳소리와 함께 두 개의 무기가 교차하기 시작했다.

비교적 부피가 작은 궁이라서 그런지 혈초자를 막을 때마다 커다란 충격이 손을 타고 올라왔다.

마치 팔을 뒤흔드는 듯한 고통에 보결은 살며시 눈살을 찌푸렸다.

그와 동시에 뒤로 회전하던 몸을 멈추고 재빨리 북혈의 몸 쪽으로 파고 들어갔다.

이것을 본 북혈은 재빨리 혈초자를 잡아 그대로 끼어갔다.

그러자 혈초자는 한 자루의 도끼가 되어 다가오는 보결을 위협하기 시작했다. 그런 그의 모습에 보결은 눈 하나 깜짝하지 않은 채 그저 뛰어들 뿐이었다.

어깨를 향해 날아오는 혈초자를 팔을 들어 쳐낸 보결은 북혈의 품속으로 들어가더니 궁을 들어 목에 걸었다. 북혈은 순간 아까 빈 궁으로 자신의 혈초자를 막던 장면이 떠올랐다.

'제기랄!'

자신도 모르게 육두문자를 흘리던 북혈은 손에 든 혈초자를 거꾸로 들어 궁 사이로 밀어 넣었다.

퍼억!

북 터지는 듯한 소리와 함께 북혈의 고개가 뒤로 넘어갔다.

"크옥!"

고통에 찬 비명 소리와 함께 드러난 그의 얼굴에는 뭔가에 맞은 듯 붉은 선 하나가 뚜렷하게 새겨졌다. 자신의 얼굴이 어떤지 파악하기도 전에 또다시 북 터지는 소리가 들려왔다.

"크아악!"

아까와는 사뭇 다른 소리가 들리는가 싶더니 또다시 고개
가 뒤로 넘어갔다. 피로 범벅이 된 북혈은 머릿속을 뒤흔드는
고통보다도 어떻게든 궁에서 벗어나고자 그대로 팔을 들어
궁을 위로 쳐냈다.

순간 궁이 위로 올라간다 싶자 그는 재빨리 고개를 숙여 벗
어났다.

하지만 계속해서 얻어맞아서인지 한쪽 눈이 흐릿하게 보
이고 있었다.

"이놈을!"

악에 바친 소리를 지르던 북혈은 손에 든 혈초자를 들고는
그대로 내려쳤다.

쿵!

제법 큰 소리와 함께 바닥을 그대로 내려친 북혈을 보던 보
결은 살며시 궁을 들어 시위를 놓으려 하였다. 그 순간 뭔가
가 빠르게 보결의 목을 향해 날아왔다.

바닥을 내려친 혈초자를 원래대로 만들어 그대로 날린 것
이었다.

어느새 두 조각으로 나뉜 혈초자를 보던 보결은 재빨리 몸
을 뒤로 날리며 궁의 시위를 놓았다.

콰득!

뼈가 으스러지는 듯한 소리와 함께 보결의 눈살이 있는 대
로 구겨졌다.

"으윽!"

고통에 찬 신음을 흘리는 보결을 본 북혈은 피로 얼룩진 얼굴로 광소를 하기 시작했다.

"크하하하! 드디어 내 손에 걸렸구나!"

큰 소리로 웃던 북혈이 잡아당기자 보결의 몸이 허공을 날아 그대로 바닥에 떨어졌다.

쿠쿵!

어깨에 꽂힌 혈초자로 인해 바닥에 떨어진 보결은 얼굴 가득 찡그렸다.

하지만 그것도 잠시, 어깨에 꽂힌 혈초자를 어떻게든 뽑아내려 하였지만 북혈은 그걸 보고만 있지 않았다.

북혈은 손에 든 혈초자의 남은 봉을 잡고는 그대로 달렸다.

그러자 보결의 몸은 동아줄에 묶인 나무토막마냥 질질 끌리기 시작했다.

"크윽!"

고통에 찬 보결의 비명 소리가 즐거운지 계속해서 달리던 북혈은 그의 몸을 눈앞에 보이는 집을 향해 날렸다.

콰쾅!

요란한 소리와 함께 보결의 몸이 그대로 집 속으로 들어가 버렸다.

콰콰쾅!

엄청난 굉음과 함께 뒤로 힘없이 튕겨 나가는 한 여인이 있었다.

"제기랄! 쿨럭!"

사정없이 육두문자를 흘리던 그 여인은 이내 선혈을 한 사발이나 뱉어내고 말았다. 온몸이 핏물로 가득한 그녀의 모습처럼 그녀와 상대하고 있는 사내 역시 무사하지는 못하였다.

"설부용 누님! 거… 기기서 천뢰폭을 쓸 줄은 몰랐소!"

비틀거리는 신형으로 다가오는 설적을 보던 설부용은 손에 쥔 봉을 지팡이 삼아 일어서기 시작했다.

"누가 할 소리를… 난 그 순간 연쇄폭을 터뜨릴 줄은 정말 몰랐어!"

서로를 향해 칭찬하는 듯 말을 하던 두 남녀는 무섭도록 빠르게 다가가 서로의 목을 향해 봉과 쌍절곤을 날렸다.

타탁!

힘겹게 서로가 날린 무기를 쳐내던 두 사람은 서로 품 안에서 뭔가를 꺼내 들었다.

"이거나 받아라! 천뢰폭!"

천뢰폭을 들먹이는 설부용의 모습에 설적은 질렸다는 표정을 지었다.

"또요?"

또라고 말을 하던 설적은 품 안에서 검은 구슬 같은 것을 잔뜩 날렸다.

천뢰폭과 연쇄폭이 같이 반응을 함과 동시에 커다란 열기가 두 사람을 뒤로 밀어냈다.

콰콰콰쾅!

순간 주위의 모든 것이 불덩이로 바뀌었고 폭탄이 터졌던 곳은 바닥이 움푹 파여 보기에도 그곳이 땅인지 의심이 갈 정도였다.

연신 핏물을 게워내며 몸을 일으키던 설부용은 순간 자신의 이마를 향해 날아오는 뭔가를 보았다.

"천뢰폭?"

몸도 성치 않을 그가 연쇄폭에 이어 천뢰폭까지 던질 줄은 꿈에도 몰랐던 설부용은 그 자리에서 굳어버렸다. 아무래도 죽음이란 공포가 그녀의 몸 전체를 집어삼킨 듯 보이고 있었다.

멍하니 폭탄을 바라보는 그녀의 앞으로 한 사내가 모습을 드러냈다.

"정신 차려!"

커다란 고함 소리와 함께 나타난 그 사내는 날아오는 천뢰폭을 반으로 쪼개 버리고 말았다.

콰쾅!

두 조각이 난 천뢰폭은 뒤로 날아가 커다란 굉음을 내며 터졌고 그 결과 두 사람은 그대로 앞으로 쓰러졌다. 귀가 찌르르 하고 울릴 정도로 커다란 굉음에 잠시 눈을 감았던 설부용은 일어서다 자신의 손에 묻은 시뻘건 핏물을 보고는 놀랐다.

"피……?"

자신의 앞을 막아섰던 사내의 등을 만졌던 손이라 그 핏물이 등에서 묻어온 것을 아는 그녀는 재빨리 고개를 돌렸다.

그러자 그녀의 눈에 상처투성이의 도혹이 들어왔다.

"오… 오라버니!"

힘겹게 호흡을 뱉어내던 도혹은 실며시 고개를 들어 그녀를 보았다.

"정신은 차렸냐?"

"그것보다 오라버니는 괜찮으세요?"

"나… 나야! 크윽! 늘 얻는 게 상처인데 별것 있겠느냐?"

괜찮다는 듯이 말을 하는 그를 바라보던 설부용은 왠지 미안하기만 하였다. 자신이 위험할 때면 언제나 나타나 도와주는 도혹이었지만 이렇게 다친 몸으로 자신을 도와줄 것이라고는 생각지 못했기 때문이다.

순간 촉촉이 젖은 그녀의 눈매를 보던 도혹은 안 되겠다는 듯이 몸을 일으켰다.

"네 눈물 닦아줄 시간이 없는 듯하구나!"

다급히 몸을 일으키는 그를 보던 설부용의 귀에 악에 받친 목소리가 들려왔다.

"네 이놈을!"

복부를 찔린 듯 배를 움켜쥔 사내는 있는 대로 얼굴을 찡그리고 있었다.

아무래도 도혹이 상대한 자가 그인 듯싶은데 이상하게 손에 쥔 것이 마치 어망 같아 보였다. 그러나 보통 어망과는 달리 어망 안팎으로 나 있는 작은 칼날은 보기만 해도 등골이 오싹할 지경이었다.

지금도 그 어망 안에 사람인지 고깃덩이인지 구분이 안 가는 것이 있었다.

마치 푸줏간에서 돼지를 고깃덩이로 만드는 것처럼 보이는 장면에 설부용은 자신도 모르게 울컥 치밀어 올랐다.

그런 그녀의 모습에도 불구하고 어망을 든 사내는 눈살을 있는 대로 찌푸린 채 큰 소리로 외치고 있었다.

"감히 육혈신 왕걸의 배를 찌르고도 무사할 줄 알았느냐?"

악에 받친 목소리로 말을 하던 그는 어망을 풀어 안에 있는 것을 꺼냈다. 마치 투망이라도 할 것 같은 그의 모습에 도혹이 검을 들어 방어 태세에 들어갔다. 그 순간 설부용이 자리에서 일어남과 동시에 품에 있던 천뢰폭을 들어 던졌다.

"이거나 먹어라!"

친절한 설부용(?)의 모습은 사라지고 어느새 불친절한 설부용으로 바뀐 그녀는 있는 대로 육두문자를 흘리고 있었다. 그녀의 손을 떠난 천뢰폭은 어망 속으로 들어간다 싶더니 커다란 폭발음을 냈다.

쿠쿠쿵!

지축이 흔들리는 듯한 소리가 들림과 동시에 처절한 비명 소리가 들려왔다.

"크아아악! 내 팔! 내 팔!"

자신의 팔을 찾으며 울부짖는 왕걸을 보며 고소해하던 설부용의 눈에 쌍폭절이 들어왔다. 일 장 거리도 안 되는 곳에서 겨누는 설적의 모습에 순간 설부용의 눈이 감겨 버렸다.

쾅!

요란한 굉음이 또다시 들려왔지만 그녀의 몸 어디에서도 그 흔한 아픔 하나 느껴지지 않고 있었다.

살았다는 기쁨도 잠시, 그녀의 귀에 다시 굉음이 들려왔다.

쾅!

귀를 멍하게 만드는 굉음과 함께 뜨거운 열기가 뒤쪽에서 뻗어왔다.

순간 불어온 바람에 자신의 머리가 날리고 있음을 깨달은 설부용은 살며시 눈을 떴다.

그러자 설적의 쌍폭절에 대항해 검을 날리는 도흑의 모습이 들어왔다.

아마도 자신이 쌍폭절에 놀라 아무 짓도 못하고 있을 때 그녀를 대신해 막아선 것 같았다.

"아직도 놀란 거야?"

놀리는 듯한 도흑의 말에 설부용은 자신도 모르게 눈물을 흘리고 있었다.

이미 시커멓게 죽어버린 어깨 하며 옆구리와 허벅지에 깊게 난 상처는 이미 그가 치유할 수 있는 상태를 넘어버렸다는 것을 알 수 있었다. 마치 자신의 생명을 태워 설부용을 지키려는 것 같은 그의 모습에 설부용은 말을 하려고 입을 열었지만 아무런 말도 나오지 않았다.

창백하게 변한 얼굴로 전과는 달리 말을 계속하는 그를 바라보던 설부용은 이내 고개를 돌렸다.

"내… 내 팔을! 네놈들을 죽이고 말겠어!"

"시끄러! 너나 죽어!"

죽으라는 말과 함께 날아든 폭충곤을 물끄러미 바라보고 있던 왕걸의 눈이 순간 커졌다.

쾅!

커다란 굉음과 함께 잘 익은 수박 하나가 터져 나갔다.

수박 파편처럼 날아가던 왕걸의 인육을 보던 설부용의 귀에 낯익은 비명 소리가 들려왔다.

"커어억!"

순간 고개를 돌린 설부용의 눈에 도흑의 가슴 뒤로 삐져나온 쌍폭절이 들어왔다.

"오… 오라버니!"

처절한 목소리로 부르던 설부용은 손에 든 폭충곤을 들어 설적을 겨누었다. 그 모습을 본 설적은 재빨리 몸을 날리려 하였지만 도흑의 두 팔이 그의 어깨를 잡고 있어 도저히 움직일 수 없었다.

"이아아아야!"

울부짖는 듯한 그녀의 외침과 함께 폭충곤의 불씨가 당겨졌다.

콰쾅!

시뻘건 핏물이 그녀의 얼굴을 그대로 적셨지만 눈가에 흐르는 눈물은 멈추지 않고 있었다.

타탁!

힘없이 떨어진 폭충곤을 보고도 아무렇지도 않다는 듯 설부용은 도흑에게 다가섰다. 어느새 붉게 얼룩진 그녀의 얼굴에 두 개의 물줄기가 그 자국을 남긴 채 지나가기 시작했다.

"오… 오라버니!"

그를 부르던 설부용의 머릿속에 처음 도흑과 만났을 때부터의 일이 하나둘씩 그려지기 시작했다.

"오라버니는 말이 없어 재미없어!"

"말 많은 네가 싫다!"

"오라버니는 어떤 여자가 좋아요!"

"너만 아니면 된다!"

"심심해! 천뢰폭 하나만 터뜨리면 안 돼요?"

"네 머리를 터뜨려라!"

그리 좋은 기억은 없지만 이상하게도 그녀의 가슴을 설레게 하는 묘한 기억들이었다. 그중에 뇌폭설가에 한 번 붙들린 적이 있는데 그때 구해주던 기억이 떠올랐다.

"세가를 위해 황궁에 자신의 딸을 팔았으면 됐지? 그조차도 세가에 누가 된다고 죽어달라는 것인가? 도대체 뭘 어떻게 더 해야 너희의 욕심이 풀리는 것인가?"

죽을지도 모르는 상황에서 호탕하게 외쳤던 그의 모습을 떠올리던 설부용은 살며시 도흑을 안아 자신의 무릎에 놓았다.

그리고는 자신의 품에서 폭탄 하나를 꺼내 도흑의 눈앞에 보였다.

"오라버니! 기억나요? 제가 맨 처음 만들었던 화폭(花爆:불꽃놀이 폭탄)이에요. 그때 오라버니는 이걸 보고 많이 좋아했는데 기억나세요? 제가 약속했었죠. 언젠가……."

얼굴에 미소를 그리며 말을 하는 설부용의 뒤로 천혈대 대원 하나가 다가왔다. 핏물로 목욕을 한 듯 혈인이 된 그는 광기 어린 눈빛으로 설부용을 보다 손에 검을 들어 그대로 찔러갔다.

"크윽! 기… 회가 되면… 다시 보여주겠다고……."

말을 끝맺지 못한 채 그대로 엎어지는 그녀의 고개 밑으로 자그마한 화폭이 떨어졌다.

퍼퍼퍼펑!

요란한 소리와 함께 아름다운 불꽃이 마치 진짜 꽃처럼 피어나기 시작했다.

'오라버니! 그거 아세요? 세상에서 제일 좋아했던 사람이 오라버니라는 것을 말이에요. 과거에도 그랬고 지금도 그랬고 죽는 이 순간에도 그럴 거예요.'

먼지 가득한 집을 바라보던 북혈의 눈에 주먹 하나가 들어왔다.

퍼억!

북 터지는 소리와 함께 북혈의 고개가 홱 돌아갔다.

이것을 시작으로 북혈의 온몸이 춤을 추기 시작했다.

퍼퍼퍼퍼퍽!

마치 복날에 개를 패듯 두들겨 대는 보결의 주먹에 북혈은 정신을 못 차리고 있었다.

"커헉!"

짧은 비명 소리와 함께 시뻘건 핏물이 보결의 얼굴에 뿌려졌다.

"크윽!"

순간 날아온 핏물로 인해 시야를 잃은 그는 비틀거리는 몸짓으로 뒤로 물러나려 했지만 그의 생각대로 되지는 않았다. 갑자기 어깨에 커다란 통증이 밀려온다 싶더니 그의 몸이 앞으로 나갔기 때문이다.

쿵!

또다시 집 벽에 부딪친 보결은 충격으로 인해 두 무릎을 꿇고 말았다.

이것을 본 북혈은 이 기회를 놓치지 않고 발을 들어 보결의 얼굴을 그대로 찼다.

퍼억! 쾅!

고개가 홱 돌아간다 싶더니 보결의 몸이 공중을 날아 그대로 집 벽에 부딪쳤다. 아까와는 달리 이번엔 집 안으로 들어간 보결을 본 북혈이 비틀거렸다.

"젠장!"

자신도 모르게 육두문자를 흘린 북혈은 아무래도 아까 맞은 주먹 탓이라 생각을 하니 더욱더 화가 났다. 그도 그럴 것이 갑작스런 그의 공격에 무방비 상태로 당했기 때문이다.

만약 입속에 있던 핏물을 보결의 얼굴에 뱉어내지 않았다면 지금쯤 바닥에 처박혀 있는 것은 그가 아닌 자신일 것이 분명하였다.

이 같은 사실을 떠올리자 노기가 뒷목을 타고 올라왔다.

노기를 참지 못한 북혈은 집 안으로 들어가 보결의 머리를 잡고는 그대로 바닥으로 내리쳤다.

퍼억!

순간 보결의 이마가 깨지며 핏물이 얼굴로 튀었지만 북혈은 한 번 잡은 것을 놓지 않았다.

퍼퍼픽!

연달에 세 번이나 바닥을 향해 내리치던 북혈은 그제야 분이 풀리는지 보결의 머리를 놓았다.

흐릿해지는 의식의 끈을 겨우 잡아가던 보결의 손에 뭔가가 닿았다.

그것이 활시위라는 것을 깨달은 보결은 그것을 손에 쥐고는 바닥에서 몸을 일으켰다. 하지만 그가 몸을 완전히 일으키기도 전에 북혈의 손에 쥔 혈초자가 움직였다. 그러자 보결의 몸이 힘없이 허공을 뜬다 싶더니 집 밖의 커다란 돌에 그대로 부딪쳤다.

"쿨럭!"

핏물을 한 사발이나 게워내는 보결을 본 북혈은 살며시 입꼬리를 말아 올렸다.

"감히 육혈신 북혈을 죽이려 하다니… 그것 자체가 네게는 불행이었다."

자신을 죽이려 한 것이 불행이라고 말을 한 북혈은 자신을 향해 힘겹게 입술을 움직이는 보결을 보았다. 죽을 자의 발악이라 생각한 그는 보결의 머리를 들어 자신의 귀에 대었다.

그러자 보결의 말이 희미하게 들려오기 시작했다.

"…거… 려… 다."

"뭐라 하는 것이냐?"

"네… 은… 걸… 려… 들… 었……."

"걸려?"

"그… 래! 네… 놈은… 내… 은사에… 걸려들……."

그의 말을 듣고 있던 북혈의 두 눈이 순간 크게 떠졌다.

"네놈의 은사에 걸려들었다고?"

"그… 래!"

맞다는 듯 고개를 끄덕이기가 무섭게 북혈의 목을 뭔가가 죄여오기 시작했다. 달빛에 은은하게 빛을 내는 것으로 보아 아무래도 아까 집 안에서 주웠던 활시위로 그의 목을 감고 있는 듯싶었다.

목에 가느다란 혈선이 그어짐에 따라 북혈의 몸이 점점 요동을 치기 시작했다. 죽기 전 발악하듯 요동을 치는 북혈을 보던 보결의 눈에 허공에 피어난 자그마한 불꽃이 보였다.

"화… 폭? 서… 설마?"

설부용의 화폭이라는 것을 알아챈 보결의 얼굴이 사정없이 구겨졌다. 얼굴이 구겨지면 질수록 북혈의 목을 쥐고 있는 은사를 더 세게 잡아당기고 있었다.

설부용의 화폭은 그녀가 죽기 전이 아니면 사용하지 않는 것이기에 이것을 본 보결은 그녀의 죽음을 예감하고 있었다.

잠시 후 축 늘어진 북혈을 바닥에 떨어뜨린 보결은 비틀거리는 몸짓으로 불꽃을 찾기 시작했다.

하지만 이미 사라진 불꽃이 아직까지 있을 리 없기에 찾을수록 보결의 실망감은 더하였다.

허무하다는 듯이 앉아 있는 보결의 귀에 낯익은 목소리가 들려왔다.

"설부용 여협의 맥이 살아 있어!"

"도혹 대협의 심장도 아직 움직여!"

아직은 죽지 않았다는 사람들의 목소리에 보결은 뜨거운 눈물을 흘리고 있었다.

이렇게 각자의 목적을 위해 하나둘씩 사람들이 쓰러져 가는 가운데 만수상전 안으로 들어서는 한 노인이 있었다. 처절한 비명 소리가 들려오는 밖과는 달리 만수상전에 들어선 노인은 매우 한가로운 표정으로 발걸음을 옮기고 있었다.

그러나 날카로운 그의 시선은 주위에 쌓인 은자를 살피고 있었다.

그렇게 한참을 살피던 노인은 자그마한 불빛이 보이는 곳으로 걸어가기 시작했다.

그곳에는 운소가 한가롭게 잠을 청하고 있었다.

은자를 이불 삼아 태평하게 잠을 자고 있는 운소를 보던 노인은 살며시 입가에 미소를 그렸다.

"돈 버는 것을 좋아한다더니 잠도 꼭 은자 곁에서 자는구나!"

어이없다는 듯이 말을 하던 노인은 운소의 다리를 툭 쳤다.

그러자 운소는 얼굴을 있는 대로 찡그리며 금방 맞은 다리를 옮겼다.

너무도 자연스러운 그의 행동에 노인은 재미있다는 표정을 짓기 시작했다.

"그만 일어나거라!"

일어나라는 그의 말에도 불구하고 운소는 연신 '조금만'을 외쳤다.

사람들의 목숨이 오고 가는 이 혈투 속에서도 여전히 잠을 자겠다는 그의 모습에 노인은 어이없다는 표정을 지었다.

"그만 일어나라고 하지 않았느냐?"

버럭 소리를 지른 탓인지 운소는 눈도 뜨지 못한 채 손을 들어 목을 벅벅 긁어댔다.

"아직… 밤이잖아! 왜 깨우고 난리야!"

"네 목숨이 오가는 판국에 계속 잠을 고집하겠느냐?"

목숨이 위태롭다는 그의 말에 운소는 살며시 고개를 돌려 노인을 보았다. 왠지 낯익은 얼굴에 잠시 고개를 내밀고 바라보던 운소는 그가 천운성이라는 것을 깨닫고는 황급히 뒤로 물러섰다.

"뭐… 뭐야?"

"이제 정신이 드느냐?"

그의 말에 운소는 고개를 끄덕였다.

그런 운소를 물끄러미 바라보던 천운성은 됐다는 표정을 지었다.

그 순간 처절한 비명 소리가 밖에서 들려왔다.

"크아아아악!"

갑작스런 소리에 놀란 운소는 도대체 어찌 된 일이냐는 표정을 지었다.

"아직도 파악이 안 되느냐?"

"자다 일어난 놈이 뭘 알겠어? 도대체 무슨 일이야?"

말 돌리지 말고 이야기해 달라는 그의 모습에 천운성은 살며시 한숨을 내쉬었다.

"내가 이곳에 나타난 이유가 뭐가 있겠느냐? 오해문파와 널 없애려고 온 것밖에 더 있겠느냐?"

죽이러 온 사람치고는 너무나 당당한 그의 모습에 운소는 할 말을 잃어버리고 말았다.

그런 그를 물끄러미 보고 있던 천운성은 살며시 입가에 미소를 그렸다.

"어차피 너와 난 이렇게 될 운명이었으니 너무 심각하게 생각하지 말거라!"

지금의 상황에 대해 너무 심각하게 받아들이지 말라고 말을 하고 있지만 운소로서는 그 말을 쉽게 받아들일 수 없었다.

그 누가 자신을 죽이러 왔다는데 심각하게 받아들이지 않겠는가?

오히려 쉽게 받아들이는 것 자체가 이해가 안 되는 듯싶었다.

멍한 표정으로 바라보는 운소를 보던 천운성은 됐다는 표정을 짓는가 싶더니 뒤로 물러섰다.

"그만 하고 이제 결판을 내자꾸나!"

"결판이라면… 싸우자는 말이야?"

"그것뿐이 더 있겠느냐? 그만 하고 어서 일어나거라!"

그만 싸우자는 그의 말에 운소는 자리에서 일어났다.

조심스레 일어나는 모습과는 달리 그는 마음속으로 연신 혈의 주술을 부르고 있었다.

'어이! 혈의 주술!'

―왜 부르는가?

예전과는 달리 빨리 대답을 하는 혈의 주술에 운소는 자신도 모르게 안도의 한숨을 내쉬었다.

'나 좀 도와줘!'

―뭘 도와달라는 것인가?

'뭘 도와주긴. 네가 도와주지 않으면 나 죽는다고……'

운소의 말에 혈의 주술의 목소리가 순간 끊겼다.

예전에 비해 도와주려 하지 않는 혈의 주술의 태도가 거슬렸지만 그렇다고 달리 방법이 있는 것이 아니었다.

'그러지 말고 나 좀 도와달라니깐⋯⋯.'

―도와줄 수는 있으나 최근 들어 혈의 주술의 발동이 잦았다. 그 결과 네 몸은 점점 주술을 이기지 못하고 붕괴하고 있다. 자칫 잘못했다가는 네 목숨은 물론이고 몸마저 먼지로 화할지도 모르는데 괜찮나?

목숨이 위태롭다는 말에 운소의 몸이 순간 멈칫거렸다.

하지만 이미 다른 방도는 없다고 생각한 운소는 될 내로 되라는 듯 고개를 끄덕였다.

'어차피 한 번 죽을 목숨 싸우다 죽으면 그나마 멋있지 않겠어?'

―알겠다. 난 분명히 너에게 죽을지도 모른다고 밝혔으니 죽어도 원망은 하지 않겠지. 그럼 혈의 주술을 발동시켜라!

혈의 주술을 승락에 운소는 고맙다는 듯이 입을 열었다.

"발동!"

몽롱함과 나른함이 교차하는 듯한 기분 묘한 느낌이 온몸을 감쌌다.

매번 느끼는 것이지만 익숙해지지 않는 것을 보면 그리 좋은 것은 아닌 듯싶었다. 제멋대로 움직이는 듯한 눈동자를 보면서 운소는 자신 안에 있는 또 다른 내가 움직이고 있음을 알 수 있었다.

살며시 몸을 일으킨 운소는 광기 어린 웃음을 터뜨렸다.

"카카캇! 이놈의 주인은 시도 때도 없이 날 불러대는군! 그건 그렇고 늙은이, 어째 낯이 익은데?"

전과는 달리 완전한 혈인으로 바뀐 운소를 보던 천운성은 맞다는 표정을 지었다.

"크크크! 네놈에게 진 빚은 아직도 잊지 않고 있다!"

말이 끝나기가 무섭게 바늘 하나가 천운성 옆으로 떠올랐다.

이것을 본 운소는 기억이 난다는 듯 고개를 끄덕였다.

"카카캇! 내 생각이 맞나 보군! 저번에 그리 당하고도 또다시 덤빈단 말인가?"

"크크크! 나이를 먹다 보니 고집만 늘어서 말이야!"

순순히 양보할 생각이 없다는 그의 말이 끝나기가 무섭게 몸 주위에서 뜨거운 기운이 휘몰아치기 시작했다.

콰지지직!

묘한 소리와 함께 천운성의 주위가 그대로 움푹 들어가고 말았다.

마치 그 높이가 원래 높이인 듯 보일 정도로 내려앉는 모습으로 보아 아무래도 천운성의 독문 절기인 진공이 펼쳐진 듯싶었다.

"카카캇! 죽고 싶어 환장한 것인가?"

미친 듯이 광소를 하던 운소는 서서히 발을 움직여 무섭게 휘몰아치는 천운성의 진공 안으로 몸을 들여놓았다. 운소가 발걸음을 하나둘 내디딜 때마다 바닥이 움푹 파이고 거미줄이 사방으로 뻗어가고 있었다.

쿠쿵!

요란한 소리와 함께 천천히 거리를 좁혀오는 운소를 본 천운성은 살며시 입가에 미소를 그렸다.

"크크크! 설마 하니 진공 안으로 들어올 줄은 꿈에도 몰랐군!"

그의 말에 운소는 미친 듯이 광소를 하였다.

"카카카캇! 손님이 왔으면 대접을 해야지! 안 그래?"

"크크크! 미안하지만 난 손님 대접 받는 것 자체를 싫어해서 말이야!"

손님 대접 받기 싫다는 말을 한 천운성은 살며시 손을 들어 올렸다.

"중력!"

말이 끝나기가 무섭게 운소의 온몸이 죄여오기 시작했다.

마치 세상의 모든 짐을 짊어진 듯한 느낌에 운소는 살며시 눈살을 찌푸렸다. 다른 사람과는 달리 그대로 서 있는 그를 본 천운성은 놀랍다는 표정을 지었다.

"내 진공 안에서 중력을 맞고서 서 있는 놈은 네가 처음이다!"

"카카캇! 칭찬인가? 고맙군! 하지만 난… 크윽… 이런 거 별로 안 좋아해!"

자신도 모르게 신음 소리를 내던 운소의 몸에서 뿜어져 나온 묵빛의 기가 주위를 에워싸기 시작했다. 마치 자신의 영역을 구축하는 듯한 그 모습에 천운성은 어이없다는 표정을 지었다.

그 누가 이 같은 상황에서 기를 움직여 대항할 생각을 한단 말인가?

아마도 운소가 유일무이할 것이라 생각하던 천운성은 살며시 눈살을 찌푸렸다.

"크크크! 내가 아무래도 쉽게 생각한 모양이군!"

본격적으로 하겠다는 듯 말하던 천운성은 또다시 손을 들었다.

그러자 그 손 앞에 침 하나가 빙글빙글 움직였다.

이 모습을 본 운소는 여전하다는 표정을 지었다.

"카카카캇! 여… 전히 여인처럼 침이나 갖고 노는군!"

"크크크! 내 취미가 어떤지 한 번 보겠나?"

그의 말이 끝나기가 무섭게 침이 빠르게 날아갔다. 갑작스런 일이기는 해도 이미 예상은 하고 있었던 터라 운소는 자신의 몸 주위를 감싸는 묵빛의 기를 이용해 막아갔다.

카카카카캭!

묘한 소리와 함께 침이 빠른 속도로 돌기 시작했다.

마치 묵빛의 기를 꿰뚫으려는 듯한 모습의 침을 바라보던 운소는 재미있다는 표정을 지었다.

"카카캇! 이것으로 끝인가?"

계속해서 압박을 가하는데도 불구하고 아무렇지도 않아

보이는 운소의 모습에 천운성은 당황스러우면서도 한편으로 무섭기까지 하였다.

그런 속내를 숨긴 채 천운성은 그의 광소에 미소로 답했다.

"크크크! 아직 시작에 불과하다네."

"카카캇! 그 시작 말인데 내가 먼저 하면 안 되겠어?"

자신이 먼저 시작하겠다는 그의 말에 순간 당황한 천운성은 무슨 말이냐고 물었다.

"시작을 먼저 하겠다니 무슨……."

천운성의 말이 끝나기도 전에 운소의 몸에서 묵빛의 기가 더욱 뻗어 나오는가 싶더니 이내 진공 안을 가득 메웠다.

딸랑!

바닥으로 힘없이 떨어지는 침을 보던 운소는 천운성을 향해 입을 열었다.

"카카카캇! 아까는 당신의 세계에서 시작했으니 이번엔 내 세계에서 시작하지!"

순식간에 천운성의 진공을 깨뜨려 버린 운소는 살기 어린 눈빛으로 하염없이 바라보고 있었다.

제6장
천운성의 죽음!

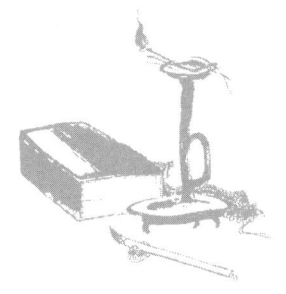

자신의 고유 영역인 진공을 깨뜨려 버린 운소를 죽일 듯이 바라보던 천운성의 눈에 발 하나가 들어왔다. 빠르게 쏘아져 오는 운소의 발에 천운성은 재빨리 자신의 내기를 발에 보냈다.

그 순간 천운성의 몸이 운소의 몸 안으로 파고 들어갔다.

그는 재빨리 손을 들어 운소의 허벅지를 타점의 묘리를 이용해 밀어냈다. 가볍게 톡 친 것에 불과하지만 운소의 발은 어이없게 궤도를 이탈해 가고 있었다.

이것을 본 천운성은 이내 어깨를 들어 운소의 가슴을 쳐갔다.

그 다음에 접힌 팔꿈치를, 그 다음엔 팔을 펴 주먹의 등으로, 다음엔 손목을 그대로 돌려 두 손바닥으로 가슴을 쳐갔다.

잇달아 쳐내는 그의 공격에 운소는 속절없이 그대로 당하고 말았다.

퍼퍼퍼퍽!

마치 찢겨진 북을 두들기는 듯한 소리와 함께 운소의 신형이 휘청거렸다.

지금 천운성이 보인 것은 특별히 초식이라 말을 할 수 있는 것이 아닌 접전(接轉)의 묘리를 이용한 것이다.

흔히 절정의 고수가 되면 초식이라는 것 자체가 필요없게 된다.

이것은 무리의 묘리를 하나둘씩 깨달아가기 때문인데 그 중 하나가 바로 접전의 묘리이다.

접전의 묘리는 타점의 묘리와는 반대의 성격이라고 할 수 있다.

타점의 묘리가 타점을 어긋나게 해서 상대의 공격을 쳐내거나 반격하는 데 의의를 둔다면 접전의 묘리는 공격에 그 의미를 둔다. 흔히 초식이라는 것에는 공격 거리가 있어 그에 맞게 상대와 거리를 두고 싸우게 된다.

하지만 그 공격 거리라는 것이 동작을 완전히 취했을 때 생기는 것이라 보통 실전에서는 매우 어렵다고 할 수 있다. 이유인즉, 실전에서는 초식을 제대로 펼치지 못하도록 막는 것이 흔한 수순이기 때문이다.

결과적으로 제대로 된 초식을 펼치지 못하게 됨에 따라 공격 거리가 짧아지거나 아예 없어지는 경우도 생겼다.

이 같은 상황을 탈피하기 위해 만든 것이 바로 접전의 묘리이다.

접전의 묘리란 인체의 각 부분을 순수하게 휘둘렀을 때 생기는 공격 거리를 말한다. 즉, 팔을 들어 주먹을 뻗은 채 옆으로 휘두르면 반원 하나가 생기는데 그것이 바로 권전(拳轉) 즉, 그 주먹의 사정거리이다.

이와 똑같이 팔꿈치를 휘둘렀을 때 반원을 주전(肘轉)이라고 한다.

이렇듯 별 동작 없이 신체의 각 관절을 휘두를 수 있는 사정거리를 크게 접전이라고 한다.

이 접전은 흔히 두 개로 나뉘는데 전전(前轉)이라는 것은 가까운 거리에서 먼 거리로 이동하는 것으로 앞서 본 천운성이 펼친 동작을 들 수 있으며, 이와는 반대로 먼 거리에서 가까운 거리로 이동하는 것을 후전(後轉)이라고 하였다.

이렇듯 접전의 묘리를 이용하면 거나 초식에 상관없이 커다란 충격을 줄 수 있는데 현 무림에서 이 묘리를 제일 잘 사용하는 것이 바로 태극권이라 할 수 있었다.

태극권의 타점의 묘리를 이용해 상대의 중심을 무너뜨리

고 접전의 묘리를 이용해 공격하는 것이 대부분이기 때문이다. 물론 태극권의 묘리는 이것만이 아니지만 이 두 개의 묘리를 중점적으로 사용하는 것은 사실이었다.

갑작스런 공격에 당한 운소는 비틀거리는 몸짓으로 물러섰고 이것을 본 천운성은 주먹을 들어 충권(衝拳)을 찔러 넣으려 하였다.

명치를 향해 날아오는 천운성의 주먹을 본 운소는 그의 주먹을 잡는 듯하더니 그대로 몸을 회전시켜 공 굴리듯 천운성의 품 안으로 들어갔다. 그와 동시에 주먹, 팔꿈치, 어깨가 연달아 날아오는 것이 운소 역시 접전의 묘리 중 후전을 사용하는 듯싶었다.

무섭게 날아오는 그의 공세에 천운성은 재빨리 타점의 묘리를 이용해 벗어나려 하였다. 하지만 벗어나려 하면 할수록 오히려 운소의 사정거리 안으로 들어가고 말았다.

잠시 후 갑자기 날아온 운소의 발에 얼굴을 맞은 천운성은 순간 비틀거렸다.

"젠장! 내가 쓰는 기술에 내가 당할 줄은 꿈에도 몰랐군!"

어이없다는 듯이 말을 하는 그의 모습을 물끄러미 바라보던 운소는 광기 어린 웃음을 지었다.

"카카카캇! 접전의 묘리를 가지고 뭘 그러나? 그게 기분 나쁘다면 그 어떤 묘리도 사용할 수 없는 상황을 만들어볼까?"

그 어떤 묘리도 사용할 수 없는 상황을 만들겠다는 운소의 말에 천운성은 이해가 되지 않았다.

하지만 그것도 잠시, 이내 벌어진 상황에 천운성은 황당한 표정을 지었다.

그도 그럴 것이 운소가 만들어놓은 세계, 즉 묵빛의 기가 에워싼 공간이 좁혀지기 시작했다. 삼 장 거리의 두 사람을 이 장으로 좁혀놓더니 이내 이 보(二步) 거리로 만들어놓았다.

이렇게 좁은 거리에서라면 운소가 말한 대로 그 어떤 묘리도 통할 수가 없었다. 즉, 접전의 묘리를 이용하고 싶어도 이연타(二連打)가 고작이기 때문이다.

물론 타점의 묘리는 사용할 수 있으나 그렇다고 반격까지는 무리였다.

이유인즉, 이렇게 좁은 공간이라면 타점의 묘리에 의한 공격이 실패했더라도 다른 방법으로 얼마든지 공격할 수 있기 때문이다.

살아생전 듣도 보도 못한 상황에 천운성은 그저 웃음만 나오고 있었다.

어이없다는 듯 웃는 그의 모습에 운소는 재미있어 했다.

"카카캇! 그럼 흑도에서 말하는 일권일사(一拳一死)를 해볼까?"

흑도의 일권일사를 들먹이는 그의 말에 천운성은 할 말을 잃었다.

그것도 그럴 것이 흑도의 일권일사라면 번갈아 주먹을 날려서 먼저 쓰러지는 쪽이 이기는 단순한 싸움이기 때문이다.

"서… 설마 그걸 위해서 거리를 좁혔단 말이냐?"

"카카캇! 재미있지 않겠어? 어차피 누군가는 죽어야 끝나니 말이야!"

그의 말에 천운성은 어이없다는 표정을 지었다.

하지만 그것도 잠시, 갑자기 날아온 운소의 주먹에 가슴을 그대로 내주고 말았다.

퍼억!

"크윽!"

순간 치밀어 오르는 것을 간신히 참아낸 천운성은 두 눈을 부릅떴다.

"뭐… 하는 짓이냐?"

왜 공격했냐는 그의 말에 운소는 광기 어린 웃음 지었다.

"카카캇! 나 죽이러 왔다며? 그럼 공격을 해야지. 그렇게 가만히 있으면 어떻게 해?"

비아냥거리는 운소의 말에 순간 천운성의 눈에 불똥이 튀었다.

"네놈이 감히!"

말이 끝나기가 무섭게 다시 운소의 주먹이 날아왔다.

고개를 숙여 가까스로 피한 천운성은 주먹을 들어 운소의 팔꿈치 안쪽을 때렸다.

그러자 팔이 꺾이면서 순간 운소의 몸이 앞으로 나왔다.

이때를 기다렸다는 듯이 팔꿈치 안쪽을 때렸던 손을 들어 그대로 운소의 얼굴을 내리갈겼다.

"크윽!"

짧은 신음 소리와 함께 시뻘건 핏물이 허공으로 튀어 올랐다.

하지만 이것을 그대로 두고 볼 천운성이 절대 아니었다.

뒤로 물러난 운소의 얼굴을 본 천운성은 반대편 주먹을 들어 그대로 뻗었다. 머릿속이 흐릿해질 정도로 강한 주먹에 잠시 주춤거렸던 운소는 그대로 몸을 숙이면서 천운성의 국부를 사정없이 쳤다.

"크아악! 네놈을!"

아득해지는 정신을 겨우 붙잡은 천운성에게 운소의 주먹이 날아들었다.

퍼억!

북 터지는 소리와 함께 고개가 젖혀졌다.

그것을 본 운소는 재빨리 반대편 주먹을 들어 뺨을 향해 팔꿈치로 내리쳤다. 하지만 팔꿈치가 뺨에 채 닿기도 전에 천운성의 주먹이 먼저 운소의 얼굴로 날아왔다.

퍼억!

요란한 소리와 함께 고개가 젖혀진 운소의 얼굴 위로 천운성의 주먹이 또다시 날아들었다. 이렇듯 일진일퇴(一進一退)

를 거듭하는 두 사람의 공방은 시간이 지날수록 더욱 치열해지기 시작했다.

지금도 주먹에 맞아 휘청거리는 천운성의 머리를 운소가 무릎으로 쳐올렸으니 이젠 주먹이 아니라 전신을 다 사용하는 싸움으로 번지고 말았다.

픽!

"으아아!"

짧았던 신음 소리가 점점 커지고 아득해지는 기억의 끈을 붙잡는 경우가 많아짐에 따라 운소와 천운성의 몸은 더욱 빨라지고 있었다. 이대로 계속 가다가는 제대로 싸움 한 번 해보기도 전에 지게 생겼기 때문이다.

어떻게든 상대방을 쓰러뜨려야 이 끔찍한 고통에서 벗어날 수 있을 것이라 생각했다.

천운성은 몸을 휘청거리면서도 자신의 손에 묻은 피를 어깨에 문혔다.

"문신술 제일장 천심옥장(天心玉掌)!"

옥빛으로 변한 천운성의 손이 빠르게 운소의 가슴을 연타했다.

퍼퍼퍼픽!

순간 운소의 몸이 위아래로 들썩이는가 싶더니 그대로 무릎을 꿇었다.

"커헉!"

운소는 고개를 바닥에 숙인 채 있는 대로 핏물을 게워내기 시작했다.

이 모습을 숨을 헐떡이며 바라보던 천운성은 고개를 들어 주위를 살피기 시작했다.

그리고는 손을 들어 피를 자신의 가슴에 묻혔다.

"문신술 제오장 역충천절(易衝天絶)!"

말이 끝나기가 무섭게 천운성의 손이 허공을 빠르게 베어 갔다.

묵빛의 기와 그의 손이 맞닿는 순간 그의 몸이 뒤로 사정없이 튕겨 나갔다.

퍼퍼퍼펑!

엄청난 굉음과 함께 운소와 천운성이 바닥으로 떨어져 내렸다.

힘없이 축 늘어져 있던 천운성은 거친 숨소리를 흘리며 몸을 뒤집었다.

핏물이 눈에 들어와 시리고 아프기는 했지만 희미하게 천장이 보이는 것이 방금 전 자신이 했던 역충천절에 의해 묵빛의 기가 부서진 듯싶었다.

순간 콧속으로 비릿한 냄새가 느껴진다 싶더니 천운성의 고개가 옆으로 돌려졌다.

"푸학!"

벌써 네 번째 선혈을 뱉어낸 천운성의 핏물 속에 내장 부스

러기가 보였다. 아무래도 역충천절을 사용하면서 과도하게 내기를 사용했던 탓에 내장이 상한 듯 보였다.

"크크크! 하… 하지만 승부는 이제부터지!"

미친 듯이 웃어 젖히던 천운성은 서서히 몸을 일으켰다.

운소 역시 방금 전의 일로 큰 충격을 받았는지 힘겹게 몸을 일으키고 있었다.

잠시 후 몸을 완전히 일으킨 두 사람은 서로를 향해 빠르게 달려갔다.

"운소! 네 이놈!"

"죽어랏!

운소와 천운성이 생사를 건 한 판 대결을 벌이고 있는 이 순간 오관로 역시 혈투가 벌어지고 있었다.

혈사방은 물론이고 천혈대에 소림, 우문세가가 한데 어울려 싸우고 있었기 때문이다. 너무나도 혼란스러운 이 상황에서도 우문열은 오관로 앞에서 한 걸음도 물러서지 않았다.

만약 이 오관로를 빼앗긴다면 현재 조각난 채 싸우고 있는 천혈대와 혈사방이 한데 뭉칠 것이 틀림없기 때문이다.

그렇게 된다면 단번에 오해문파가 두 동강 날 수도 있었다.

어찌 보면 이 오관로에서의 싸움이 오해문파의 운명을 좌우한다고 봐도 과언이 아니었다. 정신없이 검을 들고 싸우던 우문열의 눈에 흑의를 입은 한 사내가 모습을 드러냈다.

동시에 섬광과 같이 빠른 일검이 우문열의 미간을 노리고
날아왔다.

"이… 이런?"

엄청난 쾌검에 놀란 우문열은 재빨리 바닥에 있는 시체 한
구를 발로 차올렸다.

서걱!

고깃덩이를 자르는 듯한 묘한 소리가 들리는가 싶더니 흑
의의 사내가 모습을 드러냈다. 허공으로 날린 시체를 단 한
수로 베어버린 그는 그 즉시 우문열을 향해 날아왔다.

우문열은 손에 쥔 검을 들어 흑의의 사내와 맞서갔다.

채챙!

두 번에 걸쳐 쇳소리가 울리며 흑의의 사내와 우문열이 약
이 장 거리로 멀어졌다. 찌릿찌릿한 손목의 고통에 새삼 상대
가 고수임을 알아챈 우문열은 조심스레 검을 들어 흑의의 사
내를 보았다.

그런 그를 보며 살며시 미소를 짓던 흑의의 사내가 입을 열
었다.

"우문열! 이렇게 또 만나는군!"

과거 만난 적이 있다는 듯한 그의 말에 순간 우문열의 눈이
좁혀졌다.

"너… 너는……."

"잊지는 않은 듯싶군!"

잊지는 않아서 다행이라는 듯한 그의 모습에 우문열의 눈동자에 놀라움이 깃들었다.

"너는 이미 죽었지 않느냐?"

"물론 죽기는 했지! 그러나 가끔 죽었다 살아나는 경우도 있더군."

"죽었다 살아나?"

죽었다 살아났다는 그의 말에 우문열은 그 의미를 전혀 모르겠다는 표정을 지었다.

"그래! 마교의 개로 말이야!"

마교의 개로 다시 살아났다는 말에 우문열은 뭔가 이상하다는 표정을 지었다.

"마교의 개?"

"이상하게도 말이야. 무림맹이 우리를 버리자 마교가 우릴 살려주더군. 그것도 마교의 중심 세력인 혈인검수대(血人劍手隊)라는 것으로 말이야."

"혈인검수대?"

그의 말을 되뇌이던 우문열은 이내 속으로 염색채를 욕하기 시작했다.

지금 우문열의 앞에 있는 사내는 과거 무림맹의 뒤치다꺼리를 도맡아 하던 음랑대(蔭郞隊) 대주 가경이었다.

어떤 세력이든지 보이지 않아야 할 치부가 존재하기 마련이다.

그래서 각 세력들은 그런 치부를 해결하는 조직을 만드는데 그 조직 중 하나가 바로 음랑대였다. 음랑대는 무림맹에 소속되어 있으면서 마교 및 사도련의 정보 수집 및 암살을 도맡아 해왔다.

물론 무림맹 내의 반역도들을 처리하는 일도 모두 음랑대의 몫이었다.

상황이 이렇다 보니 무림맹으로서는 음랑대라는 존재가 그리 탐탁지 않았다. 자칫 잘못해서 그들이 아는 내용이 발설이라도 된다면 무림맹으로서는 커다란 타격을 입을 것이 분명하였기 때문이다.

이에 겁이 난 무림맹은 결국 음랑대를 지우기로 결정을 내렸다.

그 당시 음랑대의 거취 문제를 담당했던 이가 바로 우문열이고 하북의 청송문(靑松門)에 있는 음랑대를 사도련에게 팔아넘긴 것도 그였다. 결국 삼 일 후 청송문은 폐허가 되었으며 음랑대 역시 전멸하고 말았다.

그렇게 최후를 맞이했던 음랑대 대주 가경이 눈앞에 버젓이 있다는 것이 우문열에게는 믿겨지지 않았다.

마치 꿈이라도 꾸는 듯한 기분을 느끼던 우문열은 살며시 입을 열었다.

"그… 그럼 그 당시 청송문에 있던 시체들은 무엇인가?"

"그것 말인가? 그때 마침 돌림병으로 죽은 사람들이 있어서 그들로 대신했지. 물론 위장을 위해 청송문에 불을 질렀고 말이야!"

"그 당시 자네들을 없애려고 한 사실은 음랑대로서는 도저히 알 수 없는 것일 텐데……."

어떻게 알았냐는 우문열의 말에 가경은 살며시 입가에 미소를 지었다.

"그 당시 모사였던 제갈관에게 들었네. 자네는 몰랐겠지만 제갈세가는 오래전부터 마교와 연관이 있었다네."

제갈세가가 마교와 연을 맺고 있었다는 그의 말에 우문열을 순간 할 말을 잃고 말았다. 물론 그간 들리는 정보로 인해 제갈세가가 마교와 연관이 있을 것이라 생각은 했지만 설마 하는 생각에 넘겼었다.

과거 마교를 없애는 데 일등 공신이 바로 제갈세가였기 때문이다.

하지만 언제나 그렇지만 설마 했던 것들이 발목을 잡는다.

그것도 지금처럼 매우 중요한 시기에 말이다.

재미있다는 듯이 웃던 가경은 살며시 고개를 들었다.

"그래서 난 마교에 있으면서 복수할 시간을 기다렸지. 한데 말이야! 이상하게도 너와는 인연이 없는가 보더군. 무림맹을 치려고 준비 중이던 마교가 사도련, 무림맹과 같이 천의문이 되고 말았으니 말이야. 하지만 하늘은 언제나 그렇게 나쁘지만은 않더군. 지금처럼 만나게 하는 것을 보면 말이야."

손에 든 검을 빙글 돌리던 가경은 우문열을 죽일 듯이 노려 보았다.

"너를 죽일 기회를 주니 말이야!"

말이 끝나기가 무섭게 수십 개의 흰 선들이 우문열을 향해 날아왔다.

마치 모든 것을 찢어발기려는 듯 날아오는 흰 선을 바라보던 우문열은 살며시 눈살을 찌푸리며 손에 든 검을 들어 마주쳐 갔다.

카캉! 카카카캉!

순간 여섯 번의 교차음이 울린다 싶더니 가경의 모습이 사라졌다.

뭔가 싶어 고개를 돌리던 우문열의 눈에 자신의 머리를 지나 검을 찔러오는 가경의 모습이 보였다.

"죽어라!"

살기 어린 가경의 목소리를 듣고 있던 우문열의 몸이 회전한다 싶더니 가경의 머리를 향해 그대로 찔러갔다.

차앙!

순간 맑은 소리와 함께 두 개의 검이 허공에서 검면을 대고 멈춰 섰다.

상대방의 미간을 향한 채 멈춰 서 있는 검을 무심히 바라보던 두 사람은 살며시 입가에 미소를 그렸다.

"검을 놓은 지 오래됐다고 해서 빨리 끝날까 걱정했는데 그렇게 되지는 않겠어."

"무림인이라서 그런지 검은 놓아도 수련은 계속해지더군!"

한 치만 더 가면 머리에 닿을 검을 두고 태평하게 수련 타령을 하던 두 사람은 몸을 빠르게 회전시키며 뒤로 물러섰다. 하지만 그것도 잠시, 뒤로 물러서던 가경의 발이 멈춘다 싶더니 바닥을 차고 허공에 몸을 띄웠다.

"월중참(月中斬)!"

커다란 고함 소리와 함께 가경의 검이 위에서 아래로 빠르게 내려갔다.

이것을 본 우문열은 재빨리 사선으로 올려치기 시작했다.

퉁!

묘한 소리와 함께 우문열의 검이 가경의 검면을 타고 올라섰다.

그리고는 검끝으로 가경의 검면을 찍어 눌렀다.

순식간에 허공에 뜬 가경의 몸을 바닥으로 내려서게 만든 우문열은 검이 움직이지 못하도록 계속해서 검끝으로 찍어 눌렀다.

이것을 본 가경은 눈살을 찌푸린다 싶더니 검을 틀었다.

그리고는 검을 들어 우문열의 검면을 타고 올라가기 시작했다.

가경의 검을 본 우문열은 재빨리 손목으로 돌렸다.

그러자 가경의 검이 우문열의 검을 따라 움직이기 시작했다.

어깨를 돌아 머리 위를 통과하는 자신의 검을 본 가경은 재빨리 발을 들어 진각을 밟으며 몸을 회전시켰다. 검과는 상관없이 우문열의 품으로 들어온 가경은 재빨리 손을 들어 그의 가슴을 손바닥으로 내려쳤다.

이것을 본 우문열은 재빨리 몸을 틀어 회전시키기 시작했다.

마치 가경의 검에 의해 움직이는 듯한 그의 모습은 묘하게도 가경의 손을 피하고 있었다. 달빛 아래 빙글빙글 도는 우문열을 보던 가경은 재빨리 손목을 틀어 맞닿아 있는 검을 쳐냈다.

챙!

그때 당문 문도 셋이 달려들었다.

자신을 향해 죽일 듯이 달려드는 그들을 보던 가경은 살며시 입꼬리를 말아 올렸다. 그 순간 작은 단검이 뽑히는가 싶더니 가경의 손이 한줄기 빛을 만들어냈다.

"크아아악!"

"으아악!"

처절한 비명과 함께 주인 잃은 몸뚱이 세 개가 힘없이 바닥에 쓰러졌다.

이것을 물끄러미 바라보고 있던 우문열의 눈에서 살기가

뽑어져 나오기 시작했다.

그런 그를 보던 가경은 재미있다는 표정을 지었다.

"자네의 검은 그저 유(柔)한 줄 알았더니 보이지 않는 암수가 숨겨져 있었군!"

암수를 들먹이는 그의 말에 우문열의 눈살이 찌푸려졌다.

아무래도 보이지 않는 암수라는 것은 방금 목숨을 잃은 당문의 문도를 지칭하는 것 같았기 때문이다.

물끄러미 가경을 바라보던 우문열이 살며시 입을 열었다.

"그런가? 그것보다 자네의 검은 그야말로 거침이 없군! 음랑대의 대주를 맡을 만하군!"

"이거 황송해서 몸 둘 바를 모르겠네. 그만 하게!"

장난치듯 말을 하고 있었지만 두 사람 사이에서는 묘한 살기가 주위를 감돌기 시작했다. 서로를 죽일 듯이 바라보던 두 사람의 귀에 순간 커다란 굉음이 들려왔다.

콰쾅!

순간 소리의 근원지를 찾던 우문열은 그곳이 만수상전이라는 것을 알고는 눈살을 찌푸렸다.

만수상전이라면 운소가 있는 곳이기 때문이다.

난감하다는 표정을 짓던 우문열은 이내 뭔가를 결심했다는 듯 말을 하였다.

"아무래도 시간이 부족할 것 같네."

"그런가? 그럼 제대로 하게! 그럼 혹시 아는가? 오해문파의

대인이라는 자가 살아 있을지?'

비아냥거리는 그의 모습을 바라보던 우문열은 살며시 눈살을 찌푸렸다.

"아무래도 제대로 해야 할 듯싶네. 자네의 거친 입을 막으려면 말일세."

"그것도 좋지!"

검을 들어 우문열을 향해 겨누던 가경의 얼굴이 조금씩 굳어갔다.

완전히 굳은 순간 가경의 몸은 살기로 가득 차기 시작했다.

"오라!"

희뿌연 먼지 속에서 운소가 무너지는 벽 속에 깔려 있었다.

마치 죽기라도 했다는 듯이 창백한 그의 얼굴은 보는 이로 하여금 안타깝게 만들고 있었다.

그 순간 운소의 두 눈이 번쩍 뜨이며 짙은 살기를 뿜어냈다.

살기를 뿜어내는 두 눈동자는 무섭도록 빠르게 움직이고 있었으나 그의 몸은 들썩이기만 할 뿐 더 이상 움직이지는 않았다. 마치 몸이 거부하는 듯한 모습을 보이는 가운데 닫혔던 운소의 입술이 살며시 움직이기 시작했다.

"조금만 기다려라! 내 저 늙은이의 피를 네가 질릴 만큼 주마!"

천운성의 피를 주겠다는 말에도 불구하고 운소의 몸은 거

천운성의 죽음! 167

부라도 하듯이 새하얗게 변하고 있었다.

그런 모습을 보던 운소는 아까와는 다르게 광기 어린 목소리로 말했다.

"내 꼭 맛보게 해주겠다! 약속한다!"

약속한다는 말에 몸이 주춤한다 싶더니 이내 검붉게 변해갔다.

천천히 무너진 벽 속에서 몸을 일으킨 운소는 고개를 들어 자신을 쳐다보는 천운성을 보았다. 마치 자신이 몸을 일으키기를 기다렸다는 듯한 모습에 순간 살기가 그의 몸 이곳저곳에서 뿜어지듯 흘러나왔다.

이글이글 불타오르는 광기 어린 붉은 눈빛을 보던 천운성은 살며시 입가에 미소를 머금었다.

"이제야 제대로 싸울 수 있을 듯싶군!"

"카카캇! 정말 죽고 싶은 게로군!"

"난 지금껏 죽고 싶다는 생각을 한 적이 없어!"

죽고 싶다는 생각을 한 적이 없다는 천운성의 말에 운소는 광기 어린 미소를 지으며 말을 하였다.

"카카캇! 그 생각을 바꿔주지!"

마치 죽일 듯이 말을 하던 운소의 손이 허공을 베어갔다.

그러자 그의 몸에 흐르던 살기가 내기와 같이 섞여 하나의 검기가 되어 주위를 베어갔다. 갑작스런 그의 공격에 놀란 천운성은 순간 피 묻은 손을 들어 배에 가져다 댔다.

"문신술 제이장 공멸(空滅)!"

이렇게 외치던 천운성은 두 손을 들어 뭔가를 쥐는 듯한 모습을 보였다.

그러자 무서운 기세로 날아오던 검기가 순간 흐릿해지더니 공중에서 부서지고 말았다.

퍼퍼퍼펑!

요란한 소리를 내며 부서지는 검기를 보던 운소는 순간 어이없다는 표정을 지었다. 너무도 쉽게 검기를 부술 수 있었던 것은 다 천운성의 독문절기인 중력 때문이다. 보통 중력은 내기를 공중에 흩뜨려 놓고 그것에 힘을 가해 무겁게 만드는 것에 비해 공멸은 이 중력을 매우 작게 만들어 허공에 있는 검기를 그 속에 가둬 버리는 것이다.

이렇게 하면 검기에 힘을 주는 운소의 내기를 차단할 수 있으며 동시에 형태마저 망가뜨리기 때문에 순간 검기를 부숴버리게 되는 것이다.

어찌 보면 천운성이 아니고서는 절대 할 수 없는 이 무공은 운소에게는 커다란 압박으로 다가오고 있었다.

멍하니 보고 있던 운소는 목을 향해 뭔가가 날아오는 것을 느꼈다.

재빨리 손을 들어올려 그것과 부딪쳐 갔는데 차가운 쇳덩이가 느껴지는 것으로 봐서는 아까 허리띠에서 꺼낸 천운성의 검과 부딪친 듯싶었다.

파아앙!

순간 엄청난 굉음과 함께 뜨거운 열기가 주위로 뻗어나갔다.

"윽!"

"크극!"

두 개의 짧은 신음성과 함께 거리를 벌리고 선 두 사람은 서로를 노려보기 시작했다.

"가가캇! 늙은이 주제에 제법이야!"

"좋게 봐주니 그거 고맙군!"

"카카캇! 고맙기는. 어차피 조금 있으면 죽을 사람이 늙은 이인데 이렇게라도 말을 해주지 않으면 실례 아니겠어?"

비아냥거리는 말과 함께 그에게서 엄청난 살기가 뿜어져 천운성을 압도해 갔다.

"크으윽!"

온몸을 짜릿하게 죄어오는 살기를 느낀 천운성이 살며시 고개를 들었다.

"진… 진짜로 날 죽일 수만 있다면 말이겠지?"

절대 죽이지 못할 것이라는 천운성의 말에 순간 운소의 몸이 떨렸다. 마치 끓어오르는 분노를 주체 못하는 듯 살기란 살기는 모두 뿜어내기 시작했다.

"카카캇! 네가 명을 재촉하는구나!"

말이 끝나기가 무섭게 운소의 손이 그의 가슴을 향해 찔러 갔다.

갑작스런 그의 공격에도 천운성은 아무렇지도 않다는 듯 손에 든 검을 들어 오히려 자신을 향해 찔러오는 운소의 어깨를 베어가고 있었다.

콰득! 쾅!

순간 요란한 소리와 함께 공중에는 끈적끈적하고 비릿한 냄새를 풍기는 점액과 파편이 떠다녔다.

"큭!"

"캬악!"

비틀거리는 두 사람의 어깨와 가슴에서는 샘솟듯 피가 흘러나오고 있었다.

눈 깜짝할 사이에 서로의 몸에 상처를 낸 두 사람은 서로를 바라보았다.

"카카캇! 네 핏물이 날 흥분시키는구나!"

핏물이 매우 좋다는 표정을 짓던 운소는 살며시 손을 들어 천운성의 목을 찔러갔다.

그런 그의 모습을 본 천운성은 어림없다는 듯 코웃음을 쳤다.

그리고는 검을 들어 날아오는 운소의 손목을 베어가기 시작했다.

손목을 베어오는 천운성의 검을 본 운소는 시뻘건 눈을 번뜩이더니 팔을 빠르게 두 번 움직였다.

순간 날카로운 형상 하나가 생겨남과 동시에 검을 튕겨냈다.

그것이 권압이라는 것을 알아챈 천운성은 조금은 짜증난다는 듯이 몸을 피하면서 검을 바로잡아 갔다.

그러자 그의 몸에 있던 문신이 검신으로 옮겨가 가득 차기 시작했다.

"한 번 제대로 놀아보자꾸나!"

제대로 싸워보자는 말을 하던 천운성은 손을 들어 검신에 피를 묻혔다.

"문신술 제칠장 흡혈천멸(吸血天滅)!"

순간 붉은 운무가 주위로 뻗어나간다 싶더니 운소를 에워싸기 시작했다. 갑작스런 일에도 불구하고 운소는 아무렇지도 않다는 듯 그저 자신의 팔을 두 번 빠르게 움직였다.

그러자 날카로운 형상이 생겨남과 동시에 붉은 운무를 흩뜨려 놓았다.

하지만 그것은 잠시일 뿐 어디서 흘러오는지 흩뜨려진 다른 붉은 운무가 그 자리를 대신하기 시작했다.

이것을 본 운소는 난처하다는 표정을 지었다.

그 순간 운소의 귀에 서릿발 같은 차가운 음성이 들려왔다.

"흡혈천멸을 시전한 이상 너는 이제 그 혈운(血雲)에서 도망가지 못할 것이니라!"

어디서 흘러나오는 목소리인지 구분이 안 가는 가운데 주위를 가득 메웠던 붉은 운무가 운소의 몸을 감싸기 시작했다. 기이한 현상에 잠시 몸을 뒤로 움직이던 운소의 머릿속에 순간 커다란 고통이 찾아들었다.

펑!

"크아악!"

커다란 비명 소리와 함께 운소의 어깨에서 핏물이 튀었다.

붉은 운무가 자리했던 곳인 어깨에서 난데없이 핏물이 튀어나오자 순간 당황한 운소는 재빨리 손으로 그 붉은 운무를 없애려고 하였다. 그러나 그렇게 할수록 붉은 운무는 더욱더 운소의 몸에 붙으려고 하였다.

그 순간 운소의 두 눈이 부릅떠지며 처절한 비명 소리가 터져 나왔다.

퍼퍼퍼펑!

"으아아아악!"

그 비명 소리가 끝나기도 전에 운소의 몸 이곳저곳에서 핏물이 샘솟듯 튀기 시작했다. 너무도 어이없는 상황이었지만 운소로서는 그저 비명 소리만 질러댈 수밖에 없었다.

주위를 붉게 물들인 운소는 힘없이 그 자리에 쓰러지고 말았다.

눈에 초점을 잃은 모습의 운소는 그저 몸을 꿈틀거리기만 할 뿐 어떤 미동도 보이지 않았다.

그 순간 붉은 운무와 함께 사라졌던 천운성이 모습을 드러냈다.

바닥에 쓰러져 꿈틀거리는 운소를 보던 천운성의 입이 순간 열리는가 싶더니 시뻘건 핏물이 흘러나왔다. 아무래도 완전치 못한 몸으로 무리하게 흡혈천멸을 시전한 것이 큰 이유인 듯싶었다.

비틀거리던 천운성은 이제 됐다는 표정을 지었다.

"이제 끝났군!"

모든 것이 끝났다는 듯이 말을 하던 천운성은 힘겹게 몸을 움직여 그곳에서 벗어나려 하였다. 그 순간 그의 몸을 압박하는 살기와 함께 혈향이 느껴지기 시작했다.

"서… 설마?"

어이없다는 표정을 짓던 천운성은 살며시 고개를 돌렸다.

그러자 그곳에는 핏물로 뒤범벅이 된 운소가 서 있었다. 입술을 잘게 떨며 마치 짐승마냥 으르릉거리는 그의 모습에 천운성의 머릿속을 스치는 한 단어가 있었다.

"광마사?"

황당해하는 그의 말에 운소는 화답이라도 하듯이 으르렁거렸다.

초점을 잃은 두 눈도 그렇거니와 인간의 것이라고 볼 수 없는 살기는 그가 광마사라는 것을 증명해 주고 있었다. 아무래도 천운성이 했던 흡혈천멸로 인해 그동안 억눌러 놓았던 광마사가 기지개를 켠 듯싶었다.

즉, 혈의 주술이 완전히 운소를 지배하기 시작했다는 것이다.

짐승마냥 으르렁거리던 운소는 자신의 몸에 묻은 냄새를 맡는 듯싶더니 이내 혀를 내밀어 핥기 시작했다. 몸에 묻은 피를 핥다니 도저히 사람이라고는 볼 수 없는 그의 행동에 순간 천운성은 눈살을 찌푸렸다.

몸 이곳저곳을 핥던 운소는 피범벅이 된 입을 크게 벌렸다.

"카아아앙!"

늑대 울음소리 같은 것을 흘린 운소는 순간 바닥에 몸을 낮춘다 싶더니 마치 네 발 달린 짐승처럼 두 손과 두 발을 이용해 달려갔다.

너무도 갑작스런 그의 행동에 놀란 천운성은 재빨리 손에든 검을 들어올렸다.

달려오던 운소의 몸이 바닥을 박차는가 싶더니 허공으로 치솟아올랐다.

사람이라고는 볼 수 없는 기이한 모습에 천운성의 몸이 조금씩 떨려오기 시작했다.

그 어떤 자도 광마사와 싸워 이겼다는 말이 없을 정도이기에 어느새 천운성의 머릿속에 공포라는 단어가 새겨지고 있었다. 지금까지 아파왔던, 아니, 짓눌렀던 몸 이곳저곳의 통증이 사라졌고 심장은 더욱더 빨리 움직이기 시작했다.

그는 자신도 모르는 사이에 공포란 것에 몸을 빼앗기고 있었던 것이다.

자신을 향해 날아오는 운소를 보던 천운성은 검을 들어 그대로 베어갔다.

마치 두 동강을 내겠다는 듯이 날아가던 검은 너무도 허무하게 허공을 가를 뿐이었다.

운소는 그곳이 아닌 반대편에 모습을 드러내고 있었기 때문이다.

이 모습을 본 천운성은 순간 당황한 표정을 지었다.

"이… 이형환위(移形換位)!"

경공의 최고 경지라는 이형환위를 들먹인 천운성은 어깨에서 극심한 고통을 느꼈다.

"크아아악!"

고통에 찬 비명 소리를 내던 천운성은 재빨리 손에 든 검을 들어 자신의 어깨 위를 찔러갔다. 그런 그의 행동에도 불구하고 그의 검은 또 한 번 허공을 갈라낼 뿐이었다.

마치 뭔가에 찢겨 나간 듯한 어깨를 보던 천운성은 급히 고개를 돌렸다.

그 순간 입 안에 뭔가를 물고 있는 운소의 모습이 들어왔다.

짐승마냥 손발을 이용해 움직이며 경계하고 있는 운소의 입에는 핏물이 뚝뚝 떨어지는 살덩이가 있었는데 아무래도 천운성의 어깨에서 찢어낸 것 같았다.

어깨의 고통은 둘째 치고 너무나 황당한 일에 잠시 멈칫했던 천운성은 검을 들어 운소를 향해 큰 소리로 외쳤다.

"흡혈천멸!"

조금 전 운소를 반죽음 상태로 만든 천운성의 최고 절기가 또다시 모습을 드러냈다. 아까와 같이 붉은 연무가 주위를 둘러싸는 가운데 운소는 그저 입을 잘게 떨며 으르렁거렸다.

점점 짙어지는 붉은 연무를 보던 운소의 모습이 순간 사라졌다.

너무나 갑작스런 일이라 그것을 지켜보고 있던 천운성의 눈이 부릅 떠졌다. 그 순간 자신의 머리 위에서 날카로운 뭔가가 짓누르는 느낌이 들었다.

설마 하는 생각에 고개를 돌린 천운성의 눈에 자신을 향해 달려드는 운소의 모습이 보였다. 어이없다는 표정을 짓던 천운성의 몸이 파르르 떨렸다. 사실 흡혈천멸은 일종의 암기술로 자신의 몸에 있는 피를 뿌려 운무로 만들고 자신의 내력을 총동원해 상대방의 몸에 침을 뿌리는 것이다.

이러기 위해서는 필히 상대방보다는 위에 있어야 하는데 운소는 어떻게 알아챘는지 자신보다 머리 위에 있었던 것이다.

입술을 있는 대로 깨물던 천운성은 재빨리 내기를 운용하였다.

"일침악설(一針岳屑)!"

그의 말이 끝나기가 무섭게 주위에 퍼져 있던 침들이 무섭도록 빠르게 운소를 향해 날아갔다. 그러나 운소는 자신을 향해 날아오는 침에도 불구하고 그저 천운성을 향해 달려들었다.

순간 운소의 몸이 침을 통과하는 듯한 모습을 보이더니 어느새 천운성의 눈앞에 모습을 드러냈다.

"이… 이런!"

마치 공중에서 축지법을 쓴 듯한 모습에 천운성은 눈살을 있는 대로 찌푸렸다. 그 순간 극심한 고통이 그의 온몸을 감전시키듯 짜르르 전해져 왔다.

"으아아악!"

왼쪽 어깨를 그대로 꿰뚫은 운소의 손은 순간 어깨를 잡는가 싶더니 그대로 잡아당겼다.

콰지지직!

듣기에도 기분 나쁜 뼈 소리와 함께 천운성의 어깨가 그대로 찢겨져 버렸다. 온몸을 감싸는 고통으로 인해 정신도 못 차리는 천운성의 등에 커다란 충격이 느껴졌다.

쿵!

허공에 있던 그의 몸이 그대로 바닥으로 추락하는 바람에 모든 충격이 천운성의 몸으로 스며들었던 것이었다. 흐릿해져가는 의식의 끈을 바라보고 있던 천운성의 눈이 순간 부릅떠졌다.

"크아아아악!"

너무도 처절한 천운성의 비명 소리는 듣는 이로 하여금 모골이 송연해지게 만들고 있었다.

그럼에도 불구하고 운소는 아무렇지도 않다는 듯 손을 들어올렸다.

콰드드득!

듣기 거북한 소리와 함께 순간 천운성의 몸이 부르르 떨린다 싶더니 이내 축 늘어지고 말았다.

두근! 두근! 두근!

기묘한 소리와 함께 가슴속에서 들어올려진 운소의 손에는 어른 손바닥도 안 되는 크기의 뭔가가 들려져 나왔다. 조금씩 움직임이 느려지는 그것을 보던 운소는 그것을 들어 입에 가져다 대려 하였다.

희열에 찬 운소의 미소가 그려지는 가운데 순간 그의 몸이 멈칫거렸다.

그와 동시에 운소의 몸이 부르르 떨리는가 싶더니 이내 얼굴이 있는 대로 구겨지기 시작했다.

"카아아악!"

짐승이 울부짖는 듯한 소리를 내던 운소는 순간 멈칫하더니 그대로 뒤로 무너져 내렸다.

제7장

황제 등장!

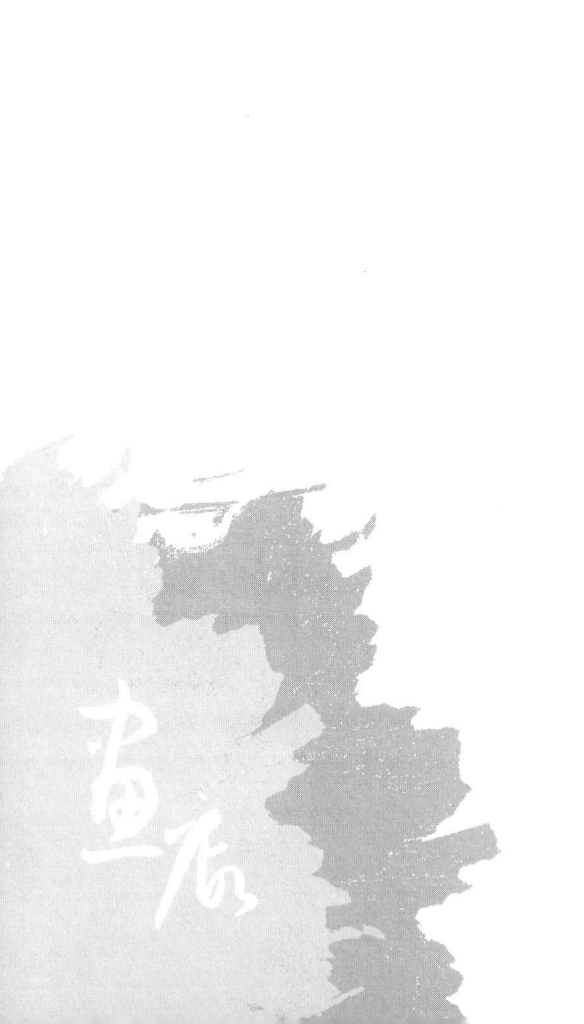

"**카**아아앙!"

짐승이 울부짖는 듯한 소리에 순간 가경을 향해 검을 날리던 우문열의 고개가 홱 돌아갔다.

설마 하는 그의 귀에 커다란 외침이 들려왔다.

"천운성 대주께서 돌아가셨다! 모두 퇴각하라!"

천하의 천운성이 죽었다는 말에 우문열의 생각은 점점 더 굳어지고 있었다. 지금 그의 머릿속에 떠오른 것은 언젠가 진로 대사가 언급했던 혈의 주술에 관한 것이었다. 그 당시 진로 대사는 운소가 잘못되기라도 한다면 무림은 큰 화를 입을 것이라 하였다.

그 이유인즉, 운소의 몸에 지금은 없어진 광마사로 변하게 하는 혈의 주술이 새겨져 있기 때문이다. 원래 혈의 주술은 마도인들이 자신들의 잠재 능력을 끌어올리기 위해 만들어졌다고 하였다.

그런 만큼 혈의 주술에 걸맞은 무공 실력을 갖추지 않으면 안 되었다.

사칫 잘못했다간 혈의 주술에 먹혀 그만 광마사기 되기 때문이다.

그러나 처음 의도와는 달리 혈의 주술은 무공이 약한 자들에게 시술이 되었고 결국 그 부작용으로 인해 사라졌다고 하였다.

그런 혈의 주술이 운소의 몸에 새겨져 있다는 것이다.

그러나 운소의 몸에 새겨진 혈의 주술은 과거의 것과 달리 매우 불안정하였다. 그만큼 광마사가 될 위험도 많았고 그렇게 되기도 전에 몸이 견디질 못하거나 이지를 상실해 백치가 될 수도 있었다.

이것을 생각해 볼 때 방금 들었던 울음소리나 천운성의 죽음은 왠지 우문열을 불안하게 만드는 요소가 되고 있었다.

바닥에 쓰러져 있는 가경을 바라보던 우문열은 됐다는 듯 몸을 돌렸다.

지금 같은 상황에서 가경이란 자의 존재는 그다지 중요하지 않았기 때문이다. 그는 세가 사람들에게 퇴각하는 혈사방과 천혈대에 맞서 싸우도록 하고는 만수상전으로 향하였다.

어떻게 된 상황인지 자신의 눈으로 직접 봐야 할 것 같아서였다.

한걸음에 달려간 만수상전 주위로 소림 제자들이 즐비하게 서 있는 것으로 봐서는 아무래도 진로 대사나 원망이 도착한 듯 보였다. 소림 제자들 사이로 들어간 우문열은 반쯤 폐허가 된 만수상전을 보며 천운성과의 싸움이 얼마나 치열했는가를 알 수 있었다.

안으로 들어간 우문열의 눈에 핏물로 적셔진 두 명의 사내가 들어왔다.

부릅뜬 눈을 하고 있는 노인의 모습으로 보아 아무래도 천운성 같아 보였고 그 옆에 기묘한 모습의 사내가 바로 운소인 듯싶었다.

재빨리 운소 곁으로 다가간 우문열은 손을 들어 예를 취하였다.

"오셨습니까?"

예를 올리는 우문열의 모습에도 진로 대사와 원망은 그 어떠한 답례도 없었다. 그들은 그저 눈앞에 있는 운소의 몸을 이리저리 둘러보며 난감해할 뿐이었다.

한참을 둘러보던 진로 대사가 이내 긴 한숨을 내쉬었다.

"왔느냐?"

"예! 대인은 어떻습니까?"

다른 말은 필요없다는 듯한 그의 모습에 진로 대사는 알 수 없다는 표정을 지었다.

그런 그의 모습을 보던 원망은 안 되겠다는 듯 입을 열었다.

"그게 좀 묘하다네! 사실 나와 사숙께서 이곳에 왔을 때 대인께서는 완전한 광마사가 되었다네."

"완전한 광마사라면? 혈의 주술에 완진히 믹혔다는 말씀이십니까?"

"그런 줄로만 알았는데 막상 대인의 몸을 보니 그것도 아닌 듯싶네."

광마사가 된 줄 알았는데 실제 와보니 아니다라는 그의 말에 우문열은 이해가 안 된다는 표정을 지었다.

"그게 무슨 말씀이십니까?"

무슨 말이냐는 우문열의 말에 원망은 난감하다는 표정을 지었다.

"사실 우리도 무슨 일인지 잘 모르겠네. 그저 아는 거라고 몸의 반이 문신으로 뒤덮여 있다는 것이네."

"몸의 반이 문신이라는 말입니까?"

"그렇다네. 지금으로서는 그것 외에는 아무것도 알아낸 것이 없네."

그의 말에 우문열은 난처하다는 표정을 지었다. 운소의 배가 들락날락하는 것으로 보아 죽지는 않은 듯한데 깨어날 기미는 보이지 않고 있었다.

아무래도 문신이 바뀐 것과 연관이 있는 듯한 기분에 살며시 손을 들어 운소의 맥을 짚으려 하였다.

그 순간 우문열의 손을 멈추게 하는 커다란 목소리가 들려왔다.

"멈추어라!"

서릿발 같은 일갈에 운소 곁에 있던 세 사람은 순간 고개를 들었다.

그곳에는 법망 도사와 함께 웬 세 명의 사내가 있었는데 그중 눈매가 매서운 한 사내가 검집에 손을 댄 채 바라보고 있었다. 마치 손이라도 대면 검을 뽑겠다는 모습에 우문열은 재빨리 손을 놓았다.

도대체 무슨 일이냐는 듯한 진로 대사의 표정에 법망 도사는 살며시 입가에 미소를 지었다.

"죽지는 않을 테니 그만 그분의 옥체에서 멀어지게!"

순간 들려온 말에 세 사람은 멍한 표정을 지었다.

"그분?"

"옥체?"

법망 도사의 말을 되풀이하는 우문열과 원망을 보던 진로 대사는 한심스럽다는 표정을 짓더니 이내 바닥에 무릎을 꿇고 고개를 숙였다.

"황제 폐하! 납시셨사옵니까?"

과거 스승에게도 무릎을 안 꿇었다는 진로 대사가 너무나 자연스럽게 꿇자 순간 곁에 있던 두 사람은 멍한 표정을 지었다. 도저히 믿지 못하겠다는 표정의 두 사람은 고개를 돌려 법망 도사를 보았다.

어찌 된 영문인지 설명을 해달라는 표정에 법망은 살며시 입을 열었다.

"이분은 대명제국의 황세이신 현성제 주무안 황제 폐하라네. 모두 예를 올리시게."

"허… 현성제 주무안 황제 폐하?"

"진짜… 황제 폐하란 말이야?"

도저히 믿겨지지 않는다는 표정을 짓던 두 사람의 눈에 순식간에 주위를 에워싸는 한 무리가 보였다.

노란 군갑을 걸친 그들은 가슴에 황(皇)이라는 글자가 새겨져 있었다.

그들이 황군이라 일컫는 금위군이라는 것을 안 두 사람은 그제야 두 무릎을 꿇고 고개를 바닥에 묻었다.

"황제 폐하! 저희들의 무례함을 용서하여 주십시오!"

"황제 폐하! 무례함을 용서하여 주십시오!"

용서해 달라는 그들의 모습을 물끄러미 바라보던 주무안은 됐다는 듯 고개를 끄덕였다.

"내 이번 일은 불문에 부칠 터이니 그만 하고 자리에서 일어나거라!"

예상외로 너무 쉽게 용서를 해주는 모습에 원망과 우문열은 혹시나 더 큰 화를 입을까 두려워 몸을 일으키지 못하였다.

그런 그들을 보던 주무안은 기가 차다는 표정을 지었다.

"감히! 짐의 명을 거역하겠다는 말이더냐? 어서 일어나지 못할까?"

버럭 소리를 지르는 주무안의 모습에 두 사람은 화들짝 놀라 재빨리 몸을 일으켰다. 여전히 허리를 반으로 숙인 채 눈도 마주치지 못하는 그들을 보던 주무안은 어이가 없다는 표정을 지었다.

"그만 허리를 숙이고 나를 보도록 하거라!"

허리를 펴라는 말에 옆에 있던 매서운 눈매를 한 사내가 앞으로 나섰다.

"황제 폐하! 어찌 그들에게 용안(龍顔)을 볼 수 있는 기회를 주신단 말입니까? 그 명만은 거두어주시옵소서!"

황족이라 하더라도 명이 없는 이상은 황제의 얼굴을 쳐다보지 못하는 것을 생각해 보면 일반 백성에 불과한 그들에게 얼굴을 보여주는 것은 과하다고 사내는 생각했던 것이다.

명을 거두어달라는 사내의 모습을 보던 주무안은 됐다는 표정을 지었다.

"철명위 부장! 이 정도는 상관없느니라."

"하오나……."

"감히! 짐의 명에 토를 달겠다는 것이더냐?"

"아닙니다."

철명위는 고개를 숙이고는 자신이 있던 자리로 돌아갔다. 별일 아닌 듯이 대화를 하는 두 사람과는 달리 허리를 숙인 채 있는 원망과 우문열의 머릿속은 복잡하기만 하였다.

'사숙은 어떻게 황제를 알고 있는 거지? 저번에 황제가 예불 드리러 온다는 말이 다 황제를 알기 때문에 한 소리인가?'

'법망 도사님은 왜 황제와 같이 있는 거지? 그리고 내가 알기로는 법망 도사님의 제자가 대인으로 알고 있었는데 그게 아니라 법망 도사도 오해서점 직원인가?'

도무지 풀리지 않는 수수께끼 같은 상황에 골머리를 앓고 있는 그들의 귀에 청천벽력과 같은 소리가 들려왔다.

"그만 내 형님을 돌려주는 것이 어떻겠느냐?"

"혀… 형님이라니 누구?"

"자네들이 대인이라 부르는 운소 형님 말이네."

운소를 형님이라고 부르는 그의 말에 순간 원망과 우문열의 얼굴이 굳어졌다.

'혀… 형님? 에이! 그래도 친형제는 아니겠지?'

설마 하는 그들의 표정을 보던 주무안은 무슨 생각을 하는지 안다는 듯 입을 열었다.

"내 친형님이신 운소 형님을 돌려달라는 말일세!"

"예에?"

허리를 숙이고 있던 두 사람은 순간 꼿꼿이 세우며 놀라워하였다.

이렇듯 황제 주무안과의 첫 만남은 충격으로 시작되고 있었다.

"그러니까 이 모든 일이 대인, 아니, 충황 전하를 위한 일이었단 말입니까?"

"그렇다네!"

"그리고 오해문파를 세우게 된 배경에는 원나라의 후예인 삼도천이 있어서란 말입니까?"

"맞네!"

묻는 말에 비해 너무나도 짧게 대답하는 법망 도사를 보던 우문열과 원망은 어이없다는 표정을 지었다. 황제와의 첫 대면을 충격으로 장식한 두 사람은 이후 법망 도사로부터 들은 운소의 정체에 더 큰 충격을 받았다.

멍한 표정으로 있는 두 사람을 보던 진로 대사는 눈살을 찌푸렸다.

"뭘 그리 허탈해하는 것이냐?"

그의 말을 들은 우문열은 허탈하지 않게 생겼냐는 표정을 지었다.

"그럼 이게 그냥 넘길 일입니까?"

"맞습니다, 사숙! 대인이 황제와 친족 관계라는 것만 알려줬어도 이렇게 어이없어 하지는 않았을 것입니다."

왜 사실을 알고도 감추었느냐는 그의 말에 진로 대사는 어이없다는 표정을 지었다.

"너희가 알면 어쩌려느냐? 반역이라도 해서 운소 그놈을 황제 자리에 올려놓기라도 하겠다는 말이냐?"

"무슨 말씀을 그리… 그건 그렇고 이젠 대인에게 그만 이놈 저놈 하십시오. 이러다 황제에게 들키면 어쩌려고 그러십니까?"

"맞습니다. 그러다 소림이 큰 화를 입으면 어쩌려고 그러십니까?"

운소를 두둔하는 그들을 물끄러미 바라보던 진로 대사는 살며시 눈살을 찌푸렸다.

"속 보인다?"

속 보인다는 그의 말에 두 사람은 순간 발끈하였다.

"속 보인다니 무슨 말씀이십니까?"

"저희가 뭘 했다고 그리 말씀하시는 겁니까?"

발끈하는 그들을 바라보던 진로 대사는 그렇지 않느냐는 표정을 지었다.

"사실이 그렇지 않느냐? 운소의 정체를 알고 모르고가 중요하지 않느니라. 그가 아무리 황제의 친형이기는 하나 황족이 그의 삶에 개입을 하지 않는다고 하였고 운소 역시 이 사실을 안다고 해서 특별히 달라질 것도 없느니라. 굳이 달라진다면 황족에게 야설과 부적을 파는 정도라고 할 수 있겠지. 돈이라면 환장한 놈이니까……."

진로 대사의 말을 듣던 두 사람은 자신도 모르게 고개를 끄덕였다.

정말 그라면 진로 대사의 말처럼 황족에게 야설과 부적을 팔기 위해 노력을 할 것이 분명하였다.

하지만 사람은 누구나 그 뿌리를 중요하게 생각하며 알려고 한다.

지금껏 고아로 살아왔던 운소에게 가족을 찾아준다는 것은 어찌 보면 평생의 한을 풀어주는 것이나 마찬가지일 것이다.

이것을 생각하면 운소에게 황제가 친동생이라는 것을 밝히고 싶으나 그렇게 되면 법망 도사가 말한 대로 황궁이 아니라 대륙 전체가 흔들릴 것 같아 그렇게 할 수 없었다. 너무나 민감한 사항에 한숨을 쉬는 두 사람을 본 진로 대사는 한심하다는 듯 고개를 내저었다.

"그걸 걱정할 시간이 있거든 어떻게 하면 천의문을 없앨 것인지 그것이나 생각해 두거라!"

천의문에 대해 생각하라는 그의 말에 순간 두 사람의 얼굴이 급격하게 굳어지고 있었다. 그것도 그럴 것이 전에 말했듯이 천혈대 대주가 죽는 큰 피해를 입었으니 이대로 가만히 있을 리 만무했기 때문이다.

그러나 천의문은 무림맹, 사도련, 마교가 합쳐진 거대 연합 세력이다.

문도만 이만을 넘고 절정 고수만 하더라도 삼천이 넘는 거대 무력 집단이라고 할 수 있었다. 그런 곳과 흑도의 세력을 합쳐 봤자 팔천을 조금 넘는 소문파가 싸우려 한다니 이건 완전히 자살행위와 같았다.

도저히 답이 나오시 않는 상황에 그저 한숨만 내쉬는 두 사람을 보던 진로 대사는 한심하다는 듯이 말을 하였다.

"어째 네놈들은 하나같이 중요한 일에는 침묵을 하는 것이냐? 그래서 일이 돌아가겠느냐?"

질책 어린 그의 말에 두 사람은 그럼 어떻게 하냐는 표정을 지었다.

"별달리 할 수 있는 방법이 없지 않습니까? 그쪽보다 나은 것이 없지 않습니까?"

"맞습니다! 오해문파가 세워진 지 불과 이 개월이 좀 넘었습니다. 그런 상황에서 그들과 대적하기에는 무리입니다. 그렇다고 기습 작전을 하고 싶어도 워낙 차이가 나는지라 안 하느니만 못합니다."

난감하다는 표정에 진로 대사는 한심하다는 표정을 지었다.

"너희는 어째 하나만 알고 둘은 모르느냐? 어째서 오해문파가 가진 것이 우리밖에 없다고 생각하느냐? 운소, 그놈이 가진 것도 있지 않느냐?"

"대인의 것이라면 오해서점을 말하는 것입니까? 그 몇 명밖에 안 되는 사람들로 어떻게 해결을 합니까?"

말도 안 된다는 듯한 그의 모습에 진로 대사는 답답하다는 표정을 지었다.

"운소, 그놈이 가진 것이 오해서점뿐이더냐? 아까 왔던 황군도 있지 않느냐?"

"예에?"

황군을 이용하자는 진로 대사의 말에 순간 주위에 있던 두 사람의 얼굴이 황당함으로 물들었다. 그런 그들을 보던 진로 대사는 뭘 그리 놀라냐는 듯 말했다.

"뭘 그리 놀라느냐? 황제도 도와준다고 했으니 이참에 황군을 불러 천의문과의 분쟁을 끝마치도록 하거라!"

황군을 이용해 천의문과의 일을 끝내라는 말에 두 사람은 어이없다는 표정을 지었다.

"아무리 대인이라고 하더라도 황군은 황제의 군대입니다. 함부로 할 수도 없거니와 황궁과 무림은 불가침 협약을 맺고 있지 않습니까? 그런데도 불구하고 만약 황군을 이번 일에 끌어들인다면 천의문을 멸문시킨다 하더라도 훗날 오해문파는 얼굴을 들지 못할 것입니다."

황군은 절대 사용할 수 없다는 원망의 말에 진로 대사는 혀를 차기 시작했다.

"누가 황군과 함께 싸우라고 하였더냐? 황군을 이용해 우리가 싸우기 편하게 만들라는 말이니라."

"황군을 이용해서 싸우기 편하게 만들라니, 그게 도대체 무슨 말씀이십니까?"

무슨 말인지 모르겠다는 그의 말에 진로 대사는 더 이상 말하기 싫다는 표정을 지었다. 이것을 본 원망은 그러지 말고 설명을 해달라고 조르기 시작했다. 거듭된 원망의 요청에 진로 대사는 졌다는 듯 입을 열었다.

"천의문의 문도가 이만이라는 것만 생각하거라!"

"그게 무슨 말씀이십니까?"

도무지 알 수 없다는 원망과는 달리 우문열은 잘 알겠다는 표정을 지었다.

"그 말씀인즉 인원이 과하다는 말씀이십니까?"

"너는 좀 머리가 돌아가는구나!"

우문열에게만 칭찬을 하는 진로 대사의 모습에 순간 원망은 질투가 나는지 입술을 삐죽였다. 그것을 본 우문열은 원망이 알아듣기 쉽게 차근차근 설명하기 시작했다.

"그 유명한 양양성을 책임지는 병사들도 만이 좀 넘습니다. 그럼에도 불구하고 천의문의 문도가 이만을 넘는다는 것은 문제가 있다는 것입니다."

"그것이 왜 문제가 있다는 말인가?"

"생각해 보십시오. 아무리 무림인이라도 한낱 백성에 불과

한 것. 그런데도 이만이란 인원을 다스리고 있으니 당연 황궁으로서는 부담이 되지 않겠습니까? 만약 반역이라도 꿈을 꾼다면 그땐 걷잡을 수도 없지 않습니까?"

"정말 그렇겠군!"

이제야 이해가 간다는 원망의 모습에 진로 대사는 살며시 눈살을 찌푸렸다.

"이제야 이해가 가느냐?"

비아냥거리는 그의 모습에 원망은 입을 삐죽거렸다.

"우문 세가주처럼 알아듣기 편하게 해주시면 안 됩니까? 무슨 말인지 한참 헤맸지 않습니까?"

모든 것이 어렵게 말한 자신의 잘못이라는 말에 진로 대사는 순간 기가 막혔다.

"뭐가 어쩌고 어째? 말을 쉽게 안 한 내 탓이라고?"

"그렇습니다! 우문 세가주처럼 알아듣기 쉽게 말하면 이렇게 고생할 필요가 없지 않습니까?"

이마에 핏줄을 올리는 진로 대사를 보고도 할 말 다 하는 원망의 모습에 우문열은 긴 한숨을 내쉬었다.

"그만들 좀 하십시오. 그러다 싸우시겠습니다."

그만 하라는 우문열의 말을 듣고 나서야 둘은 싸우던 것을 멈추었다.

죽일 듯이 원망을 째려보던 진로 대사는 살며시 입을 열었다.

"어쨌든 황군을 통해 천의문에 머무는 문도의 수를 줄이거라! 알았느냐?"

자신이 할 말만 하고는 입을 닫아버리는 그의 모습에 우문열은 알겠다고 대답을 하면서도 긴 한숨을 내쉬었다.

그런 그들을 보던 법망 도사는 마시던 찻잔을 내려놓으며 입을 열었다.

"그리고 말일세! 친의문에 대해 한 가지 자네들에게 알려줄 것이 있네."

천의문에 대해 알려줄 것이 있다는 법망 도사의 말에 순간 모든 시선이 그를 향하였다. 법망 도사는 살며시 입가에 미소를 지었다.

"내가 듣기로는 말일세. 천의문 쪽에 뇌폭설가가 있다고 하더군."

설부용의 본가를 들먹이는 그의 말에 순간 모든 사람들이 긴장을 하였다.

"흑상을 말씀하시는 겁니까?"

"그렇네!"

뇌폭설가가 천의문에 있다는 말에 주위에 있던 모든 사람들의 얼굴이 굳어졌다. 그러나 법망 도사는 여전히 입가에 미소를 그리며 자신의 말을 계속해서 이어나갔다.

"근데 말일세. 뇌폭설가가 천의문에 오면서 벽력탄을 백 관이나 가져왔다더군. 이것에 대해선 어떻게 생각하는가?"

"벽력… 탄을 백 관이나 말씀이십니까?"

"그렇다네!"

벽력탄 하나만으로도 근 오 장이 폐허가 되는데 그걸 백 관이나 가져왔다니 이건 전쟁을 하자는 것이나 다름없었다. 모두가 할 말을 잃은 듯 입을 굳게 다물고 있는 가운데 법망 도사의 입꼬리는 점점 올라가기 시작했다.

"그런데 그 백 관의 벽력탄이 어디 있는지 아나?"

벽력탄의 위치가 어딘지 물어보는 그의 물음에 순간 모든 시선이 쏠리기 시작했다.

"어디에 있습니까?"

"그 벽력탄이 말일세. 바로 천의문 지하에 있다네."

"그런데 그게 왜?"

벽력탄의 위치를 왜 말해주냐는 우문열의 표정에 순간 법망 도사의 입꼬리가 완전히 올라갔다.

"황군에게 말하게! 즉, 누명을 씌우란 말일세! 천의문이 역모를 모의한다고 말일세. 그렇게 한다면 분명 천의문은 모래 위에 쌓은 집마냥 그냥 허물어질 걸세. 그렇게 된다면 고작 남는 것은 삼도천뿐! 무슨 말인지 알겠나?"

일명 누명 씌우기를 하라는 그의 말에 우문열과 원망의 눈이 빛나기 시작했다.

"알겠습니다. 맡겨만 주십시오!"

사악한 미소까지 띠고 있는 두 사람의 모습을 보던 법망 대사는 그들이 왜 한 세력의 수장이 되었는지 알 것도 같았다.

이렇게 천의문 누명 씌우기는 시작되고 있었다.

"오… 오라버니!"

버럭 소리를 지르며 몸을 일으키던 설부용은 순간 느껴지는 고통에 눈살을 찌푸렸다.

"사… 살아 있는 건가?"

살아 있다는 것이 슬프다는 표정을 짓던 설부용이 살며시 고개를 옆으로 돌렸다. 그러자 그곳에서 고개를 푹 숙인 채 졸고 있는 한 사내의 모습이 들어왔다. 커다란 덩치에 묘한 도를 손에 쥐고 있는 그 사내는 자신이 그렇게도 찾아 헤매던 도혹이었다.

살아 있다는 사실이 기쁜 나머지 설부용은 도혹을 그대로 껴안았다.

"오라버니!"

자신을 껴안은 설부용을 본 도혹은 그녀의 마음과는 달리 자신도 모르게 눈살을 찌푸리고 말았다.

"아… 아아아! 아파! 떨어져!"

떨어지라는 그의 말을 들은 설부용은 그제야 그가 다쳤었다는 것을 떠올렸다.

재빨리 도혹에게서 멀어진 그녀는 걱정 어린 눈빛을 하였다.

"괜찮아요?"

"괘… 괜찮아!"

괜찮다는 듯이 손을 내젓는 그의 모습에도 설부용은 걱정이 된다는 표정을 지었다. 그런 그녀를 보고 있던 도흑은 긴 한숨을 내쉬는가 싶더니 말을 하였다.

"넌 안 아파?"

안 아프냐는 그의 말에 그제야 자신의 상처가 생각났는지 설부용은 짧은 신음 소리를 내며 침상에 앉았다.

"아야!"

"어째 넌 다치나 안 다치나 똑같냐?"

그런 그녀를 바라보던 도흑은 여전하다는 표정을 지었다.

한심스럽다는 듯한 도흑의 말에 순간 속이 상한 설부용은 살며시 입술을 삐죽였다.

"홍! 제가 뭘 어쨌다고요?"

삐진 듯한 그녀를 바라보던 도흑은 됐다는 듯이 고개를 내저었다.

"네가 쓰러진 지 열흘이나 됐는데도 정신을 못 차려서 걱정했는데 이제 깨어났으니 그나마 다행이구나!"

쓰러진 지 열흘이 됐다는 말에 설부용은 화들짝 놀랐다.

"그렇게 오래됐나요?"

"그렇게 됐다! 네가 깨어난 것을 봤으니 난 이제 가봐야겠다."

자리에서 일어나는 도혹을 본 설부용은 아쉽다는 표정을 지었다.

"가게요?"

"그럼 가야지! 나도 환자라고……."

자신도 환자라며 이제 가겠다는 그를 물끄러미 바라보던 설부용의 귀에 말이 들려왔다.

"고맙다!"

"예에?"

"나같이 못난 놈을 좋아해 줘서 고맙다고……."

자신을 좋아해 줘서 고맙다는 그의 말에 순간 설부용의 얼굴이 빨갛게 달아올랐다. 부끄러움에 고개를 숙이던 설부용은 그제야 도혹이 오늘따라 유난히 말이 많다는 것을 깨달았다.

"사실 나 그때 죽는 줄 알았는데 네 말을 들으니 살아야겠다는 생각이 들더구나!"

"오… 라버니!"

감격했다는 표정을 짓던 설부용은 순간 들려온 말에 눈살을 찌푸리고 말았다.

"당연한 것 아닙니까? 그런 말을 옆에서 계속 질러대는데 저라도 창피해서 절대 죽을 수 없습니다."

보결의 말에 설부용의 얼굴이 창백하게 변하였다.

"내… 내가 소리를 질러?"

"예!"

"뭐라고 소리를 질렀는데?"

뭐라고 소리를 질렀냐는 그의 말에 보결은 살며시 입가에 미소를 그렸다.

"'오라버니! 그거 아세요? 세상에서 제일 좋아했던 사람이 오라버니라는 것을 말이에요. 과거에도 그랬고 지금도 그랬고 죽는 이 순간에도 그럴 거예요!' 라고 정신을 잃는 동안 고래고래 소리를 지르더구나!"

보결의 말을 듣고 있던 설부용의 얼굴은 완전히 하얗게 질리고 말았다.

"제… 제가 그랬단 말이에요?"

"물론이지!"

당연하다는 그의 말에 설부용은 설마 하는 표정을 지었다.

"그래도 다른 사람들은 모르죠?"

다른 사람들은 모르지 않냐는 그녀의 말이 끝나기가 무섭게 조별이 안으로 들어온다 싶더니 헤 웃으며 말을 하였다.

"도흑 엉아랑! 부용이랑 그렇고 그런 사이래요. 얼레리 꼴레리!"

조별도 알고 있다는 사실에 설부용은 불안하다는 표정으로 말을 하였다.

"설마… 다른 사……."

"아마 다 알걸? 오해문파 사람이라면… 요새 별이가 얼레리 꼴레리 놀이에 재미를 붙여서 말이야!"

당연하지 않냐는 말에 설부용은 창피하다는 듯이 고개를 숙였다.

그런 그녀를 보며 고소해하던 보결은 콧노래를 부르며 입가에 미소를 지었다. 이렇듯 설부용을 괴롭히는 이유는 화폭으로 인해서 설부용이 죽은 줄 알고 애태웠던 것에 대한 벌이었다.

고소해하는 보결을 보며 고개를 젓던 도흑의 눈에 단소소의 모습이 들어왔다.

"주모님! 오셨습니까?"

"예! 몸은 괜찮죠?"

건강을 물어보는 단소소의 말에 도흑은 당연하지 않느냐는 표정을 지었다.

"아직은 괜찮습니다."

"다행이에요."

단소소를 본 나머지 사람들 역시 예를 표하였다.

"주모님 오셨어요!"

"오셨습니까?"

"주모님이당!"

그들의 인사에 일일이 답해주던 단소소를 보던 도흑은 살며시 입을 열었다.

"주인님께서는 어떻습니까?"

"아직 정신은 못 차렸지만 다행히 목숨엔 별 지장이 없다고 하네요."

"그렇습니까? 그럼 혈의 주술은……."

"이번 일로 혈의 주술과 완벽하게 융합을 했다고 하네요."

혈의 주술과 융합을 했다는 그녀의 말에 도흑은 다행이라는 표정을 지었다.

그런 도흑을 보던 단소소는 고맙다는 표정을 지었다.

그 순간 단소소는 뭔가 생각났다는 듯이 설부용을 바라보았다.

"부용! 원망 선사께서 장로원으로 오라고 했으니 한번 가보세요."

장로원으로 가보라는 그녀의 말에 설부용은 알겠다고 대답은 했지만 정작 이유는 모르겠다는 듯이 고개를 갸웃거렸다.

그런 설부용을 보던 단소소는 살며시 한숨을 내쉬었다.

"아마도 뇌폭설가에 대한 일 때문인 것 같아요."

단소소를 보던 설부용의 눈에 살기가 어리기 시작했다. 그런 그녀를 보며 한숨을 쉬던 단소소는 어쩔 수 없다는 표정을 지었다. 뇌폭설가에 대한 그녀의 원한을 잘 알고 있는 그녀로서는 그저 모른 척할 수밖에 없었다.

그건 도흑이라도 마찬가지였는데 그만큼 원한이 깊기 때문이다.

고개를 숙인 채 살기를 뿜어내는 설부용을 보던 단소소는 살며시 입가에 미소를 그렸다.

"근데 언제 국수 먹여주나요?"

언제 혼인을 하냐는 단소소의 말에 순간 설부용의 얼굴이 붉게 변하고 말았다. 그런 그녀를 본 보결과 단소소는 큰 소리로 웃기 시작했고 옆에서 멍하니 있던 조별 역시 웃기 시작했다.

"하하하하!"

"호호호!"

"주모님! 웃는당! 웃는당!"

창피하다는 듯 고개를 숙이는 설부용의 모습에 사람들의 웃음소리는 더욱 커지고 있었다.

제8장

벽력탄을 찾아라?!

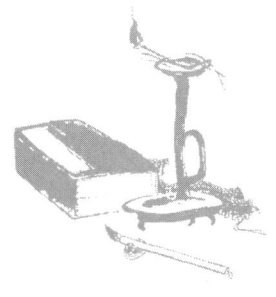

"**황**군이 모습을 드러냈다!"

담담하게 말을 하는 벽력홍의 목소리에 순간 홍강의 얼굴에 씁쓸한 표정이 그려졌다.

"그 말은 결국 천운성이 죽었다는 말이군."

"황군이 나타났다면 그가 살 수 있는 방법은 없으니까…."

벽력홍의 말에도 불구하고 홍강은 그저 한숨만 내쉴 뿐이었다.

"그분의 생각대로 모든 것이 돌아가는군!"

마치 죽을 줄 알았다는 듯한 홍강의 말에 벽력홍은 살며시 고개를 들었다.

"모든 것은 그분에 의해 시작되었으니 끝도 그분의 생각대로 맺어야겠지."

그분의 생각대로 되는 것만으로도 만족한다는 벽력홍의 모습에 홍강은 살며시 입을 열었다.

"그것보다 뇌폭설가에 대한 이야기는 어떻게 됐는가?"

"예상대로 오해문파로 흘러갔다더군."

뇌폭설가를 들먹이는 그의 말에 홍강은 고개를 들었다.

"그렇다면 그들도 이곳에 벽력탄이 있다는 것을 알겠군."

"뇌폭설가 이야기가 흘러갔다면 당연히 알 테지."

당연히 알 것이라는 벽력홍의 말에 홍강은 살며시 입가에 미소를 지었다.

"이거 재미있겠구먼! 앞으로 그들이 어떻게 나올지 말이야!"

"그들이 어떻게 나오든 상관이 없네. 그분이 원하는 대로 될 것이네."

살기를 있는 대로 뿜어내는 벽력홍과는 달리 홍강은 재미있다는 듯이 웃기만 하였다.

"하기사 지금까지 벌어진 일들 모두 그분이 만드셨으니까 말이야."

모든 것이 그분의 계획에 의해 이루어질 것이라는 말을 하던 홍강은 이내 큰 소리로 미친 듯이 웃기 시작했다.

"형씨! 어디에 데려가는 거유?"

궁금하다는 듯한 한 곰보 사내의 말에 창을 들고 걸어가던 병사가 버럭 화를 냈다.

"잠자코 따라오거라!"

짜증을 내는 그의 모습에 곰보 사내는 마음이 상했는지 입술을 삐죽거렸다.

"거참! 말해주면 어디가 어떻게 되우? 인심 한번 야박하우!"

말꼬리 있는 대로 잡아끄는 곰보 사내의 모습에 병사는 이내 긴 한숨을 쉬었다. 옥에서 나온 지 불과 반 시진. 그런데 무슨 말이 그리 많은지 이곳에 오는 동안 입을 쉬지 않고 놀리고 있었다.

거기다 말 좀 그만 하라고 하면 저렇게 삐쳐서는 속 있는 대로 긁고 있어 병사로서는 어떻게든 빨리 곰보 사내에게서 벗어나고 싶었다.

입을 삐죽이며 걸어가던 곰보 사내의 얼굴에 화색이 돌기 시작했다.

"혀… 형님!"

곰보 사내의 입에서 형님이라는 소리가 흘러나오자 멍하니 앞을 보고 있던 십자 흉터의 사내가 얼굴 가득 미소를 지었다.

"막내야!"

"형님!"

마치 이산가족 상봉하는 듯한 모습을 연출하던 두 사람은 이내 들려온 소리에 그만 얼굴을 찡그리고 말았다.

"아침까지만 해도 한 방에 있었으면서 무슨 형님이고 막내야?"

어이없어 하는 병사의 말에 곰보 사내는 무슨 말을 하냐는 표정을 지었다.

"잠시라도 못 만났으면 그게 이별이지 뭐유? 뭘 그리 말하는 게 딱딱한지 그래서 여인이라도 꼬시겠수?"

"네… 네 이놈을!"

비아냥거리는 곰보 사내의 말에 병사의 얼굴이 붉어지기 시작했다.

손에 든 창을 들어올리던 병사는 이내 들려온 말에 동작을 멈추고 말았다.

"그만 하세요! 혹시 사대악인 중에 제초기 벌초, 모기약 살충제인가요?"

"그렇소만 누구십니까?"

씩씩거리는 병사를 보던 여인은 살며시 입가에 미소를 지었다.

"죄인을 넘겨받으러 오해문파에서 나온 설부용이에요."

죄인을 넘겨받으러 왔다는 말에 병사는 살며시 고개를 돌려 벌초를 노려보았다.

"그렇습니까? 넘겨받으러 오셨다니 우리는 그만 가보도록 하겠습니다.”

“그렇게 하세요. 수고하셨어요.”

수고하셨다는 말에 살며시 미소를 지어 보이던 병사는 고개를 돌려 벌초를 노려보는 것을 잊지 않았다.

자신을 노려보는 병사를 본 벌초는 살며시 고개를 돌려 딴전을 피웠다.

딴전을 피우는 벌초를 본 병사는 손을 들어 그의 머리를 때렸다.

“말 잘 들어라! 안 그럼 다시 옥에 갇힐 줄 알아!”

다시 옥에 갇힌다는 말에 벌초의 고개가 획 돌아갔다.

“그럼 아직 풀려난 게 아니었수?”

“네놈이 뭘 잘했다고 풀려나겠느냐? 여기 계신 분 말 잘 들으면 풀려날 수도 있으니 그리 알고 고분고분 말을 따라!”

“알았수다!”

아직 풀려난 것이 아니라는 말에 벌초는 입술을 삐죽거렸다.

그런 그를 보던 병사는 손을 들어 한 대 쥐어박고 싶었지만 보고 있는 시선이 많아 그냥 포기하였다.

잠시 후 셋만 남게 되자 벌초는 아까와는 달리 인상을 썼다.

“퉤! 아가씨! 날 어디로 데려가는 거유!”

침을 바닥에 탁 뱉는 그를 물끄러미 바라보던 설부용이 이내 한숨을 내쉬었다.

"아무래도 조용히 가려면 이 방법밖에는 없네요."

품 안에서 천뢰폭을 꺼낸 그녀는 벌초에게 다가가기 시작했다.

난데없는 폭탄에 멍해 있던 벌초는 자신의 옆구리에 다는 것을 보고는 기겁을 하였다.

"이, 이, 이, 이봐……."

하지만 그의 말이 끝나기도 전에 옆구리에 천뢰폭을 달자 고개를 들어 설부용을 바라보았다.

"무… 무슨 짓이야!"

떨리는 목소리로 말을 하는 그를 보던 설부용은 손을 들어 입을 봉하였다.

"이만하면 조용해지겠죠? 떠들면 천뢰폭 하나 더 달아놓을 것이니 그리 아세요?"

황당하다는 듯이 바라보던 벌초는 이내 입을 닫고 말았다.

그도 그럴 것이 입을 벌리자마자 설부용이 품 안에서 천뢰폭을 꺼내 들었기 때문이다.

입을 꾹 다문 벌초를 보던 설부용은 마음에 든다는 표정을 지었다.

"조용하니까 얼마나 좋아요. 자, 그럼! 오해문파로 가볼까요?"

벌초와 살충제의 손에 걸린 끈을 잡고 살며시 웃는 설부용의 모습에 두 사람은 고개를 푹 숙이고 말았다.

이렇듯 설부용이 두 사람을 마중 나오는 데는 다 그만한 이유가 있었다.

삼 일 전 원망의 부름으로 장로원에 갔던 설부용은 그로부터 충격적인 말을 듣게 되었다.

뇌폭설가가 천의문에게 벽력탄 백 관을 넘겼다는 것이다.

저번 전투로 설적을 통해 뇌폭설가가 참가했다는 것은 알고 있었지만 벽력관 백 관이라니 좀 너무한다는 생각이 들었다.

어이없어하는 그녀를 보고도 원망은 더욱더 황당한 제안을 하였다.

자신들이 대명제국의 백성이니 나라의 평화를 위협하는 무리가 있다면 당연히 황군에 알려야 하지 않겠냐는 것이었다.

즉, 관에 벽력탄 백 관의 소재를 밝히겠다는 것이었다.

왠지 음해 공작인 듯싶어 마음에 들지는 않았으나 만약 그의 말대로 한다면 뭉쳐졌던 무림맹, 사도련, 마교 등 세 개의 세력은 원래 자리로 돌아가게 된다.

물론 삼도천은 황군의 추적을 받게 될 것이니 그만큼 오해문파로서는 좋은 일이 아닐 수 없었다. 잠시 후 그의 말에 동의한 설부용은 벽력탄의 소재를 파악하기 위해 사대악인까지 부르게 된 것이었다.

땅굴을 전문적으로 파는 그들이라면 지하에 숨겨져 있는 벽력탄의 소재를 알아낼 수 있을 것 같아서였다.

여기까지 생각한 설부용은 고개를 끄덕이며 입을 열었다.

"어서 오해문파로 가자구요!"

옆구리를 찔러대는 그녀의 모습에 벌초와 살충제는 눈살을 있는 대로 찡그린 채 앞으로 걸어가기 시작했다.

자신들이 앞으로 벌일 일에 대해서는 진혀 알지도 못한 채 말이다.

"그러니까… 우리보고 땅굴을 파라는 말씀이십니까? 그것도 그 이름 높은 천의문 밑으로……."

말을 하던 사이다는 이내 어이없다는 표정을 지었다.

그것도 그럴 것이 부잣집 돈을 훔치려 땅굴을 팠다가 잡혀 옥살이하고 있는 그들이 아닌가? 그런 그들에게 천의문 밑으로 동굴을 파라고 하니 황당하지 않을 수 있겠는가?

도무지 어떻게 돌아가는 영문인지 모르겠다는 그들을 본 원망은 살며시 미소를 그렸다.

"그렇다네! 찾아야 할 것이 있어서 그렇네!"

천의문 지하에서 찾을 것이 있다는 말에 사이다는 눈살을 찌푸렸다.

물론 과거 제갈세가가 황도문(黃刀門)을 칠 때 땅굴을 파서 사람을 투입시킨 적도 있었다.

그러나 그것은 벌써 이백 년이나 된 이야기이지 않은가?

현 무림에선 명예를 더럽힌다는 미명 아래 지하로 숨어 들어가는 일 같은 것은 절대 안 한다. 그럼에도 불구하고 이렇듯 땅굴을 판다는 것은 천의문 지하에 뭔가가 있다는 말이 되었다.

거기다 이들은 천의문과 한 판 대결을 앞둔 오해문파가 아닌가?

왠지 자꾸만 천의문 지하에 뭐가 있을까 궁금해지는 사이다였다.

생각할 시간을 달라고 말한 사이다는 동생들을 모아놓고 이번 일에 대해 말하기 시작했다.

"너희들은 어떻게 생각을 하느냐?"

어떻게 생각하냐는 사이다의 말에 벌초가 살며시 눈살을 찌푸렸다.

"이거 괜히 일 맡았다가 옥살이 더 하는 거 아니우?"

"어찌 그리 생각하는 거냐?"

왜 그렇게 생각하냐는 사이다의 말에 벌초는 너무도 당연한 것을 묻고 있다는 표정을 지었다.

"뻔하지 않수! 일단 여기 오해문파 사람들이 직접 땅굴을 파지 않고 우리에게 맡긴 점! 그리고 천의문과 이곳 사람들과의 관계 등을 미루어 볼 때 이거 잘못하다간 고래 싸움에 새우 등 터지우!"

"그건 나도 마찬가지고 생각합니다."

노가리까지 찬성하고 나서자 사이다는 역시 자신의 생각이 옳았다는 표정을 지었다. 그때 지금껏 묵묵히 있던 살충제가 조심스레 앞으로 나서기 시작했다.

"형님! 저는 조금 다른 생각을 가지고 있습니다."

다른 생각이 있다는 살충제의 말에 옆에 있던 세 사람의 눈이 그에게 쏠렸다.

"무슨 생각인지 말해보거라!"

생각을 말해보라는 사이다의 말에 그는 살며시 고개를 끄덕였다.

"제가 생각하기에 이 일을 맡는 것이 우리에겐 좋으리라 생각됩니다. 물론 막내 벌초의 말대로 위험성이 전혀 없는 것이 아닙니다. 그렇다고 이 일을 맡지 않을 수도 없습니다."

일을 맡지 않을 수도 없다는 그의 말에 사이다는 이해할 수 없다는 표정을 지었다.

"이 일을 맡지 않으면 안 된다니 무슨 말인가?"

"일단 현재 우리가 지내야 할 형량이 얼마나 되는 것으로 알고 계십니까?"

"형량이라. 내가 알기로는 최소한 삼십 년은 되는 것으로 알고 있는데 아닌가?"

삼십 년은 옥살이를 해야 하지 않느냐는 그의 말에 살충제는 맞다는 듯 고개를 끄덕였다.

"맞습니다. 그럼 삼십 년 후라면 우리 모두 나이가 어떻게 될 것이라 생각하십니까? 예순입니다. 예순! 이 일을 하지 않으면 우리는 다시 관으로 끌려가 예순이 넘도록 형을 살아야 합니다. 그것뿐인 줄 아십니까? 형님이 이번에 보신 오정이는 어쩌실 생각이십니까?"

아들인 사오정을 들먹이는 그의 말에 사이다는 씁쓸한 표정을 지었다.

그의 말대로 옥에서 형을 보낸다면 아들이 서른이 넘어서야 겨우 얼굴을 보게 된다. 즉, 아버지 없는 자식으로 보내야 할 시간이 삼십 년이나 된다는 말이다.

슬픈 사이다의 얼굴을 보고 있던 살충제는 살며시 입을 열었다.

"거기다 잘하면 한몫 단단히 잡을 수 있을 것입니다."

"한몫 잡을 수 있다?"

난데없이 돈을 벌 수 있을 것이라는 말에 사이다의 얼굴이 들렸다.

그런 그를 물끄러미 바라보던 살충제는 맞다는 듯 고개를 끄덕였다.

"그렇습니다. 제가 알기로는 오해문파와 천의문은 현재 싸우는 것으로 알고 있습니다."

"그건 나도 알고 있지! 근데 그것이 무슨 상관이라는 말이냐?"

"그런 그들이 굳이 땅굴까지 파면서 공격을 할 필요는 없을 것입니다. 천의문 지하에 뭔가 중요한 것이 있다면 말이 달라지지만 말입니다."

뭔가 지하에 중요한 것이 있을 것이라는 살충제의 말에 순간 곁에 있던 세 사람의 눈이 반짝였다.

"중요한 것?"

"그렇습니다. 지하에 숨길 정도라면 매우 중요한 것이 분명합니다."

지하에 숨겼다는 말을 강조하는 살충제를 보던 사이다는 살며시 이마를 좁히기 시작했다. 그의 말대로라면 분명 지하에 있는 것은 은자가 아니면 비급이 분명하였다.

거기다 천의문 정도라면 그 값어치는 상상도 할 수 없을 것이다.

조금씩 빨라지는 심장을 느끼며 마른침을 삼키던 네 사람은 순간 고개를 끄덕였다.

환한 미소로 고개를 끄덕이는 네 사람을 본 원망은 다행이라는 표정을 지었다.

그런 그를 물끄러미 바라보고 있던 설부용은 살며시 입을 열었다.

"근데 땅굴을 파는 이유가 벽력탄이라는 것을 알려주지 않아도 되나요?"

원망은 됐다는 듯 손을 내저었다.

"괜히 말해 일을 하는 데 지장을 주는 것보다는 나중에 알려주는 것이 좋을 듯싶네."

"대사님의 말씀을 들으니 그게 나을 것 같네요."

그게 좋겠다는 말을 하던 설부용은 살며시 고개를 돌려 자신에게 다가오는 네 사람을 보았다.

말없이 다가선 그들 중 사이다가 앞으로 나섰다.

"일을 맡겠습니다!"

일을 하겠다는 그의 말에 원망은 다행이라는 듯 입가에 미소를 지었다.

"고맙네! 내 관에는 잘 말해줄 터이니 걱정 말게나."

걱정 말라는 원망의 말에 사이다는 알겠다는 듯이 고개를 끄덕였다.

"그렇게 해주신다니 고맙습니다. 그런데 언제부터 일을 하면 됩니까?"

"지금이라도 괜찮은가?"

지금부터 하라는 원망의 말에 사이다는 별문제없다는 표정을 지었다.

"상관없습니다. 땅굴을 파는 데 필요한 장비를 준비해야 하니 그것이 준비되는 대로 일을 시작하겠습니다."

장비를 갖추는 대로 하겠다는 그의 말에 원망은 좋다는 듯 입가에 미소를 지었다.

"그리 해준다니 고맙네!"

이렇게 사이다 일행과 오해문파는 서로 다른 동상이몽을 꿈꾸며 땅굴을 파기 시작했다.

팍! 파파팍! 사라락! 파팍!

뭔가를 내려치는 소리와 돌과 흙이 무너져 내리는 소리가 들리는 이곳은 어른 두 사람이 겨우 지나다닐 수 있는 동굴, 아니, 땅굴이었다.

땅굴 곳곳에 횃불이 걸려 있는 것으로 보아 판 지 꽤 오랜 시간이 흐른 모양이었다.

한참을 삽으로 파내던 한 사내의 곁으로 그림자 하나가 다가섰다.

"얼마나 파야 하나?"

나이 든 목소리에 잠시 삽을 놓은 사내는 고개를 돌렸다.

"아마 열흘은 더 파야 할 듯싶습니다. 원망 대사님!"

원망의 이름을 들먹이던 사내, 사이다는 그만 좀 보채라는 듯이 인상을 찌푸렸다. 희미하게 비치는 불빛 속에서 인상을 쓰는 그를 본 원망은 알겠다는 듯이 몸을 뒤로 물렸다.

뒤쪽에서 흙을 나르고 있는 살충제를 본 원망은 그래도 걱정이 된다는 듯 말을 하였다.

"정말 열흘 정도만 더 파면 되겠는가?"

걱정 어린 그의 모습을 본 살충제는 알겠다는 듯이 손에 든 것을 놓고는 이것저것을 재기 시작했다.

한참을 이리저리 재던 사내는 이내 밝게 웃기 시작했다.

"생각보다 빨리 온 듯싶습니다. 아마도 칠 일이면 천의문 밑에 당도할 것 같습니다."

"칠 일! 음… 생각보다 빠르구만!"

"저희도 놀랐습니다."

놀랐다는 표정을 짓던 살충제의 말에 곁에 있던 온몸에 털이 가득한 노가리가 웃기 시작했다.

"칠 일만 파면… 크크크!"

"노가리! 그만 하거라! 이렇게 크게 웃으면 들리니 말이다."

"아!"

노가리는 이내 입을 막고는 손만 들었다 내렸다 하고 있었다.

옆에 있던 곰보 사내 역시 같이 소리없이 웃고 있었는데 모양새로 보아 벌초인 듯싶었다. 그런 그들을 흐뭇하게 바라보던 원망의 눈에 살충제가 든 지도가 보였다.

그리고 그 지도에 있는 붉은 점을 보고는 얼굴이 조금씩 창백해지기 시작했다.

"서… 설마 해서 그러네만 이 붉은 점이 천의문인가?"

붉은 점이 천의문 맞냐는 그의 말에 살충제는 무슨 말을 하냐는 표정을 지었다.

"당연한 것이 아닙니까?"

당연하다는 듯한 그의 말과는 달리 원망의 얼굴은 완전히 하얗게 변하고 말았다.

"그럼 여기 검은 점은 무엇인가?"

"그거야! 오해문파가 있는 곳이 아닙니까?"

오해문파가 있는 곳이라는 말에 원망은 이내 긴 한숨을 내쉬며 한쪽에 있는 녹색 점을 가리켰다.

"그럼 이 점은 혹시 소림인가?"

"아닙… 니까?"

그제야 원망의 표정을 본 살충제는 왠지 모를 두려움에 말끝을 흐리고 말았다. 그런 그를 본 원망은 역시나 자신의 생각이 맞다는 듯 고개를 내젓기 시작했다.

"이… 지도는 말일세!"

"말… 씀하십시오."

차마 입이 떨어지지 않는다는 듯 원망은 이내 긴 한숨과 함께 입을 열었다.

"이 지도에서는 붉은 점이 소림이라네. 검은 점이 오해문파이고 녹색 점이 천의문일세."

소림과 천의문이 뒤바꾸었다는 그의 말에 순간 주위에 있던 모든 사람들의 몸이 멈추었다.

"부… 붉은 점이 소림?"

"그… 그게 무슨 말씀이십니까?"

도저히 못 믿겠다는 듯 그들을 바라보던 원망은 한심스럽다는 표정을 지었다.

"내 말은 자네가 지도를 잘못 봤다는 말일세."

청천벽력과 같은 그의 말에 순간 사람들의 입이 쩍 벌어졌다.

무려 십 일이나 걸려서 팠던 그동안의 모든 것이 도로 아미타불이 되는 순간이기 때문이다.

멍하니 있는 그들을 보던 원망은 긴 한숨을 내쉬며 몸을 돌렸다.

"아무래도 처음부터 다시 파야 할 듯싶네!"

다시 파라는 말을 하고 돌아서는 원망의 뒤로 짐승을 연상시키는 소리와 비명 소리가 같이 들려왔다.

"살충제! 네 이놈!"

"혀… 형님! 사… 살려… 으아아악!"

천의문에서 약 십 리 정도 떨어진 곳에 구가장이 있었다.

다른 곳에 비해 토지가 비옥해 구가장은 대대로 농노들이 많았는데 그중 구대기란 청년이 있었다. 아들이 태어난 지 한 달이 채 되지 않은 그에게 있어 소라는 짐승은 자신의 밥줄이기도 하였다.

그래서 매일 아침 이른 시간에 자신이 직접 소죽을 끓여 먹이고 있었다.

정성이란 정성은 있는 대로 다 쏟아 붓는 그에게 사람들은 짐승 한 마리에 너무 잘해주는 것이 아니냐고 하였지만 그에 겐 그렇지 않았다.

　그가 맡은 논밭을 경작하기 위해서는 소가 필수였기 때문 이다.

　거기다 새로 태어난 아들로 인해 젊었을 때 벌어야 한다는 생각을 하고 있어 소의 존재가 절실하게 필요한 그였다.

　그래서 다른 어떤 것보다도 애지중지하고 있었다.

　오늘도 새벽잠을 설치고 나와 소죽을 정성 들여 만들고 있 었다.

　"일어 나셨어요?"

　두 눈을 비비며 나오는 향옥의 모습을 본 구대기는 살며시 입가에 미소를 지었다.

　"더 자지 않고 왜 나오는 것이오."

　왜 벌써 일어났냐는 그의 말에 향옥은 아니라는 듯 고개를 내저었다.

　"이렇듯 애를 쓰시는데 저라고 어찌 가만히 있겠어요."

　"사람도… 이제 거의 끝났으니 걱정 말고 아침까지 눈을 붙이고 있구려."

　이마에 땀을 뻘뻘 흘리면서 말을 하는 구대기의 모습에 향 옥은 입가에 살며시 미소를 지었다. 애를 출산한 지 한 달이 안 됐다는 이유로 방에 누워 있은 지 벌써 한 달이다.

그동안 소죽은 물론이고 땔감, 빨래 심지어 식사까지 구대기가 다 책임지고 있어 향옥은 미안해하기만 하였다. 그러나 그런 그녀를 보며 구대기는 아니라는 듯 항상 고개를 내저었다.

못난 자신에게 와서 고생한다며 미안하기만 하였기 때문이다.

그러니 지금처럼 몸이 좋지 않을 때 푹 쉬게 하는 것이 도리라고 생각하였다. 괜찮다는 듯이 입가에 미소를 그리던 구대기의 귀에 몹시 떨리는 목소리가 들려왔다.

"이… 이상해요?"

난데없이 이상하다는 말을 들은 구대기는 무슨 일이냐는 표정을 지었다.

"뭔데 그리 놀란 거요?"

"그… 그게……."

차마 말을 못하겠다는 듯한 목소리에 구대기는 잠시 자리를 비우고 밖으로 나섰다. 그곳에는 당황한 향옥이 보였는데 연신 눈을 소가 있는 곳으로 향하는 것이 아무래도 소에게 무슨 문제가 있는 듯싶었다.

설마 하는 표정으로 향옥을 바라보던 구대기는 재빨리 몸을 움직여 소가 있는 곳을 향해 뛰어갔다.

그곳에 들어선 구대기는 순간 어이없다는 듯 입을 쩍 벌리고 있었다.

그것도 그럴 것이 소가 있어야 할 곳에 소는 없고 웬 구덩이 하나만 널찍하니 뚫려 있기 때문이다. 순간 하늘이 무너지는 듯한 기분이 든 구대기는 자신도 모르게 바닥에 털썩 주저앉고 말았다.

"내… 소가… 내 소가……."

멍하니 앉아 있는 그의 입에선 연신 소를 찾고 있었다.

"이번엔 실수없겠지?"

"이번엔 확실합니다."

전과는 달리 엄청나게 부어 있는 살충제는 고개까지 끄덕이며 맞다고 말을 하였다. 그런 그를 보던 사이다는 이번에는 확실하겠지라는 생각을 하곤 고개를 들어 벌초를 보았다.

"이제 바깥이 어떤지 확인해야겠지?"

바깥을 확인하자는 말에 뒤에서 숨을 헐떡이던 사내 벌초와 노가리는 얼굴에 미소를 그렸다.

그 말인즉, 이제 더 이상 땅을 파지 않아도 된다는 뜻이 되기 때문이다.

벌써 스무 날을 밤낮으로 팠기에 이젠 몸을 일으킬 힘조차 없었다.

그의 말을 들은 살충제는 손에 쥔 삽을 조심스레 움직여 위를 파기 시작했다.

그 순간 한줄기 빛이 그들의 눈에 들어오기 시작했다.

잠시 후 얼굴 하나 들어갈 만한 구멍을 판 살충제는 조심스레 얼굴을 내밀기 시작했다.

동시에 그의 눈에 들어오는 묘한 형태의 물체.

푸욱!

얼굴 전체를 뒤덮는 심한 악취와 끈적거림에 놀란 살충제는 자신도 모르게 팔을 움직여 얼굴을 닦기 시작했다. 흐릿한 시선으로 고개를 돌리던 그의 눈에 커다란 뭔가가 떨어지는 것이 보이기 시작했다.

"어… 어… 어!"

놀란 살충제는 재빨리 고개를 빼서 위로 뚫린 구멍에서 빠져나왔다.

콰르르릉! 쿵!

흙이 무너지는 소리와 육중한 뭔가가 함께 살충제의 앞에 떨어졌다.

걸쭉한 뭔가에 휩쓸린 살충제는 자신과 같은 모습의 세 사람을 바라보았다. 구역질이 나올 정도로 심한 악취에 놀란 그들은 이 냄새가 소가 있는 우리에서나 맡을 수 있는 냄새라는 것을 알게 되었다.

어이없다는 듯이 주위를 살피던 네 사람의 귀에 커다란 소리가 들려왔다.

"움메!"

놀란 듯 계속해서 울부짖는 소를 본 네 사람은 그제야 자신들이 팠던 곳이 소가 있는 우리라는 것을 깨달았다.

황당하다는 표정으로 소를 바라보던 사이다는 버럭 소리를 질렀다.

"다시 파!"

"이번에도 확실하지 않으면 죽을 줄 알아!"

있는 욕 없는 욕을 다 하는 사이다의 말에 살충제는 이번엔 확실하다는 표정을 지었다.

"걱정 마십시오! 이번엔 일말의 어긋남이 없으니 말입니다."

"그래?"

그의 다짐에도 불구하고 왠지 불안한 것은 어쩔 수 없는 일인 듯싶었다.

이유인즉, 두 달이 넘도록 천의문이 아닌 다른 곳을 향해 땅굴을 파고 있으니 이들도 지칠 대로 지쳐 있었기 때문이다.

물론 그사이 무림의 여론이 좋지 않아진 것은 두말할 필요 없었다.

천혈대의 전멸로 인해 오해문파는 사도(邪道)라 불리며 무림의 화근이 되고 있었기 때문이다.

상황이 이런지라 땅굴 파는 것에 더 이상 시간을 허비하기는 힘들었다.

이런 사실을 전해 들은 사이다 일행은 어떻게든 시간 내에 천의문 밑으로 땅굴을 파려고 하였다.

다시는 옥살이를 하고 싶지 않았기 때문이다.

조심스레 삽으로 윗부분을 톡톡 치던 그는 천천히 구멍이 난 부분을 들여다보기 시작했다.

하늘의 별이 보이는 것이 저번처럼 소우리 같은 것은 아닌 듯싶었다.

이젠 얼굴이 들어갈 정도로 구멍을 낸 그는 아까보다 더욱 조심스럽게 고개를 내밀고 주위를 살피기 시작했다.

대낮처럼 밝은 주위에 잠시 놀라던 그는 눈앞에 보이는 현판을 보고는 살며시 고개를 내렸다. 그리고는 밑으로 내려가 자신의 아우들에게 수신호를 하였다.

'천의문이 맞는 듯싶으니 모두 조심하도록 해라!'

'알겠습니다!'

'걸리면 너나 할 것 없이 모두 죽음이니 그리 알고……'

'염려 마십시오!'

걱정이 되는지 재차 다짐을 시키는 그의 행동에 나머지 세 사람은 잘 알겠다는 표정을 지었다.

그들의 모습을 물끄러미 보고 있던 사이다는 위로 가는 구멍을 봉해 버리고는 파던 땅굴을 계속 파나갔다.

따땅!

삽이 돌과 부딪치는 듯한 소리가 들림과 함께 네 사람의 몸이 멈추었다.

서로를 보며 고개를 끄덕이던 네 사람은 돌의 이음새를 유심히 보다 자그마한 틈을 발견하고는 그곳의 돌을 쳐냈다.

턱! 턱! 턱!

혹시라도 소리가 위로 올라갈까 두려워한 네 사람은 자신들의 손으로 돌을 치기 시작했다. 무공으로 쳐낼 수도 있었으나 그렇게 하다간 일순간에 돌벽이 무너져 자신들의 땅굴이 들통날 수도 있었기에 순수하게 근력의 힘으로만 돌을 치고 있었다.

턱! 턱!

십여 번을 치던 그들의 눈에 네모난 돌 하나가 빠져나가는 것이 보였다.

쾌재를 부르던 그들은 조심스레 그 주위의 것도 치기 시작했고 잠시 후 사람 하나 빠져나갈 수 있는 구멍이 생겨났다.

그것을 본 사이다가 살며시 고개를 돌리는 순간 살충제가 어깨를 잡았다.

'우리가 먼저 들어가죠.'

재빨리 수신호로 이렇게 말을 하는 살충제의 모습에 사이다는 고개를 갸웃거렸다.

'하지만 땅굴이 파졌으니 그들에게 먼저 알려야 하는 것이 아닌가?'

'형님! 잊으셨습니까? 저번에 제가 그랬잖습니까? 이 땅굴에 천의문의 자금이나 비급이 숨겨져 있을지도 모른다고 말

입니다. 만약 그게 사실이라면 우리가 먼저 들어가 몇 가지 훔치는 것이 좋을 듯싶습니다.'

훔치자는 그의 수신호에 사이다는 잠시 생각에 잠겼다.

물론 그의 말대로 천의문의 비급이나 돈을 훔친다면 자신들로서는 좋은 일이다. 중요한 것이라면 몰라도 그렇지 않다면 그들 역시 그리 문제 삼지 않을 것도 분명하고 말이다.

고민에 고민을 거듭하던 사이다는 살며시 고개를 들었다.

'살충제! 네 말대로 하는 것이 좋을 듯싶구나!'

살충제의 말에 따르겠다는 사이다의 수신호에 사람들은 알겠다는 듯이 고개를 끄덕였다. 어두컴컴한 구멍 안으로 들어선 사이다, 벌초, 노가리는 뒤에서 건네주는 횃불을 받아들고는 주위를 살피기 시작했다.

그러나 워낙 어두워 도대체 이곳이 뭘 하는 곳인지 잘 알수가 없었다.

그렇게 일 다경쯤 지났을까?

순간 세 사람의 입에서 긴 한숨이 흘러나온다 싶더니 이내 청천벽력과 같은 말이 흘러나왔다.

"텅 비었구나!"

"예에?"

텅 비어 있다는 사이다의 말에 순간 살충제는 어이없다는 표정을 지었다.

설마 이 텅 빈 지하 공간을 찾으려고 지금껏 고생을 했다는 말은 아닐 것이라고 부정을 했지만 여전히 사이다 입에서는 텅 비어 있다는 말뿐이었다.

"텅 비었다는 말이다."

절세 비급 또는 천의문의 수많은 자금을 숨긴 곳으로 생각했던 그들이기에 절망감은 이루 말할 수 없을 정도였다. 한참을 있던 세 사람은 이내 구멍 안에서 나와 살충제 곁으로 갔다.

"아무것도 없으니 그냥 대사를 부르는 것이 좋을 듯싶구나."

"알겠습니다."

원망을 부르라는 사이다의 말에 살충제는 고개를 숙인 채 걸어나갔다.

하지만 이들도 모르고 있었는데 그 텅 빈 공간을 채웠던 벽력탄이 어디론가로 옮겨졌다는 것이다.

누구도 모르는 곳으로 말이다.

제9장

누명 씌우기?!

"**지**하 창고에 어젯밤 누군가 침입을 했다고 하더군."

홍강이 입가에 미소를 그리며 말을 하자 옆에 있던 벽력홍 역시 웃기 시작했다.

"자네 말대로라면 오해문파로서는 매우 당황스럽겠구만!"

"여부가 있겠나? 아마 지금쯤 벽력탄을 찾으려 애를 쓰고 있을 걸세."

재미있다는 듯 웃는 홍강의 모습에 벽력홍은 살며시 입가에 미소를 그렸다.

"자, 그럼 남은 것은 오해문파에 대결장을 보내는 것인가?"

대결장만 보내면 일이 끝난다는 홍강의 말에 벽력홍의 얼굴이 무표정하게 변하기 시작했다.

"그분께서는 지금 이 일에 대해서 좋아하지는 않을 걸세. 그래도 괜찮은가?"

조금은 걱정이 된다는 듯한 벽력홍의 말에 홍강은 아니라는 듯 고개를 내저었다.

"별문제없네. 우리 같은 사람이야 뒤에서 꾸미는 음모 같은 것보다는 정면 대결이 천성이지 않은가? 그리고 진행 방법이 어쨌든 결과만 같으면 되지 않은가? 그러니 너무 신경 쓰지 말게."

어떤 결과를 말하는지는 모르겠지만 너무 신경 쓰지 말라는 그의 말에 벽력홍은 고맙다는 듯 고개를 끄덕였다.

"고맙네."

"됐네! 뭘 이런 것 가지고… 그것보다 서둘러야 하지 않은가? 그분이 뭐라 하기 전에 일을 추진해야 하니 말일세."

"그렇지 않아도……."

말을 하던 벽력홍은 갑자기 열린 방문에 눈살을 찌푸렸다.

"크… 큰일났습니다."

창백하게 변한 얼굴로 들어온 천의문 문도를 보던 벽력홍은 뭘 그리 호들갑이냐는 표정을 지었다.

"무슨 일인데 그리 호들갑인 것이냐?"

"크… 큰일났습니다."

"큰일? 그게 무슨 일이더냐?"

큰일이 일어났다는 말에 벽력홍과 홍강의 얼굴에 설마 하는 표정이 그려지기 시작했다.

"천의문 주위를 황… 황군이 에워싸기 시작했습니다."

"황군?"

난데없이 황군이 나타났다는 말에 벽력홍과 홍강은 서로의 얼굴을 쳐다보았다. 하지만 그것도 잠시, 득의에 찬 표정을 지은 두 사람은 괜찮다는 듯이 입을 열었다.

"별일없을 것이니 너무 걱정하지 말아라."

입가에 미소를 그리는 그들의 모습에도 불구하고 문도는 여전히 불안한 듯 입을 열었다.

"하… 하지만 황군입니다."

"우리가 지은 죄가 없다면 황군이 뭐가 무섭겠느냐? 그것보다 오해문파 사람들도 왔느냐?"

오해문파를 들먹이는 그의 말에 문도는 살며시 고개를 끄덕였다.

"그… 그렇습니다. 황군과 같이 오해문파 사람들이 왔습니다."

황군과 같이 왔다는 말에 홍강은 의아해하면서도 자리에서 일어났다.

"다급해진 모양이군! 어쨌든 손님이 왔으니 대접을 해야 하는 것은 주인으로서 당연한 도리이니 어서 가보세."

가보자는 그의 말에 벽력홍 역시 알겠다는 듯이 자리에서 일어났다.

"아무래도 대결장은 따로 보내지 않아도 될 듯싶군."

문도의 뒤를 따라 밖으로 나간 두 사람의 눈에 갑주를 입고 가운데 노란 황(皇) 자가 쓰인 자가 보였다. 그의 모습으로 보아 주위에 깔린 황군을 이끌고 온 사람인 듯싶었다.

아무리 콧대 높은 두 사람일지라도 황제 앞에서는 한낱 백성에 불과하기에 그들은 고개를 숙여 인사를 올렸다.

"어찌하여 미천한 천의문에 오신 것인가?"

예를 차리며 말을 하는 그의 모습에 갑주를 입은 자가 앞으로 나섰다.

"미안합니다만 소장은 금위군 부장인 장형이란 사람입니다."

아무리 황군이라고 한들 한 문파의 수장을 함부로 할 수는 없는 법이다.

장형 역시 예를 차리며 홍강과 벽력홍에게 자신의 정체를 밝혔고 그런 그를 본 두 사람은 고개를 들어 그들의 옆에 있는 원망을 보며 입가에 미소를 그렸다.

"황실을 수호할 금위군이 이곳에는 어인 일인가?"

무슨 일로 왔냐는 홍강의 말에 장형은 고개를 숙이며 말을 하였다.

"들리는 말에 의하면 이곳에서 역모의 조짐이 있다고 해서

왔습니다."

"본 문이 역모를 한다니? 그런 얼토당토않은 말이 있을 수 있다는 말인가?"

분해하는 홍강의 모습에 장형은 그럴 수도 있지 않느냐는 표정을 지었다.

"문도가 이만을 넘는데다가 정사마 연합체인 현 무림의 제일 세력 천의문이라면 충분히 오해받을 수 있지 않습니까?"

금위군치고는 나긋나긋하게 말을 하는 장형의 모습에 홍강은 이내 입을 다물고 말았다.

사실 홍강이 이렇게까지 화를 냈던 것은 화를 냄으로써 장형에게 억울함을 호소하려고 했던 것이다. 그러나 손바닥도 마주쳐야 소리가 나는 법. 저렇게 나긋나긋한 장형을 보니 화를 낼 기분이 싹 사라지고 말았던 것이다.

"아무래도 그렇겠구만……."

뒷말을 흐리는 홍강을 본 장형은 살며시 입가에 미소를 지으며 말을 하였다.

"그래서 이번에 소장이 황군을 데리고 천의문을 조사하도록 하여 백성들의 걱정거리를 풀어주는 것이 어떻습니까?"

천의문을 조사하겠다는 그의 말에 순간 홍강과 벽력홍의 입가에서 미소가 사라지고 말았다. 아무래도 장형이 저렇게 나오는 데에는 뭔가 이유가 있을 듯싶기 때문이다.

물끄러미 장형을 바라보던 벽력홍은 살며시 입을 열었다.

"조사를 막을 순 없겠지?"

"아무래도 그렇지 않겠습니까?"

슬그머니 품 안에서 노란 천을 보이는 것이 아무래도 황제의 성지(聖旨)인 듯싶었다. 즉, 홍강과 벽력홍이 제지할 경우 품 안에 있는 성지를 이용해 어떻게든 천의문 안으로 들어가겠다는 것이었다.

무슨 의도에서인지 상하게 나오는 장형의 모습에 벽력홍은 이를 바드득 갈았다. 죽일 듯이 쳐다보는 벽력홍을 보던 장형은 살며시 입가에 미소를 그려 나갔다.

"어떻게 하실 생각이십니까?"

어떻게 할 것이냐는 그의 말에 벽력홍은 노려보다 이내 몸을 틀었다.

"황군의 도움으로 오해만 벗을 수 있다면 그보다 좋을 것이 어디 있나?"

"그렇게 해드리도록 하겠습니다."

살기 어린 자신의 시선에도 그저 웃음으로 넘기는 장형의 모습에 벽력홍은 왠지 불안해지기 시작했다. 그런 그의 모습에도 불구하고 장형은 주위에 있는 병사들을 향해 이것저것 지시를 내렸다.

"자네는 동쪽을, 옆은 서쪽을, 나머지 사람은 북쪽을 맡게! 난 남쪽을 맡겠네. 그리고 나를 따라온 관인은 천의문의 장부를 건네받아 감사토록 하게."

천의문을 해부하겠다는 듯한 그의 말이 끝나기가 무섭게 병사들이 빠르게 맡은 곳을 향해 뛰어갔다. 그런 그들을 묵묵히 바라보고 있는 벽력홍의 귀에 들려오는 나지막한 목소리가 있었다.

"그분의 명을 거스르면 아니 되는 것을 알면서 어찌 그러셨습니까?"

안타깝다는 듯이 말을 하며 걸어가는 장형의 모습에 그제야 벽력홍은 어떻게 된 일인지 알 수 있었다. 멍하니 장형을 바라보는 벽력홍을 본 홍강은 무슨 일이냐는 표정을 지었다.

"벽력홍!"

"그만 하고 지금 즉시 나머지 육혈신을 데리고 도망치게!"

도망치라는 그의 말에 홍강은 무슨 말을 하느냐는 표정을 지었다.

그런 그의 표정에도 불구하고 벽력홍은 그저 묵묵히 장형의 뒤를 쫓기 시작했다.

"그분이 직접 나선 모양일세."

그분이 나섰다는 말에 홍강은 어찌 된 일인지 알 것 같았다.

만약 벽력홍의 말대로 그분이 나섰다면 자신이 할 일은 천의문에서 도망치는 것뿐이었다. 입술 사이로 붉은 빛이 감돌 정도로 어금니를 깨물던 홍강은 이내 고개를 끄덕였다.

"알… 겠네!"

알겠다는 그의 말을 들은 벽력홍은 아무런 대답도 하지 않은 채 그저 장형의 뒤를 쫓을 뿐이었다.

육혈신과 홍강이 빠져나간 줄도 모른 채 천의문을 수색하던 장형은 이내 긴 한숨을 내쉬었다.

"이상한 점은 없습니다만 계속해서 수색합니까?"

수색을 계속해야 하냐는 그의 말에 곁에 있던 우문열이 살며시 앞으로 나왔다.

"아직 수색하지 않은 곳이 있습니다."

수색하지 않은 곳이 있다는 말에 장형은 설마 하는 표정을 지었다.

"그곳이 어디입니까?"

어디냐고 물어보는 장형을 보던 우문열은 살며시 손을 들어 땅을 가리켰다. 그런 그의 행동을 보며 잠시 멈칫하던 장형은 진짜냐는 표정을 지으며 입을 열었다.

"진심이십니까?"

"확인했습니다. 천의문 밑에는 커다란 지하 창고가 있습니다."

지하 창고가 있다는 우문열의 말에 장형은 그러냐는 표정을 짓더니 고개를 돌려 뒤에 시립해 있는 병사를 보았다.

"주위를 샅샅이 뒤져 지하로 통하는 문이나 기관이 있는지 확인하거라!"

"충!"

그의 명을 받은 병사들은 돌 하나, 풀 하나 그냥 내버려 두지 않고 샅샅이 뒤지기 시작했다. 지하 창고를 찾고 있다는 것을 알고 있으면서도 벽력홍의 얼굴은 전혀 변하지 않고 있었다.

어차피 지하 창고에 있던 벽력탄은 이미 다른 곳으로 옮긴 지 오래였다.

그렇기에 지하 창고를 찾아낸다 하더라도 천의문으로서는 그다지 문제 될 일은 없었다.

그 순간 갑자기 그의 머리를 스치고 지나가는 것이 있었다.

'어젯밤 지하 창고에 숨어들었다면 벽력탄이 없는 것을 알 텐데… 설마?'

설마 하던 벽력홍의 눈에 살며시 입가에 미소를 그리고 있는 우문열의 모습이 보였다.

불안감이 엄습하는 가운데 한 병사가 옆으로 다가왔다.

"지하로 통하는 문을 발견했습니다."

"그런가? 그곳으로 안내하도록 하거라!"

"충!"

지하 창고로 가는 기관을 발견했다는 말에 벽력홍은 고개를 돌려 장형을 보았다. 그 기관은 육안으로는 도저히 구분하지 못하기 때문에 정확한 위치를 알고 있지 않으면 찾기 힘든 것이었다.

그런데도 찾았다는 것은 분명 장형이 알려줬다는 말뿐이 되지 않았다.

이 모든 것이 다 그분의 뜻이라고 생각하자 벽력홍의 얼굴이 있는 대로 구겨지기 시작했다.

'허무하게 천의문을 내주어야 한단 말인가?'

이렇게 속엣말을 하던 벽력홍은 순간 그토록 믿었던 그분이 미워지기 시작했다. 어차피 그분에 의해 되살아난 그들이지만 이토록 쉽게 무너지기에는 자신의 자존심이 허락하지 않고 있었기 때문이다.

장형을 따라가던 벽력홍의 눈에 지하 창고로 가는 기관이 들어왔다.

천의문의 중앙에 있는 자그마한 수로의 물이 둘로 나뉜 채 드러난 계단을 보며 다시 한 번 얼굴을 구기던 벽력홍의 귀에 장형의 목소리가 들려왔다.

"우문 가주님의 말대로 지하로 통하는 길이 있군요. 그렇다면 아까 저에게 했던 말처럼 벽력탄이 있는지 확인을 해야겠습니다."

벽력탄이 있는지 확인을 하겠다는 그의 말에 순간 벽력홍의 고개가 들렸다.

'벽력탄은 이미 사라진 지 오래이거늘 어찌하여… 설마 밤새 벽력탄을 이곳에 옮겼다는 말인가?'

어이없다는 벽력홍의 표정에 우문열은 입가에 미소를 그

렸다.

'벽력홍! 네놈들이 아무리 벽력탄을 숨겼다고 한들 우리가 이 좋은 것을 포기할 줄 아느냐?'

이렇게 속엣말을 하던 우문열은 며칠 전의 상황을 떠올렸다.

"뭐라 하셨습니까? 벽력탄을 만든다고 하셨습니까?"

황당하다는 우문열의 말에 원망은 당연하다는 듯이 말을 하였다.

"그것이 우리가 살길이라네."

"우리가 살길이라니… 고작 벽력탄을 만드는 것이 어찌 살길이라는 말씀이십니까?"

우문열은 자신들의 살길이 벽력탄을 만드는 것이라는 그의 말이 전혀 이해가 되지 않는 듯 말을 하였다. 그런 그를 보며 한심하다는 듯이 고개를 내젓던 원망은 살며시 한숨을 내쉬었다.

"우문 가주! 지하에 벽력탄이 없다면 어떻게 하겠는가?"

벽력탄이 없다면 어떻게 할 것이라는 말에 순간 우문열은 멍한 표정을 지었다. 그도 그럴 것이 벽력탄 백 관이라는 것을 무턱대고 지하에 놔두지는 않을 것이 분명하였기 때문이다.

벽력탄이라는 것은 단순히 가지고 있다고 해서 쓸 수 있는 것이 아니다.

이유인즉, 벽력탄이라고 하는 것이 보관 도중 문제가 많이 일어나는 무기 중에 하나이기 때문이다.

화약이 습도로 인해 축축하게 젖기라도 하면 심지에 불이 붙지 않는 것은 예사이고 불이 붙는다 하더라도 터지지 않는 것이 수두룩하기 때문이다.

그런 이유로 군부라 하더라도 많은 양을 보관하지는 않는다.

소량만 가지고 있고 나머지는 전쟁 중에 공급하는 것을 원칙으로 하고 있었다. 이런 사실을 염두에 둘 때 천의문의 지하에 있는 벽력탄은 오래 두지 않을 것이 분명하였다.

그 말은 조만간 다른 곳으로 운송한다는 것인데 며칠 전 들어온 소식에 의하면 요즘 들어 천의문에서 나가는 표물들이 많았다는 것이다.

이 모든 것을 정리하자면 어쩌면 벽력탄은 이미 천의문 수중에는 없을 수도 있다는 말이 되었다.

여기까지 생각한 우문열은 멍한 표정으로 원망을 보았다.

"그… 그렇다면 벽력탄을 만드는 것은 없을 때를 대비한 것이라는 말씀이십니까?"

"그렇다네. 물론 천의문 지하에 벽력탄이 있다면 별문제가 없지만 최근 들어 천의문에서 나온 표물이 이곳으로 모여드는 것으로 봐서는 없을 때도 생각해 둬야 하네. 그렇지 않다면 천의문에 반기를 들 시간도 없이 벽력탄으로 인해 멸망할지도 모르니 말일세."

조심에 또 조심을 해야 한다는 그의 말에 우문열은 알겠다는 듯이 고개를 끄덕였다.

"알겠습니다. 하지만 벽력탄을 만들기란 너무나도 어려운 일이 아닙니까? 제가 알기로는 흑상이라고 한들 단 며칠 사이에 벽력탄 백 관을 만들어낼 수 없다고 들었습니다."

짧은 시간에 벽력탄 백 관을 만들어낼 수 있겠냐는 그의 말에 원망은 살며시 미소를 지었다.

"벽력탄을 만들자는 것은 아니네. 그러기에는 벽력탄의 제조법이 너무 어렵다네. 그래서 군부의 도움을 받기로 했네. 군부의 벽력탄 십여 개를 빌리고 나머지는 비슷하게 만들기로 했네."

"비슷하게 만들다니… 그렇게 할 수 있다는 말입니까?"

만들 수 있겠냐는 말에 설부용이 앞으로 나섰다.

"비슷하게 만들 수는 있어요. 벽력탄의 재료인 초석(硝石)은 잘못 다루었다가는 큰일이 나니 그것 대신 목탄을 가지고 만들 거예요. 당연 유황 냄새가 나는 다른 것을 넣어야 하고요. 즉, 겉모습만 같게 만든다는 것이죠."

목탄으로 벽력탄을 만들겠다는 그녀의 말에 우문열은 알겠다는 듯이 고개를 끄덕였다. 목탄이야 얼마든지 만들 수 있으니 그다지 시일이 걸릴 것 같지는 않았다.

"거기다 눈앞에 보이는 십여 개만 가짜 벽력탄으로 채우고 나머지는 돌로 채워 넣을 거예요. 아무리 만들기 쉽다고는 하나 백 관을 채울 정도까지는 힘들거든요."

"그렇다면 가짜 벽력탄 중에 한 관만 진짜 벽력탄을 넣는단 말이더냐?"

"그렇게 해야겠지요."

그렇게 하자는 그녀의 말에 우문열은 알겠다는 듯이 고개를 끄덕였다.

그런 우문열을 본 원망은 됐다는 듯 고개를 끄덕이더니 이내 입을 열었다.

"이렇게 준비해 둔다면 아무리 벽력탄이 없어도 천의문을 붕괴시킬 수 있다네. 물론 천의문이 없어진다면 황궁에서도 매우 좋아할 테고 말이야."

살며시 입가에 미소를 그리는 원망의 모습을 떠올리던 우문열은 고개를 돌려 자신을 죽일 듯이 노려보는 벽력홍을 보았다.

'어차피 모든 것은 너희에게 불리하게 되어 있으니 그만 항복하거라!'

이제 남은 것은 벽력홍과 홍강을 잡아 죽이는 일뿐이라고 생각하자 우문열의 마음이 조금씩 편해졌다.

그 순간 안으로 들어갔던 병사 하나가 밖으로 나왔다.

"부장님! 안에 벽력탄이 있습니다."

역시나라는 표정을 짓던 벽력홍은 살며시 고개를 들어 장형과 우문열, 원망을 번갈아 보기 시작했다.

"이것으로 끝났다고 생각하지 마라!"

아직 끝나지 않았다는 그의 말에 우문열은 콧방귀를 뀌었다.

"역적으로 낙인찍힌 너에게 남은 건 죽음밖에 없다!"

벽력홍이 역적으로 낙인찍혔다는 우문열의 말이 끝나기가 무섭게 황군이 둘러싸기 시작했다. 물론 밖에 대기하고 있던 황군들이 천의문 문도가 빠져나가지 못하도록 막는 것은 당연한 수순이고 말이다.

어느새 자신을 향해 창을 겨누는 황군을 둘러보는 벽력홍의 눈에 우문열이 검을 뽑아 들고 다가서는 것이 보였다.

"이젠 네 목숨을 내놓을 차례다!"

살기 가득한 우문열을 보며 이를 부드득 갈던 벽력홍의 귀에 장형의 목소리가 들려왔다.

"잠깐만! 검을 멈추시기 바랍니다."

검을 멈추라는 장형의 말에 순간 우문열의 얼굴에 의아함이 떠올랐다.

"왜 내 검을 막는 것인가?"

"아무리 역적이기는 하나 그 역시 황제 폐하의 백성입니다. 그러니 그를 붙잡아 형부로 압송해야 하는 것도 당연한 일입니다."

벽력홍을 붙잡아 형부로 압송하겠다는 그의 말에 우문열과 원망이 당황하였다.

"그게 무슨 말인가? 역적을 이대로 참하지 않고 형부로 압송을 하겠다니……."

"모두 황제 폐하의 명입니다."

황명을 들먹이는 장형의 말에 두 사람은 어이없다는 표정을 지었다.

다 잡은 물고기를 손에 넣지도 못하고 고스란히 넘기게 생겼으니 그들로서도 그리 좋은 일이 아니기 때문이다.

그렇다고 지엄한 황제의 명을 거스를 수는 없는 법이었다.

입술을 깨물던 두 사람은 이내 벽력홍의 주위에서 벗어났고 그 순간 병사들이 들어와 벽력홍을 결박하기 시작했다.

"듣거라! 죄인 벽력홍은 황제 폐하에 대한 역모를 꾸민 것이 인정되는 바 이에 형부로 압송할 것이다. 또한 지금 이 시간부로 벽력홍이 이끌던 천의문은 멸하니 문도들은 그리 알도록 하거라!"

천의문의 멸문을 뜻하는 장형의 말에 순간 문도들의 고개가 숙여졌다.

침묵으로 가득 찬 주위를 바라보던 장형은 벽력홍을 앞세우고 가기 시작했다.

이렇게 오해문파는 무림의 제일 문파로 떠오르기 시작했다.

제10장

음모의 밤!

 그동안 무림을 좌지우지하던 거대 문파인 천의문이 붕괴하자 무림은 무슨 일이 있었냐는 듯 빠르게 예전의 무림맹과 사도련, 마교로 돌아갔다.

 물론 그 가운데에는 이 모든 것을 종식시킨 오해문파가 있음을 묵과할 수는 없었다. 이에 무림의 각 세력들은 앞 다투어 오해문파와 손을 잡았고 이것으로 결국 정사마를 초월한 무림맹주가 탄생하게 되었다.

 문파와 세력을 초월한 무림맹주의 탄생으로 온 백성들은 며칠 전 역적으로 잡힌 벽력홍의 존재를 까마득하게 잊어버리고 말았다.

아니, 그 일이 언제 벌어졌는지도 모르고 있었다.

"그분이 찾으시네."

한기마저 느껴지는 옥을 바라보던 장형이 이렇게 말을 하였다.

그 순간 죽은 듯이 가만히 있던 한 사내의 눈이 뜨여지며 실기가 뻗어 나오기 시작했다.

"그분이 말인가?"

"그렇다네!"

옥 안에 있던 사내는 알겠다는 듯이 몸을 일으켰다.

그가 몸을 일으킨 것을 본 장형은 옥문을 열었고 희미한 불빛 사이로 도사 차림의 한 사내가 모습을 드러냈다.

돌부처마냥 서 있는 그를 본 장형은 살며시 입 꼬리를 말아 올렸다.

"그분이 기다리시니 어서 가세나! 벽력홍!"

자신의 이름을 부르는 장형의 모습에 순간 도사 차림의 사내는 고개를 돌렸다. 희미한 불빛 아래 보이는 그 사내의 모습은 장형의 말대로 삼도천의 수장인 벽력홍이었다.

재촉하는 듯한 장형의 말을 들은 벽력홍은 발걸음을 옮겼다.

잠시 후 어느 방에 들어간 벽력홍은 눈앞에 보이는 한 사내를 보고는 그대로 무릎을 꿇었다.

오체투지를 하고 있는 그를 보지 못한 듯 여전히 서책을 보고 있던 사내는 살며시 책을 내려놓고는 몸을 돌렸다.

"왔는가? 벽력홍!"

오랜 지기를 보는 듯한 모습의 그 사내를 본 벽력홍은 바닥에 고개를 처박은 채 큰 목소리로 말을 하였다.

"만세 만세 만만세! 신 벽력홍! 황제 폐하를 뵈옵니다."

방 안이 울릴 정도로 큰 목소리로 말을 하는 그의 모습에 황제 주무안은 살며시 입가에 미소를 그렸다.

"됐으니 그만 하도록 하게!"

그만 하라는 그의 말이 끝나기가 무섭게 벽력홍은 입을 다물었다.

그런 벽력홍을 물끄러미 바라보고 있던 주무안은 살며시 입을 열었다.

"자네로서는 이번 일에 대해 불만을 가지고 있다는 것을 잘 아네. 하지만 모든 일에는 순서가 있는 법. 함부로 바꾸어서는 안 되는 일이야."

질책하는 듯이 말을 하는 그의 모습에 벽력홍은 바닥에 이마를 박으며 사죄를 청하였다.

"신 불경스럽게도 황제 폐하의 명을 저버렸으니 죽어 마땅하옵니다."

죽여달라는 듯한 벽력홍의 모습에도 불구하고 주무안은 됐다는 듯이 입을 열었다.

"그만 하게! 그것보다 마지막 계획을 실행했으면 하는데 어떤가?"

"황제 폐하의 명이라면 그 어떤 것이라도 따르겠나이다."

무슨 명이든 다 받겠다는 그의 모습에 주무안은 살며시 입가에 미소를 그렸다.

"그렇다면 한 가지 명을 내리겠네!"

"말씀하십시오!"

"운소와 싸우다 죽게!"

난데없이 운소와 싸우다 죽으라는 그의 말에도 불구하고 벽력홍은 잘 알겠다는 듯이 고개를 바닥에 처박았다.

쿵!

"신 벽력홍! 황제 폐하의 명을 받드옵니다!"

명에 따르겠다는 벽력홍의 말에 순간 주무안의 두 눈에선 빛이 나기 시작했다. 모든 사람들에게 잊혀졌던 벽력홍은 이렇게 또 한 번 무림으로 나서고 있었다.

황제 주무안이 의미 모를 명을 벽력홍에게 내리는 그 순간 얼굴을 있는 대로 구긴 채 육두문자를 날리는 사내가 있었다.

"니기미! 염병할! 개뿔이! 잘생긴 내 얼굴에 문신을 새겨! 이 빌어먹을 혈의 주술 놈아!"

혈의 주술을 들먹이며 씩씩거리는 이 사내가 바로 운소로 그간 정신을 차리지 못하다가 며칠 전 겨우 차린 그는 자신의 몸의 반이 문신으로 뒤덮여 있다는 것에 기겁을 하였다.

법망 도사가 단소소에게 했던 말에 따르면 천운성과의 싸움 때 광마사로 변했으면서도 죽지 않은 것도 신기하지만 문신이 변한다는 것은 듣도 보도 못한 일이라고 하였다. 평생을 문신과 함께 살아야 한다는 법망 도사의 말을 전해 들은 운소는 그 자리에서 대성통곡을 하고 말았다.

물론 이유는 미남 얼굴에 흠집이 생겼다는 말도 안 되는 것이지만 말이다.

어쨌든 정신을 차린 이후로 계속해서 욕만 하고 있던 운소의 귀에 문이 열리는 소리가 들렸다.

"가가! 일어나셨어요?"

"소소야?"

여전히 씩씩거리는 운소를 본 단소소는 한숨을 내쉬었다.

"아직도 그러는 거예요?"

아직도 그러냐는 그녀의 말에 운소의 눈살이 찌푸려졌다.

"아직도라니? 이 잘생긴 얼굴에 흠집이 생겼는데 아직도라니? 평생을 해도 분이 안 풀려!"

"아이고! 어련하시겠어요."

긴 한숨을 내쉬며 이렇게 말을 하는 단소소를 본 운소의 고개가 획 돌아갔다.

"뭐라고 그랬어?"

살기까지 내뿜으며 쳐다보는 운소의 모습에 놀란 단소소

는 아니라는 듯 고개를 내젓기 시작했다.

"아니에요!"

"뭐라고 그랬어?"

"잘생긴 얼굴 홈집나서 큰일이라고 했어요."

잘생긴 얼굴이라는 말에 순간 운소의 화가 누그러졌는지 고개를 돌렸다.

"알면 됐어!"

퉁명스럽게 내뱉는 그의 말에도 불구하고 단소소는 이 정도에서 끝나서 다행이라는 표정을 지었다. 그도 그럴 것이 운소가 한 번 성을 내면 두 시진은 너끈히 하기 때문이다.

그런 그였기에 이렇게 끝내는 것이 더 이상하게 보일 정도였다.

살얼음판 같은 운소의 방에 원망이 조심스레 문을 열고 안으로 들어섰다.

"대인, 일어나셨습니까?"

오늘도 들른 그를 본 운소는 살며시 한숨을 내쉬었다.

"무림맹주인가 하는 것에 관심없다니깐……."

"대인! 한 번만 다시 생각해 보실 수 없습니까?"

"도대체 몇 번이나 대답을 해줘야 그만둘 거야?"

지겹다는 듯이 말을 하는 그의 모습에 원망은 살며시 입가에 미소를 그렸다.

"허락하실 때까지는 할 생각입니다."

절대 포기 못한다는 그의 말에 운소는 귀찮다는 듯이 손을 내저었다.

"난 절대로 무림맹주인가 하는 것에 관심없으니깐 다른 사람을 시켜!"

"대인! 돈 버는 것에는 관심이 있으면서 왜 무림맹주 자리에는 관심이 없으신 겁니까?"

무림맹주를 거부하는 이유가 뭐냐는 그의 말에 운소는 잠시 멈칫거린다 싶더니 고개를 들었다.

"그거야! 돈이 있으면 가족을 잃지 않으니깐……."

"예에?"

돈이 있으면 가족을 잃지 않는다는 그의 말에 순간 곁에 있던 원망과 단소소의 눈이 크게 뜨였다.

그런 그들의 반응에도 불구하고 운소는 여전히 같은 말을 하였다.

"돈이 있으면… 가족을 잃지 않아!"

"그게 도대체 무슨 말씀이십니까?"

이해가 안 된다는 원망의 말에 운소는 한숨을 내쉬며 입을 열었다.

"어렸을 때 들었어. 내가 버려진 이유는 가족이 돈이 없어서라고… 돈이 없어서 입히고 먹일 수가 없어서 버려졌다고 말이야. 그러니까… 그러니까… 돈만 있으면 가족에게 버려지지도 않을 것 아니야! 그까짓 돈만 있으면 말이야."

돈이 없어서, 가난해서 버려졌다고 하는 운소의 말에 순간 두 사람의 얼굴이 굳어지고 말았다. 그의 말대로 지금도 대륙 어딘가에서는 가난하다는 이유만으로 아이들을 버리는 경우가 많았다.

그 아이들의 대부분은 먹지 못해 죽거나 거리를 방황하다 삼류 건달로 창기로 죽는 경우가 허다하였다. 물론 운소처럼 운 좋게 객잔의 점소이라도 된다면 굶어 죽을 일은 없지만 그건 극소수에 불과했다.

그의 말을 되새기던 두 사람은 그제야 운소가 말을 거칠게 하는 이유를 알 듯싶었다. 운소는 과거 자신이 버려진 것처럼 또다시 버려질까 봐 두려워 가까워지는 것을 기피했던 것이다.

정이 들면 든 만큼 힘들어질 것이니 아예 처음부터 정을 붙이지 않으려 했던 것이다.

왠지 그의 어두운 면을 본 것 같은 기분에 두 사람의 입이 다물어졌다.

침묵으로 대신하던 원망은 살며시 입가에 미소를 그리며 아니라는 듯이 고개를 내저었다.

"대인!"

차분하게 말을 하는 그의 모습에 운소는 왠지 이상한지 입을 삐죽거렸다.

"왜 또?"

"대인! 이젠 그 누구도 대인을 버릴 사람은 없습니다."

자신을 버릴 사람은 더 이상은 없을 것이라는 그의 말에 순간 운소의 몸이 멈칫거렸다.

여전히 입을 다물고 있는 운소의 모습에 원망은 살며시 입을 열었다.

"앞으로 대인을 버리려 할 사람은 아무도 없을 것이니 그만 돈을 벌어도 됩니다."

그만 돈을 벌어도 된다는 말에 운소는 살며시 고개를 들었다.

"돈은 그만 벌어도 되니 이젠 무림맹주 하라고?"

"예에?"

"그런 거라면 그만 이야기해!"

"그… 그게 아니지 않습니까?"

어째 잘나간다 싶던 원망은 이내 울상을 지으며 운소를 보았지만 단호한 표정의 고갯짓만이 그를 맞이할 뿐이었다.

"안 돼!"

두 눈을 부릅뜬 채 바라보는 운소의 모습에 원망은 그저 한숨을 내쉴 뿐이었다.

순간 방문이 열리며 우문열이 급히 안으로 들어왔다.

"대사님! 큰일이 났습니다."

허겁지겁 달려온 그의 모습에도 원망은 그저 한숨만 내쉴 뿐이었다.

"무슨 일인데 그런가?"

"벼… 벽력홍이 형부에서 도망을 쳤다고 합니다."

형부에서 벽력홍이 도망쳤다는 말에 순간 원망의 고개가 들려졌다.

"무슨 말을 하는 것인가? 납득이 가도록 쉽게 설명을 하게!"

자세히 설명을 하라는 그의 말에 우문열은 잠시 숨을 가다듬는다 싶더니 차근차근 설명하기 시작했다.

"형부에서는 벽력홍의 죄를 인정하고 오늘 오후에 참하려고 했으나 이틀 전 정체 모를 복면인들에 의해 형부의 옥에서 도망쳤다고 합니다."

"정체 모를 복면인이라면 혹시 삼도천의 홍강을 말하는 것이 아닌가?"

홍강을 들먹이는 그의 말에 우문열은 맞다는 듯 고개를 끄덕였다.

"아무래도 전후 사정으로 보아 그런 듯싶습니다."

그런 것 같다는 그의 말에 원망은 난감하다는 표정을 지었다.

"그가 형부의 옥에서 도망쳤다면 필시 그대로 가만히 있지 않을 걸세."

"맞습니다. 그간의 일도 있고 하니 아마도 대인을 죽이려 들 것이 분명합니다."

순간 시선들이 자신에게 몰리자 운소는 황급히 품 안에 있던 은자를 꺼내 들었다.

"이야! 은자 몇 개 좀 품속에 집어넣었다고 그러는 거 아니야!"

너무도 엉뚱한 그의 대답에 주위 사람들은 고개를 내젓고 말았다.

"일단은 대인의 신변 보호에 더욱 신경 쓰기로 하세! 아직 결정된 것은 아무것도 없으니 말일세."

"알겠습니다."

말을 하고 있는 동안에도 여전히 궁시렁거리는 운소를 본 원망은 한심스럽다는 표정을 지었다.

"어쨌든 무사히 지났으면 하건만……."

"저도 그렇습니다."

걱정된다는 듯 고개를 끄덕이는 우문열을 본 원망은 자신도 모르게 한숨을 내쉬고 있었다. 하지만 이들도 모르는 것이 있었는데 지금 그들을 향해 벽력홍이 보낸 도전장이 오고 있다는 것이었다.

최후의 결전이 담긴 도전장이 말이다.

"그래, 상황은 어떻게 돌아가고 있는가?"

"운소 앞으로 도전장이 도착하였다고 하옵니다. 모든 것이 우리의 생각대로이옵니다."

생각대로 돌아간다는 말에 책장을 넘기던 주무안은 살며시 입가에 미소를 그려 나갔다.

"그런가? 운소란 사내, 괜찮은 사내였는데 이거 안타까워!"

"지금이라도 계획을 바꾸실 생각이옵니까?"

긴 한숨을 내쉬며 고개를 내젓는 주무안을 보던 법망 도사는 살며시 고개를 들어 바라보았다. 자신을 바라보는 법망 도사를 본 주무안은 아니라는 듯 고개를 내저었다.

"아니야! 계획이란 순서대로 흘러가는 것이 좋은 법. 그대로 두게!"

"그리하도록 하겠사옵니다."

살며시 고개를 숙이는 법망 도사를 보던 주무안은 책장을 덮고는 살며시 자리에서 일어났다.

"자네가 내 곁에 있은 지 벌써 몇 해인가?"

"올해로 다섯 해가 더 되었사옵니다."

오 년이나 되었다는 그의 말에 주무안은 놀랍다는 표정을 지었다.

"벌써 시간이 그리되었는가? 세월 참 빨리도 지나는군! 하나의 계획을 들고 날 찾아온 것이 어제 같은데 말이야."

지난날을 추억하는 듯한 그의 모습에 법망 도사는 그저 고개를 숙일 뿐이었다.

"그때 난 자네의 말을 듣고 놀라지 않을 수 없었네. 황실과 무림은 절대 하나가 될 수 없음을 그 긴 역사를 통해 알고 있었건만 자네의 그 계획은 놀랍기 그지없었네."

마치 지금까지 무림에서 벌어졌던 일에 대한 설명을 하는 듯한 그의 모습에 법망 도사는 묵묵히 듣고만 있었다.

"자네가 말했던 오해서점 계획 말일세!"

난데없이 오해서점 계획을 들먹이는 그의 모습에 법망 도사의 고개가 숙여졌다.

"황송하옵니다."

"아닐세! 자네의 계획은 진심으로 놀라웠네. 먼저 황실과는 관계가 없는 운소를 죽어버린 형님인 충황으로 둔갑시켜 오해서점을 무림의 세력 안에 두었네. 그 뒤 삼도천을 이용해 무림에 혈겁을 일으키도록 획책함과 동시에 무림 제일 세력으로 발돋움시켰네. 하지만 그것도 잠시 역모를 꾸몄다는 미명 아래 삼도천을 잡아들여 그들이 만들었던 세력을 모래성마냥 허물었네. 그렇게 함으로써 우리 황실은 그 어떤 손해도 보지 않고 무림의 삼대 세력인 무림맹과 사도련, 마교를 약화시킬 수 있었네. 그와 동시에 오해서점이 무림의 핵으로 떠올랐고 말이야."

마음에 든다는 듯 입가에 미소를 그리던 주무안은 살며시 고개를 돌려 법망 도사를 보았다.

"이때 우리는 다시 한 번 삼도천과 오해서점 간에 싸움을 획책하는 것이지. 삼도천이 멸하게 되면 황제는 운소로 변장해 그가 가진 모든 것을 물려받으면 되는 것이지. 그렇게 된다면 무림은 아무도 모르는 사이에 본 황제의 손아귀에 넘어오게 되는 것이야. 그 어떤 황제도 가져 보지 못한 무림을 말이야."

무림을 자신의 발아래 두겠다는 주무안의 말에 순간 법망 도사의 고개가 바닥에 처박혔다.

"만세 만세 만만세! 천자불외천(天子不外天)!"

천자불외천이란 말을 들은 주무안은 맘에 든다는 듯 입가에 미소를 그렸다.

"황제 이외에 또 다른 주인은 없다는 말인가? 마음에 드는군! 마음에 들어! 이 세상의 주인은 나 하나뿐이라… 으하하하하!"

큰 소리로 웃기 시작하는 주무안의 눈 속에 순간 탐욕의 빛이 일렁이기 시작했다. 그런 그의 모습에도 불구하고 법망 도사는 그저 고개만 바닥에 처박고 있을 뿐이었다.

한참을 웃던 주무안은 이내 웃음을 멈추고 법망 도사를 보았다.

"삼도천에게 일러라! 본 황제를 위해 목숨을 바치라고 말이다! 알았느냐? 으하하하하!"

"만세 만세 만만세! 황제 폐하의 명을 받드옵니다."

고개를 조아리는 법망 도사의 모습에 주무안은 더욱더 큰 소리로 웃기 시작했다.

그 웃음이 하늘에 울려 퍼지기를 바라는 듯이 말이다.

"이 일을 어떻게 할 셈인가?"

난감하다는 듯이 말을 하는 원망의 모습에 옆에 있던 우문 열은 비롯한 오해문파 여섯 장로는 그저 한숨만 내쉴 뿐이었다. 이들을 이렇듯 난처하게 만든 것은 다름 아닌 벽력홍이 보낸 도전장 때문인데 그곳에 쓰여 있기를 오해문파가 아닌 오해서점과 대결을 하고 싶다는 것이다.

물론 황군에 쫓기고 있는 삼도천을 생각해 볼 때 군이 받아 들이지 않아도 되지만 그렇다고 가만히 있기에는 그들의 존재가 너무 컸다. 천의문 사건도 그렇지만 그들을 그대로 뒀다가는 무슨 일을 저지를지 몰랐기 때문이다.

난처하다는 표정을 짓던 우문열은 살며시 입을 열었다.

"대사께서는 어떻게 하실 생각입니까?"

어떻게 할 생각이냐는 그의 말에 원망은 눈살을 찌푸렸다.

그로서도 특별히 할 수 있는 것이 아무것도 없기 때문이다.

"나로서도 어찌할 방도가 없는 듯하네."

어찌할 방도가 없다는 그의 말에 우문열은 이마를 좁히기 시작했다.

"물론 이 도전장을 받아들이지 않아도 되겠지만 지금껏 삼 도천이 보여준 것을 생각해 볼 때 가만히 있을 리 없습니다."

"그건 나도 아네! 그렇다고 삼도천을 상대로 오해서점 직원만 보낼 수도 없지 않은가? 대인이 갈 리 없고 말일세."

운소의 성격상 갈 리 없다는 그의 말에 방 안에 있던 사람들 모두 고개를 끄덕였다. 그들이 아는 운소라면 이 같은 일에 참여할 사람은 전혀 아니기 때문이다.

이때까지 침묵을 하고 있던 당약약이 입을 열었다.

"제 생각에는 이번 대결은 필히 이루어져야 한다고 생각해요."

꼭 싸워야 한다는 그녀의 말에 순간 모든 사람들의 시선이 그녀에게로 몰렸다. 원망 역시 그녀의 말이 이해가 되지 않는 듯 고개를 갸웃거리며 입을 열었다.

"왜 그렇게 생각하나?"

"잊으셨나요? 벽력탄 백 관을……."

벽력탄 백 관을 들먹이는 그녀의 말에 순간 방 안의 공기가 차갑게 얼어붙고 말았다. 그도 그럴 것이 천의문 사태 이후 그들이 백방으로 벽력탄의 소재를 알아보고 있었지만 그 누구도 알 수 없기 때문이다.

그런 벽력탄 백 관을 삼도천이 손아귀에 넣고 무림과 싸움을 벌인다면 이건 그야말로 사해가 피로 물들 것이 분명하였다.

벽력탄 백 관에 맞설 문파는 그 어디도 없기 때문이다.

그녀의 말을 듣고 한숨을 내쉬던 원망의 시선에 방문을 열고 들어오는 한 사내가 보였다.

"보결! 이곳에는 무슨 일인가?"

갑자기 들어온 그를 보고 당황해하던 원망은 급히 그에게 이렇게 물었다. 하지만 보결은 이미 모든 것을 다 알고 있다는 듯이 살며시 고개를 숙이며 입을 열었다.

"삼도천으로부터 도전장이 온 것으로 알고 있습니다."

도전장을 들먹이는 그의 말에 순간 원망의 안색이 창백하게 변하였다.

그런 그의 모습에도 불구하고 보결은 여전히 자신의 말을 담담하게 이어나갔다.

"여섯 장로님들께서는 뭐라 하실지 모르겠지만 저희 오해서점에서는 그 도전장을 받아들이기로 하였습니다."

삼도천과 싸우기로 했다는 그의 말에 순간 방 안이 술렁이기 시작했다.

그런 그들과는 달리 좀 이상하다고 여긴 원망은 손을 들어 좌중을 조용히 시킴과 동시에 입을 열었다.

"자네들이 어찌 도전장을 아는가?"

"서찰을 가져온 사람들에게 들었습니다."

별일 아니라는 듯이 말을 하는 그의 모습과는 달리 원망의 눈살이 찌푸려지기 시작했다. 그도 그럴 것이 도전장을 가져왔던 사람은 현육표국의 사람이지만 내용은 물론 누가 보냈는지도 모를뿐더러 오해문파를 나서자마자 실종이 되어 표국에서도 찾고 있는 중이었다.

그런 그를 봤다는 것은 왠지 무리라는 생각이 들었다.

거기다 한 명이 아닌 여러 사람이 도전장을 전하러 왔다고 하지 않은가?

필시 뭔가 있다는 생각이 든 원망은 도전장을 받아들인 이유를 묻기 시작했다.

"도대체 도전장을 받아들인 이유가 무엇인가?"

"그건 나도 궁금하네. 그 이유가 뭔가?"

우문열까지 나서서 그 이유를 묻자 보결은 살며시 한숨을 내쉬다 입을 열었다.

"자세히 말씀드리지는 못하지만 삼도천과 오해서점은 한 하늘 아래 같이 존재하지 못한다는 것만 알아두시면 좋겠습니다."

"그 말인즉, 삼도천과 오해서점 간에 공존할 수 없는 큰 이유가 있다는 것인가?"

"그렇습니다."

같은 하늘 아래 공존할 수 없다는 말로 그 이유를 설명하는 보결의 모습에 원망은 이내 고개를 끄덕였다.

"알았네. 한데 이 일에 대인도 허락하였는가?"

"그렇습니다."

운소도 수락하였다는 말에 원망의 눈초리가 좁아진다 싶더니 알겠다는 듯이 고개를 끄덕였다.

"대인도 허락하셨다니 내 달리 할 말이 있겠는가? 그저 그 싸움에서 이기기를 바랄 뿐일세."

"더 할 말이 없으시다면 나가봐도 되겠습니까?"

나가고 싶다는 그의 말에 원망은 그렇게 하라는 듯 고개를 끄덕였다.

"그리하게!"

"그럼!"

손을 들어 예를 표하던 보결은 그대로 몸을 돌려 밖으로 나갔다.

너무도 수월하게 일이 풀리는 것에 맥이 빠진 사람들은 멍하니 보결이 나간 방문만을 바라보았다.

하지만 단 한 사람, 원망만은 뚫어져라 방문을 보고 있었다.

장로원을 나선 보결은 재빨리 발을 놀려 자신의 숙소로 돌아왔다.

그곳에는 오해서점의 직원은 물론이고 단소소까지 모여 있었는데 그들의 모습이 과거와는 달리 매우 진지하기만 하였다.

방 안으로 들어선 보결을 본 도흑은 살며시 입을 열었다.

"보결이 장로원에 갔다 왔으니 이제 남은 것은 삼도천과 생사결을 나누는 것이다."

"오라버니가 굳이 말씀하시지 않아도 잘 알고 있으니 너무 걱정 마세요."

너무 걱정 말라는 설부용의 말에도 불구하고 도혹은 여전히 자신의 말을 이어나갈 뿐이었다.

"너희도 알다시피 우리에게는 선택권이란 없다. 선택이라는 것을 하고 싶어도 우리에게는 황제 폐하에게 잡혀 있는 것 때문에 그럴 수 없다는 것을 누구보다 잘 알고 있으리라 생각한다."

황제에게 약점을 잡힌 것이 있다는 그의 말에 순간 방 안에 있던 사람들의 눈에서 살기가 뻗어 나오기 시작했다.

그런 그들을 본 도혹은 살며시 입을 열었다.

"부용이와 미소년에게는 뇌폭설가와 칠향상단의 존폐가, 보결과 난 친자식이 황제에게 볼모로 잡혀 있다. 단소소와 조별은 우리와 같은 상황이 아니지만 독고에 당해 살아남기 위해서는 우리와 같이 행동을 해야 한다."

오해서점 직원이 된 이유를 설명하는 도혹의 말에 따라 사람들의 눈에서 살기가 흘러나오기 시작했다. 그의 말대로 이들은 모두 황제에게 약점을 잡혀 있는 사람들이었다.

이십 년 전 뇌폭설가는 원나라 후예들에게 벽력탄을 판 적이 있는데 그것을 빌미로 황제는 설부용을 자신의 밑으로 끌어들였으며 미소년 역시 역모를 꾸미던 단리국 후예들에게 돈을 댔다는 이유로 이 일에 동참하게 되었다.

또한 보결과 도혹은 황실에 있는 자신들의 친자식을 위해 동참하게 되었으며 법망 도사에 의해 살아난 단소소와 조별은 그들 몸에 심어져 있는 독고 때문에 이 일에 참여하게 되었다.

상황이 이런지라 그들에게 있어 황제의 명은 자신의 소중한 것을 지키기 위한 것이었다.

그런 그들에게 황제는 한 가지 조건을 걸었다.

오해서점 계획을 도와주는 대신 약점으로 잡혀 있는 모든 것을 풀어주겠다고 말이다. 그가 원하는 것이 무림을 황실의 손아귀에 넣는 것임을 알고 있으면서도 그들은 어쩔 수 없이 동참하였다.

그렇게 시작된 일이 이제 마지막을 향해 치닫고 있었다.

그 마지막이란 삼도천의 죽음과 더불어 운소의 죽음이 바로 그것이었다.

어쩌면 제일 중요한 순간이라고 할 수 있기에 이들은 조심에 조심을 하고 있었던 것이다.

묵묵히 자신만을 쳐다보는 사람들을 보던 도혹은 살며시 입을 열었다.

"이번 일로 인해 우리와 황제의 끈이 끊어질지는 모르겠지만 그렇다고 이제 와서 주저앉기에는 너무 많은 길을 걸어왔다. 그러니 이점 명심하고 어떻게든 살아남기를 바란다. 삼도천의 목적은 우리의 죽음일 테니 말이다."

자신들의 죽음이 삼도천의 목적이라는 말에 동의를 한다는 듯 사람들은 일제히 고개를 끄덕였다. 그도 그럴 것이 황제의 치부라고도 할 수 있는 자신들이기에 살아남기를 바라지 않을 것이 분명하였다.

즉, 이번 삼도천과 오해서점의 싸움에서 황제가 바라는 것은 단 하나, 그건 두 곳이 함께 동귀어진하는 것이었다.

그렇게 된다면 자신들의 치부라고 생각할 수 있는 존재들이 모두 사라지니 그로서는 이만큼 좋은 일도 없을 것이 분명했다. 그런 상황에서 어떻게든 살아남으라는 도흑의 말은 그들에게는 실오라기 같은 희망을 불어넣어 주고 있었다.

"알겠습니다."

결의에 찬 그들을 보던 도흑은 살며시 고개를 들었다.

"이젠 우리가 살아남기 위해 싸울 차례다! 우리가 살기 위해……."

살아남겠다는 의지를 불태우며 말을 하는 그의 옆으로 다른 사람들 역시 같은 모습을 하고 있었다.

"오해서점 측에서는 어떤가요?"

나이 든 여인네의 목소리에 법망 도사는 살며시 머리를 바닥에 댔다.

마치 황제 주무안과 있었을 때와 같은 모습을 보이는 그의 모습에서 여인의 위치가 매우 높다는 것을 알려주고 있었다.

"삼도천과의 결전에 대비해 만반의 준비를 하고 있사옵니다."

"그런가요? 그들도 지금쯤이면 이번 싸움이 갖는 의미를 알고 있을 터이니 그러하겠지요."

"그럴 것이옵니다."

그럴 것이라는 법망 도사의 말에 여인네는 살며시 고개를 들어 달빛 가득한 창밖을 보았다.

"황제는 어떻게 한다고 하던가요?"

황제를 들먹이는 그녀의 말에 법망 도사는 살며시 고개를 들었다.

"황제께오선 삼도천과 오해서점 간의 싸움이 막바지에 이르렀을 때 나설 것으로 사료되옵니다."

"그럴 테지요. 황제 입장에서는 두 곳 다 존재하지 않으면 안 되니까 말이에요."

"그렇사옵니다."

자신의 말을 듣고 한숨을 내쉬는 여인을 본 법망 도사의 눈가에 쓸쓸한 빛이 감돌았다.

"이번 일이 후회되십니까?"

후회되냐는 법망 도사의 말에 여인은 살며시 고개를 내저었다.

"모든 것이 본녀가 지은 업보인데 어찌 그렇겠어요? 그저 가슴이 답답할 뿐이지요."

모든 것이 자신의 업보라는 그녀의 말에 법망 도사는 고개를 숙였다.

"지금이라도 명만 내리시면 모든 것을 무(無)로 돌릴 수 있습니다. 그러시겠습니까?"

모든 것을 무로 돌리겠냐는 법망 도사의 말에 여인은 살며시 고개를 내젓고 말았다.

"이제 와서 그럴 수는 없어요. 내 업보이니 모든 것을 품고 가야 하겠지요."

그럴 수는 없다는 그녀의 말에 법망 도사는 잘 알겠다는 듯이 고개를 끄덕였다. 그런 그를 말없이 바라보던 여인은 살며시 고개를 들어 달빛이 들어오는 창만 바라볼 뿐이었다.

"다만… 그 아이가 날 미워하지 않았으면 하는 바람뿐이에요."

씁쓸한 표정으로 말을 하는 그녀를 바라보던 법망 도사는 그저 말없이 있을 뿐이었다.

이렇게 음모의 밤은 깊어가기만 하였다.

제11장

최후의 결전!

"거참! 날씨 한번 우울하다!"

하늘에 낀 먹구름을 보며 이렇게 말을 하던 운소는 고개를 돌렸다.

"소소! 근데 오늘 꼭 꽃놀이를 해야겠어?"

왜 하필 오늘 꽃놀이냐는 그의 말에 단소소는 입가에 미소를 그리며 고개를 끄덕였다.

"예! 날씨가 좋잖아요."

"개뿔이! 날씨가 좋기는. 금방이라도 비가 내리겠구만……."

짜증 어린 말을 하던 운소의 몸이 흔들린다 싶더니 이내 멈춰 섰다.

덜컹!

"젠장! 별이! 너, 수레 제대로 못 끌어!"

버럭 소리를 지르던 운소는 모든 것이 맘에 안 든다는 듯이 인상을 있는 대로 구기고 있었다. 이렇듯 운소가 수레를 타고 나선 것은 다 단소소의 꽃놀이 때문이다.

무려 사흘을 쫓아다니며 꽃놀이 가자고 난리를 치는 모습에 운소는 결국 그렇게 하자고 하였고 대답이 떨어지기가 무섭게 오해문파를 나섰다. 거기다 오랜만의 꽃놀이라고 오해서점 직원이란 직원은 모두 따라나서 꽃놀이가 아닌 무슨 관인 행차 같아 보였다.

어쨌든 즐겁게 가야 할 꽃놀이지만 주위를 둘러보면 전혀 그렇지 않았다.

천뢰폭을 이리저리 날리며 장난치는 설부용이 있는가 하면 도흑은 자신의 도를 갈면서 걸어가고 있었다. 보결은 툭하면 화살을 꺼내 이리저리 날리는가 하면 미소년은 툭하며 주판알을 허공에 날리고 있었다.

이건 꽃놀이가 아니라 무슨 전쟁터에 나선 장수 같았다.

난감하다는 듯이 한숨을 내쉬던 운소의 귀에 단소소의 목소리가 들려왔다.

"가가! 저기 저 산이 우리가 갈 곳이에요."

꽃놀이하러 갈 산이라는 그녀의 말에 살며시 고개를 들던 운소는 화들짝 놀라 했다. 무슨 산이 음침하기 이를 데 없고 때때로 정체 모를 귀곡성이 들려오고 있어 꽃놀이할 산이 아니라 귀산(鬼山) 같아 보였다.

자신도 모르게 침을 꿀꺽 삼키던 운소는 고개를 돌렸다.

"꼬… 옥! 저 산이어야 하나?"

"당연하죠! 저 산이 얼마나 이쁜데요."

당연하다는 듯 웃는 그녀의 모습에 운소는 '퍽이나 아름답다!' 라고 속으로 말하며 눈살을 찌푸렸다. 그렇다고 이곳까지 와서 발걸음을 되돌릴 수 없기에 운소는 알겠다고 고개를 끄덕이고 말았다. 하지만 그도 모르는 것이 있었는데 이 산이 바로 삼도천과 싸울, 그 대결장이라는 것이었다.

어쨌든 운소는 자신도 모르는 사이에 삼도천과의 싸움터로 놀러(?) 가고 있었다.

"지금쯤이면 귀곡산에 당도했을 것이옵니다."

법망 도사의 말에 여인은 하늘을 보았다. 한껏 찌푸린 하늘로 보아 금방이라도 빗방울을 뿌릴 것만 같아 보였다.

"황제 폐하께서는 어찌하고 계신가요?"

"비로 인해 일을 거스를까 싶어 출진 준비를 서두르고 계시옵니다."

여인은 살며시 고개를 끄덕였다.

싸움에 비가 무슨 영향을 끼치겠는가 싶겠지만 사실은 전혀 그렇지 않았다. 일단 비가 오기 시작하면 체온이 급격하게 떨어지게 되는데 이로 인해 제일 먼저 겪는 것이 근육 수축이다. 근육 수축이 오게 되면 검과 도를 펼치는 데 있어 실수를 범할 수 있고 죽음까지도 이를 수 있었다.

물론 비를 맞았다고 무림인들이 모두 다 체온이 떨어진다고 할 수는 없으나 산악 지역에서 비가 오는 상황이라면 십중팔구는 근육 수축을 예상해야 한다는 것이다.

이 같은 것을 예상할 때 황제의 빠른 출진은 충분한 사유가 되었다.

물론 삼도천과 오해서점 모두 동귀어진한다면 상관없지만 이 같은 상황이라면 어느 한쪽이 급격하게 무너질 수도 있기 때문이다.

그렇게 된다면 모든 계획은 수포로 돌아가기 때문에 출진을 서두를 수밖에 없었던 것이다.

묵묵히 하늘을 바라보던 여인은 살며시 입을 열었다.

"고민민! 종각역!"

"부르셨습니까?"

긴 갈색 궁장을 입은 고민민이라 불린 여인은 이상하게도 반쯤 눈을 감고 있었는데 모양새로 보아 어젯밤에 잠을 제대로 자지 못한 듯 보였다. 그런 그녀의 어깨에는 보통 장검보다 배는 더 길어 보이는 하얀 장검이 걸려 있었다.

움직일 수나 있을지 심히 걱정이 되는 그 검을 든 채 시립해 있는 그녀 뒤로 흑곰 같은 사내가 모습을 드러냈다. 사내의 손이 검집에 얹고 있는 것으로 보아 발검술을 기초로 하는 검술을 하는 듯 보이고 있었다.

그 모습을 보고 있던 여인은 살며시 입을 열었다.

"고민민, 종각역! 그동안 제 곁에서 애를 많이 쓰셨어요. 이젠 그대들이 있어야 할 곳으로 가세요."

"명을 받들겠사옵니다."

고개를 숙인 채 물러선 두 남녀는 그렇게 사라졌다.

그들이 사라졌음에도 불구하고 여전히 하늘만 바라보던 여인은 살며시 고개를 돌려 법망 도사를 바라보았다.

"이제 모든 것을 끝내야 할 시간이네요."

끝내야 할 시간이라는 말에 법망 도사는 고개를 숙였다.

그런 그를 보던 여인은 무슨 뜻인지 잘 안다는 듯 입가에 미소를 지었다.

"제가 시작한 일이니 마무리 또한 짓는 것이 맞겠지요."

자신이 마무리를 짓고 싶다는 말에 법망 도사는 바닥에 고개를 처박았다.

그것을 말없이 보고 있던 여인은 발걸음을 움직였다.

"황제 폐하가 계신 곳으로 가요."

"태후마마!"

바닥에 고개를 처박은 법망 도사를 뒤로한 채 현 황제의 어머니이자 태후마마인 백옥빈이 방 안을 나서기 시작했다.

"이제 모든 것을 원래대로 돌려야 할 시간이에요."

"젠장! 꽃놀이는 무슨 꽃놀이! 죽지나 않으면 다행이겠다!"
옆에서 날아오는 검을 피해 몸을 날리던 운소는 눈살을 있는 대로 찌푸리기 시작했다. 그도 그럴 것이 벌써 두 시진째 자신을 죽이려 날아드는 검과 도를 상대하고 있으니 기분이 좋을 리 없었다.

거기다 마치 이 모든 것을 예상하고 있었다는 듯 다른 사람들은 태연하게 싸우는 것으로 보아 아무래도 자신이 속은 듯 싶었다. 목을 향해 날아오는 도를 피해 공중으로 몸을 날리던 운소는 옆에서 검을 들고 싸우는 단소소를 향해 말했다.

"소소! 날 속이고 이곳으로 데려와?"
버럭 소리를 지르는 운소를 본 단소소는 입가에 미소를 그리며 말을 하였다.

"어라! 이제 아셨어요? 가가는 곰팅이네?"
이제 알았냐는 그녀의 말에 순간 울컥한 운소는 자신을 향해 다가오는 삼도천의 문도를 있는 힘껏 내리쳤다.

콰드드득!
뼈가 으스러지는 소리와 함께 몸을 멈추었던 문도가 스르륵 밑으로 미끄러졌다. 그걸 보고 있던 운소는 몹시 화났다는 듯이 단소소를 보며 소리를 질렀다.

"너 나중에 보면 죽을 줄 알아!"

"나중에 보게 되면 마음대로 하세요."

마음대로 하라는 그녀의 말에 운소는 더욱 화가 났다는 듯 이리저리 방방 뛰기 시작했다. 그런 그의 모습을 본 단소소는 조금은 씁쓸한 표정을 지어갔다.

"진짜로… 제가 살게 되면 마음대로 하세요."

조그마한 목소리로 이렇게 말하던 단소소는 손에 든 검을 움직여 문도와 부딪쳐 갔다.

"지… 진짜로 살게 된다면 말이에요."

절대로 이루어질 수 없는 소원을 말하는 듯한 모습의 그녀는 아까와는 달리 흉흉한 살기를 뿜어냈다. 미친 듯이 검을 움직이며 싸우는 그들의 머리 위로 검은 구름이 몰려든다 싶더니 뭔가가 하늘에서 떨어지기 시작했다.

후두두두둑! 쏴아아아!

갑자기 내리는 빗방울에도 불구하고 운소 일행은 삼도천의 문도를 막아내느라 정신이 없었다. 그중 도흑은 십여 명의 삼도천 문도들을 상대로 도를 휘두르고 있었다. 그러나 천혈대와의 싸움으로 큰 상처를 입은 터라 그의 몸은 한없이 둔하기만 하였다.

순간 등 쪽이 화끈하게 달아오른다 싶더니 커다란 고통이 그의 온몸을 감싸기 시작했다.

"크윽!"

짧은 신음을 흘리던 도흑은 자신의 등을 뚫고 앞으로 튀어

나온 검을 붙잡고는 손에 든 도를 그대로 휘둘렀다.

"으아아아악!"

처절한 비명 소리와 함께 문도 하나가 힘없이 쓰러졌다.

그것을 본 도흑은 재빨리 도를 움직여 앞쪽에서 다가오는 문도들을 베어나갔지만 균형을 잃은 탓에 그대로 뒤로 넘어지고 말았다.

첨벙!

순간 물방울이 사방으로 튀는가 싶더니 커다란 고통이 온몸을 감쌌다.

"크으으윽!"

신음성을 흘리며 일어난 도흑은 복부에 박힌 검을 보았다.

아무래도 금방 쓰러지면서 검이 더욱 깊게 박혀든 것 같았다. 도를 들어 주위의 문도들을 경계하던 도흑은 등 뒤에 박힌 검을 사정없이 빼냈다.

첨벙!

물방울이 튐과 동시에 무릎을 꿇었던 도흑이 재빨리 몸을 일으켰다.

검을 아무렇게나 빼서 그런지 줄기차게 흘러나오는 핏물을 막기 위해 복부를 손으로 가렸다. 얼굴을 있는 대로 찡그린 채 서 있는 그를 본 삼도천의 문도들은 검과 도를 들어올리며 달려들었다.

"오해서점을 멸하라!"

"와아!"

큰 소리로 외치며 다가서는 그들을 본 도흑은 재빨리 자세를 낮추었다.

갑작스런 그의 행동에 다가서던 문도들의 발걸음이 멈추었고 그때를 놓치지 않고 도흑의 도가 그들의 다리를 향해 날아들었다.

"크아아악!"

"아아악!"

"내… 다리!"

순간 세 명의 문도가 바닥에 허무하게 쓰러져 버렸다.

그들 모두 하나같이 다리가 잘린 채였는데 평상시 같으면 기어서라도 자리를 피하겠지만 비가 오는 바람에 움직이기 쉽지 않았다.

삼도천 문도의 다리를 벤 후 흙탕물에 엎어졌던 도흑이 물로 인해 시야가 흐려지는 것을 막기 위해 손을 들어 눈을 닦아내는 순간 커다란 도 한 자루가 보이기 시작했다.

"젠장!"

육두문자를 거칠게 뱉어내던 도흑은 재빨리 바닥에 몸을 뉘었다. 차가운 흙탕물이 몸 위를 뒤덮었지만 그는 아랑곳하지 않고 있었다.

조금이라도, 아주 조금이라도 더 오래 살기 위해서는 이런 것쯤은 신경 쓸 겨를이 없었기 때문이다.

순간 에이는 듯한 고통과 함께 왼쪽 눈에 붉은 뭔가가 스며들어왔다.

아직은 죽고싶지 않다는 생각이 들자 뺨을 찢긴 고통쯤은 별일도 아닌 듯싶었다. 순간 도혹의 몸에서 살기가 뻗어 나온다 싶더니 눈앞에 보이는 문도의 가슴에 도를 꽂아갔다.

"커헉!"

헛바람을 늘이키는 문도의 모습으로 보아 폐를 찔린 듯싶었다.

하지만 이런 것을 생각할 시간은 전혀 없기에 도를 쥔 손에 힘을 줘서 위로 들어올렸다.

콰드드득!

듣기 싫은 뼛소리와 함께 도는 공중에서 멈추고 말았다.

아무래도 문도의 쇠골 뼈에 걸린 듯싶은 생각에 도혹은 미련없이 도를 버리고 바닥에 있는 검을 들어 허공을 갈랐다.

"크아아아악!"

처절한 비명 소리와 함께 주인 잃은 몸뚱이 하나가 흙탕물 속으로 떨어졌다.

첨벙!

핏물이 뒤섞인 흙탕물이 작은 물보라를 일으키며 주위로 흩어졌다. 그 물보라를 몽땅 뒤집어쓴 도혹의 흐릿한 시야 속에 자신을 향해 검을 날리는 한 문도가 보였다.

"이야야야!"

그 순간 커다란 굉음이 지축을 울리기 시작했다.

콰콰콰쾅!

폭발로 인해 부서진 돌과 나무가 주위로 날아다녔고 육편과 함께 흙탕물이 도흑을 감쌌다. 숨을 헐떡이던 도흑이 이내 얼굴을 뒤덮은 흙탕물과 육편을 닦아내자 그의 눈에 한 여인이 보였다.

"천광탄 던진다고 말을 했는데……."

여전히 폭탄의 종류와 이름을 설명하며 던지는 친절한(?) 그녀의 모습에 도흑은 이내 할 말을 잃었다.

그 순간 도흑의 감각을 찌르는 예리한 한기가 느껴졌다.

"누구냐?"

재빨리 바닥에 떨어진 도를 집어 든 도흑의 눈에 묵빛 죽립을 쓴 흑의 사내가 들어왔다.

그는 도흑과 설부용을 보며 연신 광소를 흘렸다.

"누군가 했더니만 이거 도흑과 설부용이라는 자들이군!"

한눈에 자신의 정체를 알아보는 그의 모습에 도흑은 살며시 눈살을 찌푸렸다.

"네놈은 누군데 함부로 말을 하느냐?"

"난 육혈신의 전라도이다! 권각을 좀 하는 놈이지!"

자신에 대한 설명을 끝내기가 무섭게 전라도는 도흑을 향해 다가섰다.

파파파팍!

흙탕물로 가득한 길을 마치 평지처럼 뛰어오는 그의 모습에 도흑은 재빨리 손에 든 도를 들어 목을 향해 올려쳤다. 자신의 목을 향해 날아드는 도를 보고도 여전히 광소를 흘리던 전라도는 목에 도가 다가서자 재빨리 왼팔을 들어올렸다.

차창!

묘하게 쇠붙이 소리가 나며 튕기는 도를 본 도흑은 그제야 그의 팔에 찬 권갑이 눈에 들어왔다.

손가락까지 둘러싸인 권갑은 척 보기에도 심상치 않았다.

하지만 도흑은 전혀 상관없다는 듯 도를 들어 권갑과 맞부딪쳐 가기 시작했다.

차차차창!

순간 도가 빠른 속도로 날아들더니 허공에 작은 불꽃 네 개가 떠다녔다.

재빨리 몸을 회전시켜 전라도에게서 벗어난 도흑의 얼굴에서는 낭패한 빛이 역력하였다. 그도 그럴 것이 비가 오는 바람에 내려칠 때마다 흔들렸고 그로 인해 도를 쥔 손에 엄청난 충격이 전해져 왔기 때문이다.

손아귀에서 찌르르한 느낌이 오는 것으로 봐서는 호구가 찢어진 듯한 기분이 들었다. 이대로는 도저히 안 되겠다고 생각을 한 도흑은 재빨리 옷을 찢어 도를 쥔 손을 묶었다.

그런 그의 모습을 본 전라도는 놀랍다는 표정을 지었다.

"미끄러지는 것을 막겠다는 것인가?"

"그게 문제가 되나?"

"문제가 되는 것이 아니라 그렇게 한다고 내 권갑을 막기는 어렵다는 말을 하고 싶어서 말이야!"

권갑을 막기는 어렵다는 그의 말에 옆에 있던 설부용이 콧방귀를 뀌었다.

"그건 천광탄부터 막고 나서 이야기해요!"

"천광탄?"

난데없이 천광탄을 막으라는 그녀의 말에 전라도는 순간 황당한 표정을 지었다. 하지만 그것도 잠시, 자신에게 날아오는 물건을 본 전라도는 황당함이 아닌 분노로 바뀌고 있었다.

"젠장!"

거칠게 말을 하던 전라도는 자신을 향해 날아오는 천광탄을 왼손으로 잡아갔다.

콰콰쾅!

요란한 소리와 함께 공중으로 날아올랐던 흙탕물이 밑으로 떨어지기 시작했다.

후두두두둑!

사정없이 떨어지는 흙탕물과 핏물을 피해 앞을 보던 도흑과 설부용의 눈에 불신의 빛이 떠올랐다.

"크으으윽!"

짧은 신음성과 함께 전라도가 비틀거리며 일어섰다.

그러나 그의 왼쪽 팔은 흔적도 없이 사라지고 말았는데 아무래도 아까 일어난 폭발로 인해 그런 듯싶었다. 얼굴을 있는 대로 찡그리고 있던 전라도는 앞에 있는 두 사람을 보고는 거칠게 소리쳤다.

"네 이놈들을!"

살기 어린 그의 말이 끝나기도 전에 전라도가 허공을 날아 두 사람 앞에 모습을 드러냈다. 이것을 본 도흑은 재빨리 도를 들어올렸지만 순간 날아온 전라도의 발차기에 밀려 버렸다.

그 순간 전라도의 나머지 발이 도흑의 면상에 떨어졌다.

퍼억!

요란한 소리와 함께 도흑의 몸이 그대로 흙탕물 속으로 빠져 들어갔다.

"크아악!"

갑작스런 일에 당황한 설부용은 재빨리 품속에서 천광탄을 꺼내려 하였지만 전라도는 그것을 순순히 내버려 두지 않았다. 그녀의 어깨를 잡아 그대로 움켜쥐었고 그와 함께 처절한 비명 소리가 흘러나왔다.

빠드드득!

"아아아악!"

고통에 찬 비명 소리와 주위로 퍼져 나간 뼈 소리는 듣기만 해도 소름이 끼칠 정도였다. 하지만 전라도는 거기서 멈추지 않고 발을 들어 설부용의 왼 무릎을 차버렸다.

퍼퍼퍽!

세 번의 발차기가 무릎을 훑어 내렸고 그 순간 설부용의 몸이 휘청거린다 싶더니 그대로 흙탕물에 무릎을 꿇었다.

전라도는 재빨리 발을 들어 그녀의 턱을 차올렸다.

허공을 한 바퀴나 돌던 그녀는 그대로 바닥에 형편없이 처박히고 말았다.

첨벙!

아까보다 조금 큰 물보라가 생기더니 주위로 퍼져 나갔다.

"커헉!"

바닥에 떨어진 그녀는 붉은 선혈을 뱉어냈다.

그것을 본 전라도는 발을 들어 그녀의 면상을 밟아갔다.

"끄아아악!"

관자놀이를 눌린 탓에 극심한 고통을 호소하는 그녀를 보며 전라도는 거칠게 입을 열었다.

"감히! 너 따위가 내 팔을 없애! 하찮기 이를 데가 없는 너 따위가 말이야!"

"끄으으으!"

발을 동동 구르며 고통을 호소했지만 여전히 발을 치우지 않는 전라도를 본 도혹은 큰 소리를 지르며 달려들었다.

"으아아아아!"

삼류 건달이나 할 법한 모습으로 달려드는 도혹의 모습에 전라도는 재빨리 나머지 발을 들어 복부를 쳐 나갔다.

퍼엉!

북이 터지는 듯한 큰 소리와 함께 들썩이던 도흑의 발이 늦어진다 싶더니 이내 멈추지 않고 달려왔다.

"크으윽!"

도흑의 어깨에 복부를 강타당한 탓에 신음성을 흘리던 전라도는 남은 팔을 들어 도흑의 등을 내리쳤다.

"놔! 놓으란 말이야!"

전라도의 빌과 팔이 노흑의 온몸을 강타했지만 전라도의 허리를 잡은 도흑의 손은 절대로 풀리지 않았다. 희미해져 가는 도흑의 시야에 낯익은 물건 하나가 들어왔다.

설부용의 천광탄임을 알아챈 도흑은 재빨리 손을 풀고 그 것을 쥐고는 그대로 달려가기 시작했다. 마구잡이로 허리를 잡고 달리는 그의 모습에 전라도는 당황하였다.

쿵!

뒤쪽에 있던 돌덩이에 부딪친 전라도의 눈에 설부용의 천광탄이 눈에 들어왔다.

"이거나 먹어!"

먹고 죽으라는 듯이 말을 하던 도흑은 천광탄을 전라도의 얼굴을 향해 내리쳤다.

콰콰콰쾅!

요란한 굉음과 함께 바닥에 쓰러진 미소년은 자신을 향해 날아오는 기묘한 모양의 도를 보았다.

"으아아악!"

카카카캉!

자신도 모르게 비명을 지으며 눈을 감던 미소년의 귀에 이상한 쇳소리가 들려왔다. 혹시라도 눈을 뜨면 자신을 향해 도를 날리던 사내가 보고 있을 것 같아 두렵기만 하였다.

그 순간 낯익은 목소리가 그의 귓속으로 흘러 들어왔다.

"미소년님! 대인께서는 안전하십니까?"

자신을 부르는 소리에 눈을 뜬 미소년은 자신의 앞에 커다란 덩치의 사내가 있는 것을 보았다. 자리에서 일어서는 미소년을 본 커다란 덩치의 사내가 입을 열었다.

"저 종각역입니다. 대인을 구하러 왔습니다. 대인은 안전하십니까?"

"주인님은 더 위에 있는데……."

산 위에 있다는 그의 말에 종각역은 알겠다는 듯이 고개를 끄덕였다.

"그럼 이놈부터 해결하고 같이 가도록 하죠!"

자신을 해치우겠다는 말에 기묘한 모양의 도를 가지고 있던 사내는 어이없다는 표정을 지었다.

"네까짓 놈이 날 죽일 수 있다는 말이더냐?"

비웃음 가득한 사내의 모습에 종각역은 살며시 입꼬리를 말아 올렸다.

"이제 보니 기억력이 별로 좋지 않은 듯싶군! 안 그래? 해월의 후예!"

자신의 정체를 확실하게 알고 있는 듯한 느낌에 사내, 아니
혈월은 살며시 눈살을 찌푸렸다.

"네놈은 누구냐?"

"나, 해남 발타의 후예 종각역이다! 이제 기억이 나나?"

해남 특유의 발검 자세를 본 혈월은 살기를 뿜어냈다.

"잊지 않고 있지! 네놈 때문에 등에 새겨진 검상이 아직도
쑤시거든……."

절대로 잊을 수 없다는 듯한 그의 말에 종각역은 살며시 입
꼬리를 말아 올렸다.

"그렇다면 그때 다 못했던 대결을 펼치도록 하지!"

"대결? 말은 바로 해야지! 대결이 아니라 널 죽이는 거다!"

말이 끝나기가 무섭게 혈월은 손에 든 기묘한 도를 들어 종
각역을 향해 내려쳤다.

"내 거치도에 의해서 말이야! 카카캇!"

미친 듯이 광소를 하는 그의 모습에도 불구하고 종각역은
아무런 반응이 없었다. 거치도가 얼굴에 거의 다가왔을 무렵
종각역의 몸이 사라진다 싶더니 혈월의 머리가 옆으로 홱 돌
아갔다.

"발타 해심타(海深打)!"

종각역의 손이 움직이는 것을 보지 못했는데도 불구하고
혈월의 몸은 질퍽한 흙탕물 속으로 들어갔다.

첨벙!

온몸이 흙탕물 범벅이 되는데도 불구하고 혈월의 눈은 부릅떠진 상태였다.

"어… 찌 이런……."

"왜 믿어지지 않나?"

"너… 넌 분명히 검을 빼지 못했는데 어찌하여 내가 쓰러진 것이지?"

"궁금하거든 다시 한 번 오면 되지 않나?"

"네놈이 원하는 대로 해주지!"

말이 끝나기가 무섭게 혈월의 몸이 공중으로 날아올랐다.

그와 동시에 그의 손에 든 거치도가 종각역의 목을 향해 날아올랐다.

그 순간 거치도가 쭉 늘어난다 싶더니 아까와는 비교도 되지 않는 속도로 종각역의 목을 향해 쏘아갔다.

이것을 본 혈월은 미친 듯이 웃기 시작했다.

"카카카카! 죽어라!"

그 순간 종각역의 몸이 사라진다 싶더니 어느새 혈월의 눈앞에 모습을 드러냈다. 그 순간 엄청난 충격이 그의 머리를 타고 온몸으로 퍼져 나가기 시작했다.

퍼어억!

공중에서 무려 세 바퀴나 돈 혈월은 흙탕물에 쓰러진 채 연신 선혈을 뱉어내고 있었다.

"커어억! 어… 어떻게……."

혈월의 눈에 종각역이 들어왔다. 검을 채 빼지도 않은 채 그대로 멈춰 선 그의 모습을 보며 그제야 알 것 같았다.

"커헉! 손잡이였나?"

다시 한 번 선혈을 뱉어내던 혈월은 흙탕물에서 일어서면서 이렇게 말을 하였다. 그의 말을 들은 종각역은 이제 알았냐는 표정을 지으며 고개를 끄덕였다.

"손잡이가 정답이야!"

손잡이라는 말에 혈월의 눈살이 있는 대로 구겨지고 말았다. 그의 말대로 손잡이라면 굳이 검을 뽑지 않아도 충분히 타격이 가능하였다.

거기다 손잡이 부분이라면 검에서 제일 단단한 부분이 아니던가?

하지만 손잡이로 치기 위해서는 누구보다도 빠른 발검술을 가져야만 하였다. 즉, 이 기술은 오직 해남파만이 할 수 있는 독문 기술이라고 할 수 있었던 것이다.

생각도 못한 기술에 당했다는 데 어이없어하던 혈월은 손에 든 거치도를 길게 늘어뜨렸다. 그러자 거치도가 길게 아홉 조각으로 나뉘어지기 시작했다.

"내가 방심한 모양이군! 이런 터무니없는 기술에 당하고 말이야!"

방심해서 그런 것이라는 그의 말에 종각역은 살며시 입꼬리를 말아 올렸다.

"정말 그런 것으로 생각하나?"

발검 자세를 잡는 종각역의 모습에 혈월은 얼굴을 구겼다.

"그렇다면 네놈에게 실력으로 졌다는 말이더냐?"

차라라락!

혈월의 말이 끝나기가 무섭게 바닥에 늘어져 있는 거치도가 허공으로 날아올랐다. 그와 동시에 바닥에 있던 흙탕물이 종각역을 향해 날아오르기 시작했다. 마치 파도가 몰아치듯 날아오는 흙탕물을 종각역은 그저 노려볼 뿐이었다.

순간 혈월의 창백한 얼굴에서 거친 일갈이 터져 나왔다.

"죽엇!"

"천포지!"

말이 끝나기가 무섭게 어디선가 종이들이 날아온다 싶더니 어딘가를 향해 날아가기 시작했다. 마치 파도가 밀려오듯 날아오는 종이를 보던 보결은 손에 든 궁을 들어올렸다.

"음위(音衛)!"

짧은 한마디와 함께 궁을 든 손을 빠른 속도로 튕겨냈다.

그러자 눈에 보이지 않는 뭔가가 종이들을 갈가리 찢어내기 시작했다.

그 모습을 본 홍강은 어이없다는 표정을 지었다.

"음공(音功)인가?"

소리의 무공이라고 말하는 음공은 고도의 노력이 있지 않고서는 절대로 익힐 수 없는 그런 무공 중에 하나이다. 눈에 보이지 않는 허상에 맞추어 내공을 펼친다는 것은 그리 쉬운 일이 아니기 때문이다.

거기다 지금처럼 빠르게 음공을 펼치는 것은 절정의 고수라고 해도 쉽지 않은 일이었다. 그러나 뭐든 자신의 분수에 맞지 않고 과하면 탈이 나고 마는 것.

계속된 음위 공격으로 인해 보결의 팔의 근육이 파열됨은 물론이고 내력 역시 견디지 못하고 역행을 하려 하였다.

"커어어헉!"

갑작스런 내기의 움직임에 견디지 못한 보결은 시뻘건 선혈을 내뱉으며 그대로 무너지고 말았다. 물론 음위를 억지로 시행할 수 있었지만 그랬다가는 주화입마를 당할 수 있었다.

음위가 사라지자 허공에 뜬 종이는 매서운 속도로 보결을 둘러쌌다.

완전히 둘러싼 것을 본 홍강은 재빨리 자신의 지혼시인 검은 인면을 사용하였다.

"천포지! 지용!"

그의 말이 끝나기 무섭게 종이가 빠른 속도로 녹아 들었다.

하지만 천포지 지용의 절초는 상대방의 공간을 없애면서 녹여 들어가는 것이기에 지금처럼 녹기만 해서는 아무짝에도 쓸모없었다. 줄어들지 않는 것에 황당해하던 홍강은 녹아내리던 종이가 갑자기 자신을 향해 날아오는 것을 보았다.

화들짝 놀란 홍강은 검은 인면을 이용해 자리를 피했다.

하지만 종이는 마치 살아 있는 물체처럼 계속해서 따라오는 듯싶더니 오 장 거리로 멀어지자 그대로 멈추었다. 종이들이 자신의 명을 거역했다는 것에 분해하던 홍강의 눈에 반짝이는 뭔가가 들어왔다.

"은사?"

난데없는 은사의 등장에 놀란 홍강의 앞에 보결이 모습을 드러냈다.

"이제야 알았나?"

살기 어린 보결의 말이 끝나기가 무섭게 은빛의 실이 홍강을 향해 무섭게 날아왔다. 이것을 본 홍강은 재빨리 몸을 날렸지만 그렇다고 자신의 지혼시까지 챙기지는 못했다.

결국 보결의 은사에 뒤덮인 지혼시는 산산조각났다.

단 하나밖에 없는 지혼시마저 박살이 난 것에 분해하던 홍강의 위로 커다란 뭔가가 날아들었다.

카캉!

쇳소리와 함께 멈춰진 그것을 보던 홍강은 자신의 어깨 위에 뭔가가 있다는 것을 알게 되었다.

"이런! 생각보다 강한데……."

장난기 어린 목소리와 함께 함께 나타난 이는 각우였다.

술에 취한 듯 발그레한 얼굴빛을 지닌 그는 손에 든 단봉을 이용해 조별의 커다란 추를 튕겨냈다.

카카캉!

허공으로 튕겨져 나가는 추를 보며 눈살을 찌푸리던 조별은 재빨리 몸을 움직여 추를 받아 들었다.

"우웅!"

"이거 단단히 미움받았는걸……."

입을 삐죽이는 조별을 본 각우는 뒷머리를 긁적였다.

이런 각우를 보던 홍강은 고개를 돌려 거칠게 입을 열었다.

"감히 네까짓 게 싸움을 막아?"

살기 어린 눈빛으로 바라보는 홍강을 보던 각우는 난감하다는 표정을 지었다.

"도와주고도 욕먹네?"

"네 이놈을!"

각우는 그만 하자는 듯 뒤로 물러섰다.

"아! 아! 잘못했으니 그만 하시죠!"

건들거리는 그의 모습을 본 홍강은 어이없었다.

"그만 해? 터진 입이라고 네 마음대로 놀려도 되는 줄 아느냐?"

"그만 하십시오! 와야 할 것 같아서 왔지 그냥 왔겠습니까? 혼자도 아닌 첩고까지 말이죠."

첩고까지 왔다는 말에 홍강의 고개가 휙 돌아갔다.

홍강의 시선 끝에는 웬 녹색 가면을 쓴 사내가 있었는데 어깨에는 커다란 과를 들고 있었다. 벽력홍의 수위(守衛)라 불리는 첩고까지 나선 것으로 보아 아무래도 이곳에 뭔가 대단한 것이 온 듯싶었다.

그때 철컥 하는 쇳소리와 함께 한 여인이 모습을 드러냈다.

그 여인을 본 각우는 손을 들어올리며 얼굴 가득 미소를 그리기 시작했다.

"안녕하셨소! 누님!"

"내 말하지 않았느냐? 반역도는 동생으로 보지 않는다고 말이야."

여전히 반역도라고 하는 고민민의 말에 각우는 그저 웃기만 할 뿐이었다.

"그래도 친동생인데 좀 봐주면 안 되우?"

그의 말에 고민민은 손에 든 검을 들고 앞으로 달려갔다.

"반역도에겐 그저 죽음뿐이다!"

자신을 향해 날아오는 고민민을 보던 각우의 눈빛에서 살기가 흐르기 시작했다.

"나도 누님이라고 살려두지는 않소!"

단봉을 든 손을 들어 고민민의 검과 부딪쳐 가는 것을 시작으로 여섯 명의 남녀는 자신의 목적을 위해 싸우기 시작했다.

제12장

오래오래 행복하게 살았다?!

"**커**어헉!"

요란한 소리와 함께 한줄기 선혈이 흙탕물을 따라 흐르기
시작했다.

힘없이 고개를 늘어뜨린 운소를 본 벽력홍은 살기어린 목
소리로 외치기 시작했다.

"어차피 네놈은 여기서 죽을 것이니 그냥 순순히 목을 내
놓거라!"

목숨을 내놓으라는 그의 말에 운소는 거친 숨소리를 내다
버럭 소리를 질렀다.

"개뿔이! 내가 왜 죽어? 난 절대 안 죽어!"

절대로 죽을 수 없다는 듯 소리를 지르던 운소는 비틀거리는 몸짓으로 자리에서 일어섰다.

'젠장! 혈의 주술이란 놈은 도대체 어디 간 거야? 그게 없으니 상대가 안 되잖아!'

이렇게 속엣말을 하던 운소는 재빨리 몸을 움직여 날아오는 음양전을 피해갔다. 눈앞에 보이는 커다란 돌 뒤에 숨은 운소는 거친 숨을 몰아쉬며 버럭 소리를 질러갔다.

"젠장! 혈의 주술 너 죽을래? 도대체 어디 숨은 거야?"

미친 듯이 소리를 지르던 운소의 귀에 아무런 소리도 들려오지 않음을 깨달았다.

"호오! 혈의 주술이 사라진 모양이군!"

뒤에서 들려온 소리에 고개를 돌리던 운소의 몸이 공중으로 붕 뜨고 말았다. 벽력홍의 주먹 한 방에 공중으로 날아오른 운소는 실 끊긴 연마냥 허공을 날아갔다.

"혈의 주술이 없다면 이야기는 달라지지!"

입가에 미소까지 그린 벽력홍은 운소의 전신을 후려치기 시작했다.

퍼퍼퍼퍼퍽! 쿵!

벽력홍의 내력이 담긴 주먹을 그대로 맞은 운소의 몸은 요란한 소리와 함께 바닥에 처박혔다.

"커어어억!"

선혈을 뱉어내는 운소를 본 벽력홍은 기가 막힌다는 듯이 입을 열었다.

"고작 이런 놈에게 내가 당했던 것인가?"

이렇게 허약한 운소에게 당했다고 생각하자 순간 어이없는 웃음밖에 나오지 않았다.

한참을 웃던 벽력홍은 살기를 있는 대로 뿜어냈다.

"네가 고작 이 정도밖에 되지 않는다면 죽어라!"

손에 든 음양전을 운소의 목을 향해 날리려는 순간 뭔가가 그의 앞을 막아섰다.

"아… 직은 안 돼요!"

비틀거리는 몸짓으로 검을 휘두르는 단소소를 본 벽력홍은 어이없다는 표정을 지었다.

"고작 네 실력으로 막아서겠다는 것이냐?"

말을 끝내기가 무섭게 벽력홍은 손을 들어 그대로 검과 부딪쳐 갔다.

쩽!

쇠가 부서지는 소리와 함께 단소소의 검이 십여 조각으로 흩어져 내렸다. 또한 벽력홍의 무시무시한 내력을 감당 못한 단소소는 선혈을 있는 대로 흘리며 바닥에 무릎을 꿇어갔다.

창백해진 얼굴의 단소소를 본 벽력홍은 손을 들어올렸다.

"어차피 너도 이곳에서 죽어야 하니 먼저 보내주는 것도 좋겠지."

선심 쓴다는 말을 하던 벽력홍은 단소소의 머리 위에 손을 올려놓았다. 하지만 그 손이 허공에서 멈춘다 싶더니 이내 위로 조금씩 올라가기 시작했다.

"아직은 아니야! 돌팔이 도사!"

거칠게 말을 하며 자신의 손을 들어올리는 사람을 보던 벽력홍의 눈에 놀람의 빛이 감돌았다.

"아… 니! 어떻게……."

어이없다는 표정의 벽력홍과는 달리 온몸을 붉게 물들인 문신을 보이는 운소는 별일 아니라는 듯 말을 하였다.

"혈의 주술을 되찾았거든……."

─뭐 해?

'누구? 혈의 주술이야?'

─그래! 혈의 주술이다! 한데 바닥에 쓰러져서 뭐 하는 건가?

바닥에 왜 쓰러져 있냐는 말에 순간 운소의 입에서 육두문자가 튀어나오고 말았다.

'니기미! 이게 다 누구 때문인데 그래? 엉? 내가 몇 번이나 불렀어? 내가 그랬지! 한 번 부를 때 재깍 나오라고…….'

─그건 또 무슨 말이지? 내가 말하지 않았던가? 앞으로는 네가 불러도 모습을 드러내지 않을 것이라고 말이야.

모습을 드러내지 않겠다는 말에 순간 운소의 표정이 멍해졌다.

'모습을 드러내지 않겠다니… 그건 또 무슨 말이야?'

—너와 맺었던 계약은 모두 파괴되었다는 것을 잊었는가? 전에 말해준 것 같은데.

'파괴됐다고? 그건 무슨 말이야? 언제 파괴됐어!'

언제 파괴됐냐는 말에 혈의 주술은 한심하다는 듯 말했다.

—저번에 천운성인가 하는 사람과 대결하면서 마지막에 더 이상은 계약을 이행할 수 없을 것이라고 했잖아.

천운성을 들먹이는 말에 저번에 천혈대인가 하는 사람들과 싸웠던 것이 천천히 생각나기 시작했다.

그리고 싸움이 끝나고 정신을 잃었을 때 마지막이라며 해줬던 말도.

하지만 운소로서는 이 모든 것이 믿을 수 없는 일이었다.

'혈의 주술이 파괴되었다면 내 몸에 남은 문신은 뭐야?'

—문신? 그건 혈의 주술이 변형된 것이지.

'혈의 주술이 변형된 것이라고……?'

도저히 이해할 수 없는 말에 운소는 고개를 갸웃거렸다.

그런 그의 모습을 본 혈의 주술은 어이없다는 목소리로 말을 하였다.

—내 분명 말했을 텐데! 혈의 주술은 파괴되지만 그 힘은 너에게 종속된다고.

'주술은 파괴되지만 힘은 나에게 종속된다?'

—그래! 그래서 그때 내가 그랬잖은가? 넌 바로 혈의 주술 그 자체라고. 그래서 네가 마음만 먹으면 혈의 주술이 가진

힘을 그대로 낼 수 있을 것이라고 말이야!

자신이 마음만 먹으면 혈의 주술이 가진 힘을 그대로 낼 수 있다는 말에 순간 멍해지고 말았다.

'그럼 내가 널 부른 건 다 헛수고란 말이야!'

—그래! 혈의 주술이 이렇게까지 된 경우도 처음이지만 내가 했던 말을 까맣게 잊은 놈도 처음이다.

어이없다는 목소리에도 불구하고 운소는 그저 멍한 표정을 지울 뿐이었다.

'그… 그럼 돌팔이 도사 같은 놈에게 맞은 건 전부 내가 안 맞아도 됐다는 말이야?'

—그렇지!

그렇다는 말을 들은 운소는 순간 울컥 치밀어 오르는 노기를 참느라 무진 애를 썼다.

'니기미! 그렇다면 그렇다고 말을 해야 할 것 아니야! 개뿔이! 나 간다!'

눈앞에 있으면 당장이라도 죽일 것처럼 말을 하는 운소의 모습에 혈의 주술은 잠시 침묵을 하였다. 그리고 운소의 모습이 완전히 사라지자 혈의 주술이 나지막한 목소리를 흘렸다.

—이것을 마지막으로 난 소멸한다. 보고 싶을 것이다. 인간. 아니, 계약자여!

죽은 듯이 누워 있던 운소의 몸이 들썩인다 싶더니 차츰 몸이 들렸다.

"젠장! 그렇다면 말을 해야 할 것 아니야!"

어이없다는 듯이 말을 하던 운소의 몸이, 아니 문신이 조금씩 변화하기 시작했다. 마치 몸에 새겨진 문신이 증식하는 듯 싶더니 이내 온몸으로 퍼져 나갔다.

완전하게 문신으로 뒤덮인 그 순간 운소의 몸이 사라지고 말았다.

그리고 그의 몸이 다시 나타난 곳은 다름 아닌 벽력홍의 앞이었다.

"아… 니! 어떻게……."

어이없다는 표정의 벽력홍과는 달리 온몸을 붉게 물들인 문신을 보이는 운소는 별일 아니라는 듯 말을 하였다.

"혈의 주술을 되찾았거든……."

"혈의 주술을 되찾았다… 고……."

어떻게 잃어버린 힘을 되찾았냐고 묻기도 전에 운소의 주먹이 빠르게 벽력홍의 턱을 때려가기 시작했다.

퍼억!

순간 확 돌아간 벽력홍의 머리를 때린 주먹으로 휘감아 내리누름과 동시에 운소는 재빨리 발을 들어 벽력홍의 발뒤꿈치를 쳐갔다. 한순간에 펼쳐지는 동작이라 벽력홍의 몸이 공중에서 반 바퀴 돈다 싶더니 그대로 바닥에 엎어졌다.

엎어져 있던 벽력홍은 순간 느껴지는 한기에 재빨리 몸을 옆으로 굴렀다.

첨벙!

순간 날아든 운소의 발차기로 인해 공중으로 튀어 오른 물보라를 그대로 뒤집어쓴 벽력홍은 그제야 자신의 머리 위로 느껴졌던 한기가 무엇인지 알 것 같았다.

어이없다는 표정을 짓던 벽력홍은 순간 느껴지는 이질적인 뭔가에 고개가 홱 돌아갔다. 그것은 바로 운소의 몸에서 뿜어져 나오는 엄청난 양의 살기였다. 질식할 것만 같은 그의 살기에 벽력홍은 자신도 모르는 사이에 몸을 떨고 있었다.

'내… 내가 두려워하는 것인가?'

자신이 두려워한다는 사실에 당황해하던 벽력홍은 손에 든 음양전을 허공에 날려 보냈다. 빠른 속도로 날아오는 음양전을 본 운소의 몸이 조금 낮춰진다 싶더니 순간 사라지고 말았다.

사라진 운소를 찾아 고개를 돌리던 벽력홍은 또다시 느껴지는 한기에 서둘러 자리에서 몸을 피했다.

그러자 자신이 있던 곳의 공중에서부터 뭔가가 날아들었다.

첨벙!

커다란 물보라가 피어오름과 동시에 운소가 빠른 속도로 벽력홍을 향해 다가서고 있었다. 갑작스런 그의 공격에 놀란 벽력홍은 재빨리 손을 들어올렸다.

운소가 두 팔을 교대로 회전시키자 오히려 벽력홍의 품 안으로 들어가고 말았다. 고스란히 상체를 노출시킨 벽력홍은 순간 아차 하였지만 이미 상황은 그의 손을 벗어나고 있었다.

재빨리 날아든 운소의 충수가 턱을 치고 올라갔으며 그 충수가 접혀 충주가 되어 명치를 찔러갔다. 그것이 끝나기가 무섭게 복부를 향해 반대 주먹이 충권이 되어 날아들었고 뒤이어 반대 팔이 손등으로 복부를 쳤다.

그리고는 남은 한 손으로 복부를 쳤던 손바닥을 거세게 내려쳤다.

난데없는 소림의 심의오연권(心意五軟拳)을 고스란히 맞은 벽력홍은 뒤로 하염없이 물러나기 시작했다. 하지만 운소는 여기가 끝이 아닌 듯 왼발을 크게 들어올린다 싶더니 허공에 몸을 날림과 함께 그대로 찔러갔다.

붕권!

너무나도 간단한 초식이건만 몸이 흐트러질 대로 흐트러진 벽력홍에게는 전혀 그렇지 않았다.

퍼엉!

순간 요란한 소리와 함께 벽력홍의 몸이 뒤로 사정없이 팅겨 나갔다.

"크으으! 커어헉!"

몸에 있는 피란 피는 모두 뱉어내려는 듯한 모습의 벽력홍은 거친 숨을 몰아쉬며 뒤로 몸을 움직였다.

"소… 림의 기초 무공인 심의오연권이 이토록 무섭다… 커어헉!"

말을 끝맺지도 못한 채 또 한 번 선혈을 뱉어내던 벽력홍은 어이없다는 표정을 지었다. 소림의 무승, 아니, 무림인이라면 누구나 쉽게 하는 것이 바로 심의오연권의 초식이다.

그만큼 복잡한 무리도 없고 그저 쳐내기만 하는 초식인데 도 불구하고 이 정도의 파괴력을 보일 줄은 벽력홍 자신도 몰 랐던 것이다. 내부가 상한 듯 선혈에 섞여 나오는 내장 부스 러기를 보던 벽력홍은 더 이상은 안 되겠다는 생각을 하였다.

"제… 젠장!"

거칠게 말을 하던 벽력홍은 품 안에서 뭔가를 끄집어냈다.

순간 공중으로 날아오른 것을 본 운소는 어이없다는 표정 을 지었다.

허공으로 날아오른 것은 바로 깃발이기 때문이다.

황당해하던 그의 표정은 잠시 후 놀람으로 바뀌고 있었다.

그도 그럴 것이 허공으로 날아오른 여덟 개의 깃발은 자신의 전신요혈을 노리며 공격을 해온다 싶더니 그의 주위를 차단함 과 동시에 지상, 하늘, 땅 밑을 막론하고 날아왔기 때문이다.

마치 살아 움직이는 듯한 모습에 운소는 당황스럽기만 하 였다.

이것을 본 벽력홍은 재빨리 검지 끝을 깨무는가 싶더니 허 공을 향해 움직였다.

"천화동인(天火同人) 풍뇌익(風雷益)!"

거친 일갈과 함께 깃발은 마치 살아 있는 것처럼 운소를 위협해 갔다.

"젠장!"

한순간에 공격자에서 도망자로 바뀐 운소는 어이없다는 표정을 지었다. 순간 주위 여섯 개의 방위를 점한 깃발을 말 없이 바라보던 운소는 깃발 속에서 날아든 깃발에 그만 등을 내주고 말았다.

퍽!

후려치는 깃발에 순간 운소는 볼품없이 바닥에 쓰러지고 말았다. 흙탕물을 있는 대로 뒤집어쓴 운소는 눈살을 있는 대로 찌푸리다 자신의 머리 위로 날아드는 깃발에 순간 입을 다물고 말았다.

그런 그를 보며 벽력홍은 살기 어린 일갈을 날렸다.

"죽어라!"

"오호! 아직 죽지 않았다는 말인가?"

삼도천과 오해서점이 팽팽하게 맞서고 있다는 말에 주무 안은 순간 놀랍다는 표정을 지었다. 그의 앞에 오체투지한 법 망 도사는 맞다는 듯 고개를 바닥에 처박았다.

"그렇사옵니다."

믿을 수 없다는 표정을 짓던 주무안은 살며시 입가에 미소를 그렸다.

"일단 병사들은 그곳으로 향했겠지?"

"그렇사옵니다."

병사들은 이미 출발하였다는 그의 말에 주무안은 자리에서 일어섰다.

"그럼 이제 가봐야겠군. 더 이상 기다렸다가는 일을 그르칠 수도 있으니 말이야."

주무안이 자리에서 일어섰는데도 불구하고 법망 도사의 몸은 전혀 움직이지 않고 있었다. 무슨 일이냐고 물어보려던 주무안의 귀에 법망 도사의 말이 들려왔다.

"황제 폐하!"

"무슨 일인가?"

무슨 일이냐는 주무안의 말에 법망 도사는 고개를 바닥에 처박았다.

"황제 폐하! 귀곡산에 가서는 아니 되옵니다."

귀곡산에 가지 말라는 그의 말에 주무안은 무슨 말이냐는 표정을 지었다.

"그곳에 가지 말라니… 도대체 무슨 말을 하려고 하는 것인가?"

"이미 오해서점 계획은 끝난 지 오래이옵니다."

"무엇이라? 계획이 끝나? 짐에게 농을 하는 것인가?"

장난 거냐는 주무안의 말에 법망 도사는 고개를 내저었다.

"어찌 황제 폐하께 신이 농을 하겠사옵니까? 다만… 다만……."

"다만 뭔가?"

답답하다는 듯 말을 하는 주무안의 모습에 여인 한 명이 안으로 들어섰다.

"법망! 그만 하세요. 황제 폐하께는 제가 직접 말하겠어요."

자신이 직접 말하겠다는 그녀를 본 주무안은 살며시 고개를 숙였다.

"태후마마! 어찌하여 이곳에……."

난데없이 태후마마 백옥빈이 모습을 드러내자 주무안은 난감하기만 하였다. 자신의 친형인 충황의 이름을 내건 것을 안다면 아무리 대계를 위한 것이라 하더라도 불호령이 떨어질 것이 분명하였기 때문이다.

난처해하는 그의 모습을 이미 예상하고 있었다는 듯 백옥빈은 그저 태연하게 방 안으로 들어설 뿐이었다.

그런 그녀를 본 주무안은 조심스레 입을 열었다.

"태후마마! 무슨 일로……."

"황제 폐하께 죽을죄를 지었어요."

갑자기 죽을죄를 지었다며 무릎을 꿇는 백옥빈의 모습에 주무안은 황당하기만 하였다.

"태후마마! 그게 무슨 말씀이십니까? 죽을죄라니……."

"황제 폐하를 기만하였으니 어찌 살기를 바라겠어요!"

"태후마마께서 기만하다니 그건 또 무슨 말씀이옵니까?"

무슨 말인지 도통 알 수 없다는 주무안의 모습에 백옥빈은 살며시 한숨을 내쉬었다.

"황제 폐하! 기억하고 계실는지요. 약 이십일 년 전 요부 민숙빈이 했던 일을 말이에요."

자신의 친형인 충황에 대해 말을 하는 그녀의 모습에 주무안은 순간 속으로 뜨끔하였지만 태연하게 고개를 끄덕였다.

"물론입니다. 어찌 잊을 수 있겠습니까?"

절대 잊지 못한다는 그의 말에 백옥빈은 살며시 고개를 들었다.

"만약 이십일 년 전의 사건이 황제 폐하께서 아시는 대로가 아니라면 어쩌시겠어요?"

"제가 아는 것이 사실이 아니다란 말씀이십니까?"

"그래요."

사실이 아니다라는 그녀의 말에 주무안은 순간 어이없다는 표정을 지어갔다.

"그럼 무엇이 사실이라는 것입니까?"

진실을 알려달라는 그의 말에 백옥빈은 살며시 한숨을 내쉬었다.

"모든 것은 다 저의 욕심에 의한 것이었지요. 그 당시 전제 아이들에게 황위를 잇게 하고 싶은 생각에 법망과 진로 대사에게 연극을 꾸미게 하였던 것이지요. 요부 민숙빈이 충황과 황제 폐하를 암습한 것처럼 말이에요."

그녀의 말을 들은 주무안은 순간 어이없다는 표정을 지었다.

"황위를 잇게 하고자 암습을 당한 것처럼 꾸몄다는 말씀이십니까?"

"그래요. 그 일로 인해 민숙빈은 죽음에 처하였고 황위 역시 충황이 궁으로 돌아오는 대로 잇게 되어 모든 것은 저의 뜻대로 되는 듯했어요. 그 일이 있기 전까지는 말이에요."

커다란 문제가 발생하였다는 그녀의 말에 주무안은 무엇이냐는 표정을 지어나갔다.

"무슨 문제가 발생했다는 것입니까?"

"황위를 잇기로 한 충황 전하가 진짜로 사라지고 말았던 것이에요."

충황이 진짜 사라졌다는 그녀의 말에 주무안의 의문은 더욱 커져만 갔다.

"진짜로 사라지다니 무슨 말씀이십니까?"

설명을 해달라는 그의 모습에 백옥빈은 살며시 입을 열었다.

"제가 충황과 황제 폐하께서 암습을 당한 것처럼 꾸미게 하기 위해 충황을 궁 밖으로 보낸 것이 문제였어요. 당시 충황을 데리고 있던 법망은 객잔에 잠시 맡긴다는 것이 그만 잃어버리게 된 것이죠."

충황을 잃어버렸다는 백옥빈의 말을 들은 주무안은 순간 어이없다는 표정을 지었다. 그런 그의 표정에도 불구하고 백옥빈은 계속해서 말을 이어나갔다.

"그리고 십육 년이 지나 법망은 우연히 운소란 아이를 보게 되었지요. 그리고 그 아이가 바로 충황이라는 것도 알게 되었고 말이에요."

운소가 충황이라는 말에 주무안은 허탈한 표정이었다.

"그렇다면 법망이 올렸던 오해서점 계획이라는 것은 짐을 위한 것이 아니라 형 충황인 운소를 위한 것이라는 말씀이십니까?"

"그래요!"

그렇다는 그녀의 말에 주무안은 할 말이 없다는 듯 입을 다물고 말았다.

그녀의 말대로라면 지난 오 년간 있었던 모든 일들은 다 자신을 철저하게 속이며 진행되었다는 것이나 마찬가지였다. 그것도 황제인 자신을 위한 것이 아닌 지금은 사라진 충황을 위해서 말이다.

너무도 허탈하면 사람은 웃음이 나온다고 하였던가?

어이없다는 표정을 짓던 주무안은 이내 큰 소리로 웃기 시작했다.

"하하하하!"

미친 듯이 웃는 그의 모습과는 달리 백옥빈과 법망 도사는 그저 고개를 숙이고 있었다. 지금의 황제라면 세상의 모든 사람들이 자신을 속인 것 같은 기분이 들 것이 분명하였다.

"짐이 아니라… 충황이라… 하하하하!"

미친 듯이 충황을 들먹이던 주무안은 웃음을 멈추었다.

"태후마마께선 지난날의 잘못을 보상코자 황위를 충황에게 넘기고 싶으셨던 겁니까?"

이 일을 꾸민 이유에 대해서 묻는 그의 말에 백옥빈은 아니라는 듯 고개를 내저었다.

"아니에요. 제가 바란 것은 그저 무림이라는 곳에서 충황이 황제가 되길 바랐던 것이에요. 이미 백성에게는 성황(聖皇)이 있으니까 말이에요."

충황을 무림의 황제로 만들고 싶다는 그녀의 말에 주무안은 어이없다는 표정을 지었다.

"지난날의 과오에 가슴 아파하신다면서 어찌하여 이런 일을 또 저지른단 말입니까? 혹시 저 하나로는 아직도 부족하신 것입니까? 그래서 아들 모두 황제로 만들고 싶으신 겁니까? 도대체 왜 그러신 겁니까? 왜?"

미친 듯이 소리를 지르는 주무안의 모습에도 백옥빈과 법망 도사는 아무런 말을 못하였다. 순간 주무안의 몸이 떨린다 싶더니 고개가 점점 밑으로 숙여지기 시작했다.

"왜… 그러셨단 말… 입니까? 혀… 형님이 불쌍하… 시지도 않… 습니까?"

울먹이는 목소리로 말을 하는 주무안의 모습에 순간 백옥빈과 법망 도사의 고개가 밑으로 떨구어졌다.

"어머님의 욕심으로 인해 과거 혀… 형님은 버려지지 않았… 습니까? 그걸 또 되풀이… 하시려는 겁니까?"

"아니에요. 그건 절대 아니에요."

떨리는 목소리로 부정을 하는 백옥빈의 모습에 주무안은 도저히 이해할 수 없다는 표정을 지었다.

"아니라면서… 아니라면서 왜 이런 일을 꾸미신 겁니까?"

"어미는 그동안의 잘못을 보상하고 싶은 것뿐이에요."

보상하고 싶었다는 그녀의 말에 주무안은 고개를 옆으로 돌려 버렸다.

더 이상 듣고 싶지 않다는 그의 모습에 백옥빈은 그저 고개를 밑으로 숙일 뿐이었다.

말없이 고개를 숙이고 있던 주무안의 입이 거칠게 열렸다.

"금위군 부장! 어딨나? 부장!"

버럭 소리를 지르는 주무안의 모습에 순간 방문이 열리며 사내 하나가 허겁지겁 달려왔다.

"신 금위군 부장 윤환 대령하였사옵니다."

윤환이 하는 말을 듣고 있던 주무안의 몸이 아까보다 더욱 떨리기 시작했다.

"귀… 귀곡산에 있는 병사들에게 명하라!"

여기까지만 말을 하고 멈추는 주무안의 모습에 윤환의 고개가 살며시 들려졌다. 하염없이 떨고 있는 그의 모습을 본 윤환은 순간 당황하였고 무슨 일인지 물어보려는 순간 주무안의 목소리가 들려왔다.

"우… 운소……"

"예! 말씀하십시오."

"운소를 비롯한 오해서점의 직원 모두를 삼도천으로부터 구하라! 이것이… 내가 내릴 명이다."

"충! 신 금위군 부장 윤환은 황제 폐하의 명을 받들도록 하겠사옵니다."

황급히 고개를 숙이며 나가는 윤환을 말없이 바라보던 주무안은 살며시 고개를 들었다.

"여봐라!"

"예이!"

"짐은 이대로 궁으로 돌아갈 것이니 그리 알고 준비토록 하여라!"

"예이!"

궁으로 돌아간다는 말을 한 주무안은 살며시 고개를 돌려 법망 도사를 보았다.

"태… 사 법망! 한동안은 얼굴을 보이지 말게. 안 그럼 내 마음이 찢어질 것 같네. 믿었던 사람에게 당했으니깐 말이야."

믿었던 사람이라는 말에 법망 도사의 고개가 바닥에 처박혔다.

"황제 폐하, 죽을죄를 지었사옵니다."

연신 죽을죄를 졌다는 그의 말에 주무안은 됐다는 듯 손을 들었다.

"그만 하게! 그리고 태후마마! 아니 어머님! 어쩌면 이번 일로 어머님을 죽을 때까지 미워할지도 모르겠습니다. 앞으로 찾아뵙지 못하더라도 절 원망은 하지 마십시오."

보지 않는 것으로 이 일을 마무리하겠다는 그의 말에 백옥빈의 눈에서 두 줄기 눈물이 흘러내렸다.

"화… 황제 폐하! 죽을죄를……."

죽을죄를 지었다며 고개를 숙이는 두 사람을 보던 주무안은 쓸쓸한 표정으로 창밖을 보았다.

"짐은 황제이니 이렇게 용서해야겠지. 그래야 하는 것이 황제니까……."

말을 하던 주무안은 창밖에 흐르는 비를 보며 긴 한숨을 내쉬었다.

"하늘도 내 마음을 알아주는 것인가? 비를 뿌리는 것을 보니 말이야."

이렇게 주무안은 답답한 마음을 그저 비를 보며 달래고 있었다.

"커어헉!"

선혈을 있는 대로 뱉어내던 각우는 당했다는 표정을 지었다.

"누… 누님! 동생이 형… 편없이 당했는데도 그리 찡그리고 있을 것이오?"

장난기 어린 그의 목소리에 거칠게 숨을 몰아쉬던 고민민의 눈살이 찌푸려졌다.

"시… 시끄럽다!"

버럭 소리를 지르는 고민민의 모습을 본 각우는 여전하다는 표정을 지었다. 그 순간 커다란 굉음과 함께 처절한 비명 소리가 주위에 울려 퍼지기 시작했다.

퍼퍼엉!

"크아아아악!"

비틀거리는 몸짓으로 서 있던 홍강은 쉴 새 없이 흘러내리는 검은 피와 함께 흙탕물 속으로 무너지고 말았다. 어느새 혼자 남은 각우는 이 모든 것이 재미있다는 듯이 웃기만 하였다.

"크크크크!"

미친 듯이 웃어 젖히던 그는 몸을 일으켜 세웠다.

"이대로 힘없이 죽을 순 없지. 그래도 난 반역도 각우니깐……."

이상한 말을 흘리던 각우는 손에 든 단봉을 쥐고 고민민을 향해 달려갔다. 비틀거리는 몸짓으로 달려오는 그를 본 고민민은 손에 쥔 검을 들어 그대로 베어냈다.

"오룡교참(五龍橋斬)!"

바닥을 쓸 듯 움직이던 고민민의 몸이 허공으로 치솟는 순간 각우의 몸이 멈칫하더니 그대로 쓰러져 갔다. 허공으로 치솟아오른 각우의 머리에는 여전히 미소가 남아 있었다.

바닥에 주저앉아 있던 고민민은 그 머리를 붙들고 울기 시작했다.

그녀가 이렇게까지 하는 것은 검을 쓰기 직전 날아온 각우의 전음 때문이다.

"누님! 옛날로 돌아가고 싶소! 내가 늦잠을 자면 깨우던 그때로 말이오. 그때라면 지금처럼 미움받지 않고 살 수 있었을 텐데… 과거 장로에게 장문인을 암살하라는 말을 들었을 때 얼마나 두려웠는지 아시오. 혹시라도 누님에게 미움받을까 두려웠기 때문이오. 한데 이젠 그러지 않아도 되니 너무나 기쁘오. 누님! 이 세상이 아닌 다른 세상에서라도 난 꼭 누님의 동생으로 태어나고 싶소. 고마웠소! 그리고 행복하시오. 누님!"

그의 전음을 되새기던 고민민은 미친 듯이 울부짖었다.

"이 바보야! 장문인은 죽지 않았단 말이야. 돌아오면 되는 것을… 왜? 왜?"

울부짖는 그녀의 귓속으로 각우의 장난기 어린 목소리가 들려왔다.

"왜인 줄 아시오? 그랬다간 누님이 평생 날 미워할까 두려웠기 때문이오."

"아니야! 아니야! 내가 널 왜 미워해!"

미친 듯이 울부짖는 그녀의 모습 뒤로 또 하나의 이별이 기다리고 있었다.

"오… 오라버니! 이제 끝난 건가요?"

힘겹게 말을 잇는 설부용을 보며 도흑은 살며시 고개를 끄덕였다.

"그래! 끝났구나. 옆을 한번 보거라! 조별도 미소년도 단소 소도 다 네 옆에 있구나."

죽은 듯이 쓰러져 있는 세 사람을 가리키는 그의 말에 설부용은 봤다는 듯이 고개를 끄덕였다.

"봤어요! 웃는 모습들이 선한 게 좋아요."

이미 설부용의 눈이 보이지 않는 것을 아는 도흑으로서는 그녀가 억지로 하는 말임을 누구보다 잘 알았다. 뜨거운 두 줄기 눈물을 흘리던 도흑은 살며시 고개를 돌렸다.

"보결! 끝을 내야겠지?"

바닥에 주저앉아 있는 보결은 힘겹게 몸을 일으켰다.

"맞습니다, 형님!"

순간 비틀거리던 보결은 손에 쥔 검을 들어 눈앞에 쓰러져 있는 운소를 보았다. 창백한 운소의 얼굴을 바라보던 보결은 살며시 입가에 미소를 그리기 시작했다.

그 순간 웅성이는 소리가 들리기 시작하더니 일말의 사람들이 올라왔다.

"황제 폐하의 명이니라! 모두 싸움을 멈추고 항복하라!"

그들이 황군이라는 것을 안 보결은 살며시 운소를 보았다.

"주인! 내가 할 일은 여기까지야… 언젠지는 모르지만 다음 세상에서 보자고……."

"검을 멈추어라! 황제 폐하의 명이시니라!"

하지만 황군의 말이 끝나기가 무섭게 보결의 손이 밑으로 내려갔다.

귀곡산에서의 삼도천과 오해서점 간의 대결은 지금까지도 회자가 되는 혈전 중에 혈전이었다. 무려 백여 명이 죽었으며 살아남은 사람은 고작 아홉 명뿐이 안 되었으며 석 달 동안이나 피비린내가 진동을 하였다고 한다. 무림맹주 자리에 오르기로 했던 운소와 오해서점 역시 흔적을 감추었다고 한다. 이렇게 천하를 울리던 오해서점은 사라진 듯하였다.

그리고 삼 년 후…….

작열하는 태양 아래 힘겹게 지천교 위를 지나는 수레가 있었다.

그 수레 옆에는 마치 흑탑을 연상시키는 듯한 사내가 붙어 있었는데 흑의를 입고 구레나룻을 길게 기른 그는 칠 척 정도 되어 보이는 큰 키에 커다란 체구를 가지고 있었다.

하지만 그의 인상과는 달리 해맑게 웃고 있는 표정과 행동이 그가 백치라는 것을 알 수 있게 해주고 있었다.

그런 그가 이끄는 수레 위에는 한 여인이 있었는데 태양의 붉은 빛을 받아서 그런지 그녀가 입고 있는 하얀 옷이 마치 붉은 매화꽃처럼 보였으나 실상은 백의인 듯싶었다.

그런 그녀의 무릎에는 한 아이가 행복한 미소를 그리고 있었다.

한참을 걸어가던 노쇠가 길 가운데에 멈춰 서자 곤히 자고 있던 아이가 살며시 눈을 떴다.

"엄마! 다 왔어요?"

잠에 아직 덜 깬 듯한 그 아이의 모습을 본 여인은 살며시 입가에 미소를 그렸다.

"운향아! 도착했단다."

도착했다는 말에 운향은 고개를 들어 주위를 둘러보았다.

황량한 듯 보이는 주위 풍경에 실망을 금치 못하던 운향은 이내 눈앞에 있는 건물을 보고는 환호성을 쳤다.

"와! 아빠가 하는 서점이다!"

뭐가 그리 좋은지 손뼉을 치던 운향은 수레에서 내려 재빨리 건물로 뛰어가기 시작했다. 그런 운향을 보며 미소를 짓던 여인은 자신의 치마를 잡고는 바닥으로 내려섰다.

바닥에 내려 발걸음을 내디디려고 하는 순간 낯익은 목소리가 들려왔다.

"단소소! 너무 늦은 것 아니야?"

불만 가득한 말투에도 불구하고 단소소는 그저 웃기만 하였다.

그 순간 은색 머리카락을 가진 한 사내가 운향을 어깨에 걸친 채 나타났다.

"가가!"

보고 싶었다는 표정의 단소소를 보던 은색 머리카락의 사내는 살며시 미소를 지었다. 그 순간 커다란 흑곰(?) 한 마리가 그 사내를 향해 덮치기 시작했다.

"우웅! 주인이다! 주인이다!"

감격의 눈물을(?) 흘리는 흑곰(?)을 보던 은색 머리카락의 사내는 살며시 손을 들어 머리를 쓰다듬었다.

"별이도 잘 있었어?"

"우웅!"

울먹이던 흑곰, 아니, 조별은 살며시 고개를 끄덕였다.

"우웅!"

그런 그를 바라보던 은색 머리카락의 사내, 아니 운소는 살며시 고개를 돌려 단소소를 보았다.

"잘 왔어! 우리의 오해서점에……."

〈완결〉

글을 마치고…

그리 길지 않은 글이건만 왠지… 가슴 한켠이 후련하기만 합니다.

내용이 길어 끝은 스피드하게 진행됐지만 그래도 할 말은 다 한 것 같아 기분이 좋습니다.

저는 이 오해서점이라는 책 안에서 하고 싶은 장르는 다 한 듯싶습니다.

비극, 코믹, 추리, 반전, 황당한 캐릭터 설정까지 정말 다른 소설에서는 꿈도 꾸지 못할 그런 일입니다.

하나의 글에 여러 가지 요소를 넣다 보니 좀 정신없어진 것도 사실입니다.

어쨌든 글이 끝나기까지 도와주신 청어람 식구 분들에게 감사하다는 말씀을 드리고 앞으로 어떤 책으로 인사를 드릴지는 모르겠지만 또 한 번 여러분과 인사를 나누고 싶습니다.

그때까지 모두 건강하시고 행복하셨으면 합니다.

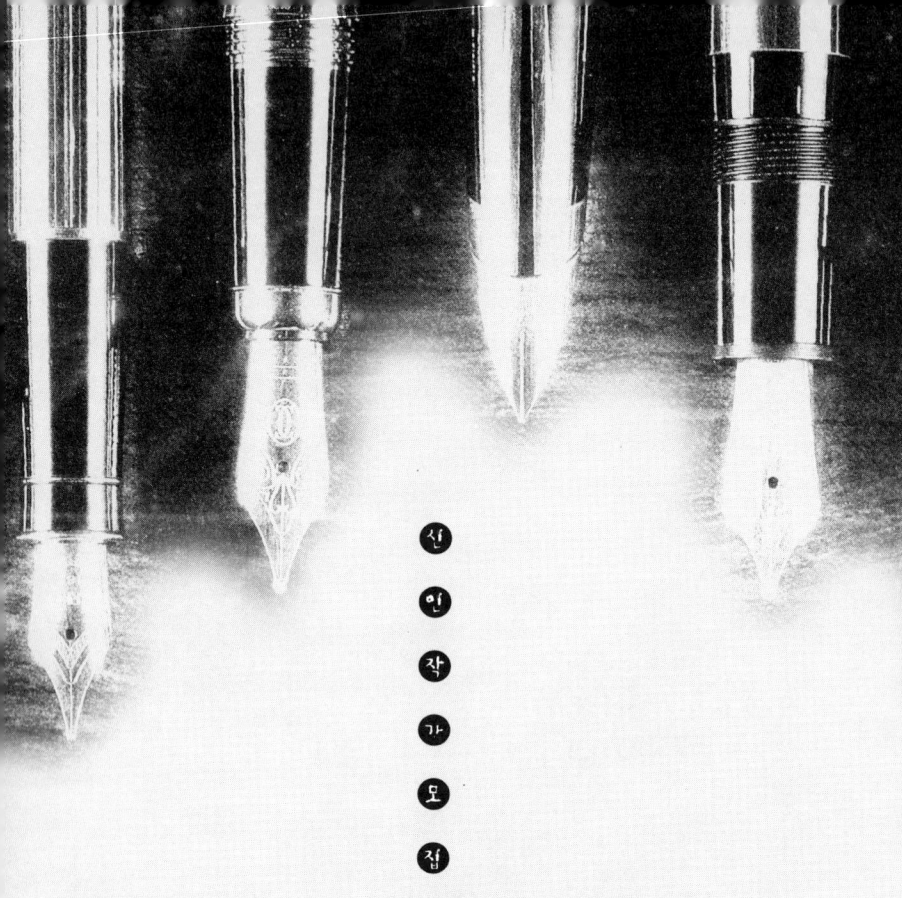

신

인

작

가

모

집

시작이 반이라고 했습니다.
작가의 길에 대한 보이지 않는 벽을 과감히 깨뜨리십시오!
청어람은 작가 지망생 여러분들의
멋진 방향타가 되어드리겠습니다.

저희 도서출판 청어람에서는
소설 신인 작가분들을 모집합니다.
판타지와 무협을 사랑하시는 분들의 많은 참여를 바랍니다.
소정의 원고(A4용지 150매)를 메일이나 우편으로 보내주시면
검토 후 출판 여부를 알려드리겠습니다.

주소:경기도 부천시 원미구 심곡1동 350-1 남성B/D 3F 우편번호420-011
TEL:032-656-4452 · **FAX**:032-656-4453
http://**www.chungeoram.com**
e-mail:chungeoram@chungeoram.com

초등학생이 반드시 읽어야 할 좋은 책 49권

각 학년별로 초등학생이 반드시 읽어야할 좋은 책을 선정하여 통합논술의 기본이 되는 '올바른 독서법'을 일깨워 줍니다.

교과서와 함께하는
초등학교 통합논술

초등1학년 | 값 12,000원 / 초등2학년 | 값 9,500원 / 초등3학년 | 값 11,000원 / 초등4학년 | 값 9,500원 / 초등5학년 | 값 9,500원 / 초등6학년 | 값 11,000원

♣ 혼자 할 수 있어요.
엄마가 책 읽는 방법을 가르쳐 주어도 좋아요.
독서지도하는 선생님이 가르쳐 주어도 좋답니다.
'초등 교과서와 함께하는 통합논술 시리즈'는
아이 스스로 독서할 수 있도록 꾸며진 책이에요.
엄마와 선생님은 요령만 가르쳐 주시면 된답니다.

♣ 교과서의 중요한 내용이 총정리되어 있어요.
각 학년별로 중요한 교과 내용이 함께 수록되어 있어요.
초등학생은 교과서 내용을 충실하게 공부해야 합니다.
아울러 그와 병행한 독서가 대단히 중요하지요.
'초등 교과서와 함께하는 통합논술 시리즈'는
두 가지 방법 모두 알려준답니다.

♣ 이 책은 훌륭하신 선생님들이 함께 쓰신 책이랍니다.
동화작가 선생님들이 쓰셨어요. 소설가 선생님도 쓰셨답니다.
국어 논술독서지도 선생님들도 함께 쓰셨지요.
'초등 교과서와 함께하는 통합논술 시리즈'는
엄마의 마음으로 모든 선생님들이 함께 꾸민 책이랍니다.

입소문을 통해 아는 분은 다 알고 계십니다!
올 한해 공인중개사 최고의 화제작!

1~2권 합본 | 이용훈 지음
3~4권 합본 | 이용훈 지음
5~6권 합본 | 이용훈 지음
용어해설 | 이용훈 지음
1~2차 문제풀이집 | 이용훈 지음

수험생 기본 필독서
만화 공인중개사

제목 : 만화공인중개사 쓰신 분에게 감사드립니다.

학원을 두달 다녔어요. 근데 과연 그 숫자 외우기 그렇게 몇 문제나 나올까 생각을 했어요.
아니라는 생각이 드네요. 학원강의를 뒤로 하고 서점을 갔어요. 내 머리에 가장 이해될 수 있는
책이 없나 하구요. 거기서 만화를 발견했어요. 무조건 세번 봤어요. 3개월 걸렸어요. 문제집을
보라고 했는데 그건 시행을 못했어요. 근데 합격을 했네요.
어떻게 감사의 말을 해야 될지…

도서관에서 만화책 들고 다니니까 사람들이 비웃더라구요. 만화책으로 공인중개사를 공부한
다고 미친사람처럼 보더라구요. 근데 그거 다 감수하고 했던 내가 자랑스럽습니다.
어떻게 감사의 말을 해야 할지 정말 감사합니다.
부디 행복하세요. 제 나이 41살에 좋은 스승을 만난 거 같습니다.
엎드려 감사드립니다.

－본사 홈페이지에 독자분이 올린 메일 中 에서 발췌－

잘나가고 싶은 사람은 읽어라!

그에게 한눈에 반했다! 그것은 분위기 탓?
애인과 나란히 걸어갈 때 당신은 좌, 우 어느 쪽에 서는가?
이성은 왜 서로 끌리는 걸까? 그 심층 심리를 해명한다!

30초의 심리학

■ **30초의 심리학**
아사노 하치로우 지음 / 계일 옮김 | 값 8,500원

처음 본 사람인데 와 닿는 느낌이
너무나도 강렬한 사람이 있다.
흔히 하는 말로 '필이 꽂힌 사람',
그래서 잊혀지지 않는 사람,
한눈에 반했다고 하는 것이 바로 그것이다.
이런 인간의 감정을 논하는 데
남녀의 구분이 있을 수 없다.
사랑하는 그, 혹은 그녀를
생각하는 것만으로도 가슴이 두근거린다.
이상할 것 없다. 당연히 그럴 수 있는 것이다.
그렇기에 인간을 감정의 동물이라 하지 않는가.
그러나 그렇게 좋아하는 그 사람이
어느 날 갑자기 싫어지는 경우는 왜일까?

Psychology